万事オーライ

別府温泉を日本一にした男

植松三十里

BANJI All Right

Midori Uematsu

PHP研究所

万事オーライ　別府温泉を日本一にした男　目次

装丁——築地亜希乃（bookwall）
装画——藤原徹司（テッポーデジャイン。）

1　いっちょ、やったるか

「ほんなら、いっちょ、やったるかッ」

そう胸を張り、油屋熊八《あぶらやくまはち》が大阪から別府《べっぷ》の温泉街に移り住んだのは、明治四十四年（一九一一）の十月だった。

大阪では、もうにっちもさっちも行かなくなっており、四十八歳で、すっかり頭は禿《は》げ上がっている。それでも子供もいないことだしと、心機一転、別府の町中《まちなか》に家を借りて、女房のユキとふたり、亀《かめ》の井《い》旅館という小さな宿屋を始めたのだ。

以来、八ヶ月あまりが過ぎ、熊八は裸電球が下がる薄暗い玄関で、靴磨きの手を止めた。ずり落ちてくる丸眼鏡《まるめがね》を、丸い鼻の上で持ち上げて、つぶやく。

「あかんなァ」

ここ何年も、ずっと不景気が続いている。新しく商売を始めるには、いい時期ではなかった。読みは完全に外れたのだ。

「ほんまに、なんとかならへんかなァ」

愚痴《ぐち》りながら、また靴磨きの手を動かし始めた。

客がある時には、かならず履物《はきもの》を綺麗にするのが、自分に課した役目だ。それで気をよくして、次も泊まりにきてくれれば、ありがたい。しかし翌朝、靴が綺麗《きれい》になっていると気づく客は稀《まれ》だし、たびたび別府を訪れるようなお大尽《だいじん》は、こんな小さな宿には泊まらない。

それでも、やると決めたからには続けようと、革靴のかかとにこびりついた泥を、刷毛《はけ》でこそげ落とした。

熊八は本来、明るい性格で、客商売にも向くと自信があった。だが宿を始めてみると、気の利《き》かないことばかりで、ユキの女将《おかみ》としての負担が膨《ふく》れ上がる。熊八ができるのは靴磨きと布団《ふとん》の上げ下ろしと、薪割《まきわ》りくらいだった。だからこそ、できることはやり遂《と》げたかった。

その時、二階から若い男の声が響いてきた。

「ねえちゃん、酒だ、酒。お銚子《ちょうし》、追加で五、六本、持ってきてや」

すぐにユキが台所から階段の上に向かって声を張る。

「はーい、ただいま」

熊八は靴と刷毛を置いて、おもむろに立ち上がり、台所の暖簾《のれん》を跳《は》ね上げて、中をのぞいた。

ユキは縞《しま》の小袖《こそで》をたすき掛けにし、大徳利《おおどっくり》を抱えて、かいがいしく銚子に酒を注《つ》いでいた。

熊八は天井《てんじょう》を目で示した。

「上のやつら、もう、ずいぶん酔うてるんやないのか」

夫婦で切り盛りする宿は、一階が八畳と六畳、二階が六畳に三畳という四間きりだ。一階の六畳を、帳場《ちょうば》を兼ねた夫婦の部屋として使っており、主に二階が客用だった。客が、ふた組になれば、下の八畳も使う。

今夜の客は、男ばかりの四人連れで、どうやら小さな会社の慰安《いあん》旅行らしかった。

「何本、呑《の》んどるんや」

熊八が、もういちど聞くと、ユキは二本めの銚子に、酒を満たしながら答えた。

「まあ、だいぶ、きこしめしてますね」

熊八もユキも愛媛県の宇和島《うわじま》出身だった。豊後《ぶんご》水道を挟んで、別府の対岸、四国の西の端だ。

ただしユキは宇和島藩の武家の出で、すっかり大阪弁が馴染《なじ》んだ熊八とは、言葉づかいが少し違う。

「だいぶ呑んでるんなら、もうええやろ」

熊八は酒を呑まない。たとえ大事な客であっても、酔っぱらいは嫌いだ。

「でも」

ユキは困り顔だ。熊八は、二本めの銚子がいっぱいになったところで、大徳利を取り上げた。

「五本も六本も持っていくな。二本でええ、二本で。これで、しまいや言うとけ」

ユキはしかたないという様子で、銚子二本だけを鍋の湯に浸して燗《かん》をつけ始めた。

また二階から声がした。

「おーい、ねえちゃん、酒はまだかァ。早《はよ》うせえ」

今度は酒やけした濁声《だみごえ》だ。

「はーい、今、お持ちします」

ユキは高い声で返事をして、銚子を湯から引き上げ、両手で包んで温度を確かめた。そして丸盆に載せると、トントンと足音を立てて、二階に上がっていった。

熊八は靴磨きに戻ったが、すぐに濁声が聞こえてくる。

「なんや、二本きりか。もう、ないんかい。まだまだ呑み足らんで」

ユキはしきりに謝っている様子で、濁声だけが聞こえてくる。

「けど、ねえちゃん、べっぴんやな。こっちへ来て、酌《しゃく》をせえ」

ユキは四十を過ぎて、目尻や口元の笑いじわは増えたものの、若かりし頃の面影《おもかげ》は、充分に残っている。

だが別の男が濁声男にからむ。

「社長、よう見てください。ねえちゃんやないですよ。こんなオバハン相手にせんと、若い女のいる店にでも、遊びに行きましょうよ」

「いやいや、女は、このくらいの歳がええんや。とにかく、こっちに来て酌や。酌をせえ」

ユキはしきりに断っているが、相手はしつこい。

熊八は靴を放り出した。あんな客の靴かと思うと磨く気も失せる。文句を言いに二階に上がろうとした時、突然、えずく声がした。

「おえッ」

熊八は、とっさに土間《どま》にあった桶をつかんで、大急ぎで階段を駆け上がった。

だが上りきったところで、眉をひそめた。すでに汚物の匂いが、部屋中に漂っていたのだ。ひとりが口元を押さえており、ほかの三人が鼻をつまんで騒ぎ出す。

「なんや、なんや、きったないなァ」

「これしきの酒で吐くんか。情けないやっちゃなア」

その真ん中でユキが四つん這《ば》いになって、汚物をてぬぐいで包み込もうとしている。

すると濁声の男が、その尻に手を伸ばした。熊八はすんでのところで割り込んで、ユキに桶を手渡した。

「お客さん、すんません。片づけますすんで、ちょっと温泉にでも行ってきてもらえませんか。その間に布団も敷いておきますよって」

亀の井旅館は泊まりだけの宿で、入浴は外に行く。別府には温泉の共同浴場がたくさんあって、外湯《そとゆ》利用の小さな宿が多い。食事も仕出《しだ》しを取るか、客に町の食堂や居酒屋に行ってもらう。内湯《うちゆ》があって、板前《いたまえ》を抱えているのは、よほどの大手旅館だけだ。

濁声の男が渋い顔で答えた。

「これから風呂に行くんかい。えらい面倒やな」

こんなに泥酔《でいすい》して温泉に行っても、番台《ばんだい》で断られる。それは熊八も百も承知だが、とにかく外に放り出してしまいたかった。

「お客さん、温泉が面倒やったら、酒はどうですか。ちょっと出たら、小料理屋でも居酒屋でもありますし。もう少し先まで行かはったら、女の人と遊べる店もありますすんで」

すると若い男が話に飛びついた。さっき若い女と遊びたいと言っていた男だ。

「社長、行きましょうよ。せっかく温泉に来たんだし」

中腰になって、濁声男の浴衣《ゆかた》の袖を引っ張る。ついさっき吐いたばかりの男も、へべれけながらも出かけると言い張る。

熊八は着替えの浴衣を押し入れから出して、男の汚れた浴衣を手早く着替えさせた。

そして男たちを立ち上がらせ、階下に追い立てた。玄関の土間には「亀の井旅館」と墨書した下駄《げた》を揃《そろ》えてある。

外まで送り出し、歓楽街への道筋を教えてから、ほっと息をついて戻った。

二階では、もうユキが汚物を桶にまとめ終え、窓を開けて空気を入れ替えているところだった。熊八が声をかけた。

「えらい騒ぎやったな」

ユキは肩を落としながらも、かすかに微笑《ほほえ》んだ。

「前も、こんなこと、何回もあったから」

以前、ユキは別の旅館で働いていたことがある。もともと、そこが亀の井旅館という名前で、夫婦は、その看板を引き継ぐ形で、八ケ月前に開業したのだ。

「そうか。宿屋やるのも、楽やないな」

熊八は、そうつぶやきながら、布団を敷こうと押し入れを開けた。

ユキは汚れた浴衣を丸め、桶といっしょに抱えて階段に向かった。

「ユキ、わしな」

熊八が手を止めて呼びかけると、ユキは階段の上で立ち止まった。

「わし、もう酒呑みの客、断りたい。酒を出さん宿にせえへんか」

ユキは当惑顔で聞き返す。

「じゃあ、湯治《とうじ》のお客さんだけにしますか」

湯治客は病気療養のために、医者から酒を禁じられていることが多い。

「まあ、湯治客だけに限るわけやないけど、とにかく酒を呑みたい客は、外の店に行ってもらうことにして。静かに落ち着いて過ごせる宿いうのを、売りにしたいんや」

ユキは目を伏せた。

「そうですねえ」

もともと口数の多い方ではないが、はっきりとは答えない。

宿屋では酒の提供が、いちばん儲《もう》けが大きい。それを失うとなると、暮らしが厳しくなる。それに酒を出さない宿に、はたして客が来るのか見当もつかない。ユキが承諾《しょうだく》しかねるのも、わからないではなかった。

ユキは階下に降りていき、熊八は四組の布団を敷いた。

八ケ月前に開業した時に、前の亀の井旅館から、銘々膳《めいめいぜん》や取り分け皿など、宿の備品一式をゆずり受けた。でも布団だけは、真新しいものを誂《あつら》えた。以来、天気がよければ、熊八がかならず干す。

よほどの大手でも、敷布《しきふ》は使わずに、垢《あか》じみた煎餅《せんべい》布団を、そのまま敷いてしまう宿は珍しくはない。でも亀の井旅館では、敷布や掛け布団の衿当《えりあ》てまで、ユキが毎回、洗い上げて、きちんと糊《のり》付けしている。清潔な寝具で客を迎えたいというのは、熊八のこだわりだ。しかし、それは靴磨きと同様、なかなか評価はされない。

大阪から来た時の「いっちょ、やったるか」という張り切りは、もうすっかりしぼんでいた。

ほどなくして梅雨《つゆ》に入った。

熊八は色あせた半纏《はんてん》姿で、穴の開いた蛇《じゃ》の目傘《め》をさし、毎日、別府港の岸壁に立っていた。傘は客用に、もう一本、抱えている。傘も、羽織《はお》っている半纏も「亀の井」の名前入りだが、前の亀の井旅館からのゆずり受けで、まだまだ自前では誂えられない。

目の前の海面に、雨が落ちて輪を作る。次から次へと無数の輪が生まれ、大きく広がっては消えていく。海は空の暗さを映して、港全体が鉛色《なまりいろ》に沈んでいる。

そんな海のただ中に、紅丸《くれないまる》という新造船が錨《いかり》を下ろしていた。大阪別府間に就航《しゅうこう》し、まだひと月も経《た》っていない。晴れていれば「瀬戸内海の女王」という愛称が似合う豪華客船だが、その優美な姿も今は雨にかすむ。

小型の蒸気船が紅丸の船縁《ふなべり》から離れ、こちらに向かってくるのが見えた。別府港には大型船が接岸できる桟橋《さんばし》はない。そのために紅丸は、港の中ほどに錨を下ろす沖泊《おきどま》りで、何艘《そう》もの艀船《はしけぶね》が行き来して、客を上陸させる。

いつもなら蒸気船の艀船には、特等や一等船室の客が乗り込んでくる。そのほかの客たちは、旧式な手漕《てこぎ》船にまわされる。だが梅雨時には客が極端に減り、小型蒸気船一艘で、すべての乗船客が上陸できてしまう。そのため手漕船は出ていない。

岸壁には、熊八と同じような半纏姿の客引きたちがたむろしており、艀船が岸壁に着くなり、いっせいに動く。

ただし客に駆け寄ったり、客引き同士で争ったりするのは禁じられている。客の身なりや雰囲気で、自分の宿に合いそうだと判断して声をかけるのだ。

熊八は、いかにも湯治に来た様子の年配者に近づき、抱えていた蛇の目の傘をさしかけた。

「ご隠居《いんきょ》さん、お酒を呑まはりますか。うちは、酒を出しませんから、酔っぱらって騒ぐお客さんはいてませんし、静かに過ごせますよ。布団や敷布が、綺麗なのも自慢です」

あれ以来、酒は出さないと決めた。ユキも同意している。だが年配者は顔をしかめた。

「なんや、酒、出さんのかい。わしは湯上がりに一杯、引っかけたいんや」

断わられたとたんに、大手旅館の客引きが割り込んでくる。

「それでしたら、ぜひうちに。内湯もありますよ」

客引きは新品のような番傘《ばんがさ》を開いてさしかける。夫婦連れは満足そうにうなずき、そのまま案内されていった。

あっという間に客ははけ、残ったのは、亀の井旅館と似たり寄ったりの小さな宿屋ばかりだ。

着流しを少し裾はしょりした客引きが、番傘の柄《え》を肩に乗せかけ、紙巻き煙草《たばこ》をくわえて火をつけた。

「梅雨とはいっても、こんな不景気じゃ、どうにもならんな。せっかく新造船が走り出しても、とんと客足は増えんし」

紅丸の就航当初は一時的に客が増えたが、すぐに梅雨入りして、もとの木阿弥《もくあみ》だった。

すると杉原時雄《すぎはらときお》という若い客引きが、いかにも人柄のよさそうな丸顔を傾《かし》げて明るく言った。

「でも梅雨が明けたら、お客さんも増えますよ。もうちょっとの辛抱《しんぼう》ですよ」

着流しの客引きは火をつけ終えたマッチの軸を、海の中に投げ捨てた。

「そうかな。駅ができた時も、最初は大勢、押しかけてきたけど、じき閑古鳥《かんこどり》だ。今度も同じじゃないのか」

熊八は黙って聞いていたが、ふいに口を挟んだ。

「まあ梅雨が明けたら、お客さんは増えるやろな。けど、その時が勝負どころや。一回こっきりやなくて、なんべんでも来たいゆう気にさせんと」

時雄が不思議そうに聞く。

「普通のお客さんが、何度も同じ温泉地に来る気になんか、なるもんでしょうかね」

「そりゃ、別府にしかない楽しみがあったら、なんべんでも来るやろ」

「別府にしかない楽しみ、ですか」

「たとえば冬でも泳げる、でっかいプールとか」

「プール？」

熊八は三十代半ばで渡米して、アメリカ西海岸で三年間、放浪《ほうろう》暮らしをしたことがある。プールも、その時に知ったのだ。

別府温泉は、とてつもなく湯量が豊富で、ほとんどの湯が海に流れている。熊八は、それを利用したかった。しかし日本では、泳ぎといえば海か川で、プールという概念さえ理解されない。

着流しの客引きが、短くなった煙草を吸いきって、鼻先で笑った。

「油屋さんは、いつも、そうやって夢みたいなことを言うけど、どこに、そんなものを造る金があるんだ？」

熊八は、また金の話かと、思わず溜息が出た。

客引きは、短くなった煙草を地面に落として、下駄で踏み消した。

「まったくよそ者は、これだから困るよ」

小馬鹿にしたように言い放つと、岸壁から立ち去った。気がつけば、もう誰も残っていない。

時雄が気まずそうに誘う。

「駅に行きませんか。今から行けば、小倉《こくら》からの汽車が着く時間に、間に合いますよ」

別府駅も客引きの場だ。

「そうやな。もうひと頑張りするか」

熊八は嫌な気分を振り払って、時雄といっしょに歩きだした。


熊八は大阪で経済記者をしていたが、そのかたわら株の売買で巨利を得て、一時は油屋将軍とまで呼ばれた。それも勘《かん》で売り買いするのではなく、アイディアで勝負した。

まずは世の中に求められそうな品物や催《もよお》しを考え出し、それを実現できそうな会社に企画として持ち込んだ。その会社が、やる気になったところで、そこの株を買っておく。たいがい企画は成功して、株価は高騰する。そこで熊八は持ち株を手放し、毎度、莫大《ばくだい》な利益を手にしたのだ。

だが日清日露の戦争後に深刻な不況がやってきた。さらに熊八は読みを誤《あやま》って、あっという間に財産を失った。そのうえアメリカでインサイダー取引を禁じる法律ができた。日本でも禁止されたら、熊八のやり方は通用しなくなる。

もう潮時かと気弱になった頃に、大阪商船が大阪別府間に、初めて定期船を航行させたのだ。政府の不況対策のひとつであり、その航路に、さらに力を入れたのが、先月の紅丸就航だ。

時を前後して日豊《にっぽう》本線が開通し、別府駅ができた。別府への海陸両方の足が確保され、もはや温泉地としての発展が約束されたも同然だった。

さらに頃合いよく、以前、ユキが働いていた亀の井旅館が廃業すると聞いたのだ。そこで熊八は大阪の株取引に見切りをつけ、夫婦で移住してきたのだった。

それなりに張り切ってはいたものの、当初、宿屋は隠居暮らしの片手間くらいの気分でもあった。しかし温泉街で暮らし始めると、たちまち熊八のアイディア心に火がついた。温泉プールだけでなく、目抜き通りである流川《ながれがわ》通りの拡幅《かくふく》も夢見た。

今の流川通りには、古びた旅館や昔ながらの土産物屋《みやげものや》が、軒を連ねている。しかし道路を広げるとなると、道路に面した土地を一部供出《きょうしゅつ》するために、いっせいに建て替えになる。

その時に明るい街路灯や、まだ目新しいネオンサインの看板をつけて、ほかにはない華やかな町並みを作りたかった。これもアメリカ仕込《じこみ》のアイディアだった。

そのほかにも、温泉熱を利用した南国の果物や西洋野菜の栽培《さいばい》など、次々と思いつく。不況だからこそ攻めに出たかった。

でも、どのアイディアも、ひとりでは実現できない。そこで大阪にいた頃と同じように、できそうな人々に話を持ちかけた。しかし別府は古くからの温泉街で、新しいことに踏み出したがらない。反応は決まっていた。

「どこに、そんな金がある?」

大阪で上手《うま》くいったのは、油屋将軍という看板と信用があったからだった。別府ではよそ者であり、端《はな》から相手にされなかった。

番傘をさして別府駅に向かいながら、杉原時雄が遠慮《えんりょ》がちに聞いた。

「あのォ、夏休みに亀の井さんのところで、大阪の子供の団体を受け入れませんか」

「子供の団体？」

「もちろん付添いもいっしょです。七月末の一泊だけで、お盆の時期は外しますし。男の子ばかりで、子供十人に大人《おとな》がひとりついて来るんです。うちでも受け入れるんですけどね」

時雄のところも、亀の井旅館と同じような小さな宿屋だ。

「お伽船《とぎぶね》といって、一昨年の夏休みから始まった団体旅行なんです」

語り聞かせの上手《じょうず》な大人が、大阪からの船内で、おとぎ話や紙芝居で子供たちを楽しませる。そして別府では旅館に泊まって温泉に入り、また船で帰るという行程だった。

「子供は大喜びだし、大阪の親たちも、子供がいない間に楽ができるって、大好評なんです」

だが今年は、大手の旅館が引き受けたがらないという。

「そもそも子供じゃ高い料金は取れないし、それでいて大人よりも手がかかるし」

障子《しょうじ》に穴を開けられたり、寝小便で布団を汚されたりで、断る宿が増えているという。

「それで、お伽倶楽部《くらぶ》さんという主催者が困ってて。よかったら亀の井さんで、十人ほど泊めてもらえると、助かるんですけど」

熊八はふたつ返事で引き受けた。

「かまへんよ。面白《おもろ》そうな旅行や。わしも、うちの女房も子供は好きやし」

「そうですか。油屋さんのところは、いつも布団を綺麗にしてるから、声かけるのを遠慮してたんですけど」

「寝小便する子は、夜中に起こして便所に連れてったらええし。まあ汚れたら、汚れた時や」

「それはありがたいです。お伽倶楽部の人たちも喜ぶと思います」

杉原は何度も頭を下げた。

家に帰って話すと、案の定《じよう》、ユキも乗り気になった。

「それは楽しそうですね。お酒も出さないで済むし、子供たちに喜んでもらいましょう」

熊八は夏休みが楽しみになってきた。


夏の炎天下の船着き場に、手漕の艀船が次々と横づけし、小学校高学年くらいの男の子たちが、船縁をまたいで上陸してくる。

どの子も坊主頭だが、真っ白なシャツに、折り目の入った半ズボンを穿《は》いている。子供のために船旅の代金を出せるとなると、それなりに親は裕福らしい。

「いらっしゃいませ。お待ちしていました」

中小旅館の客引きたちが、引率《いんそつ》の大人に声をかけ、振り分けられた子供たちを、自分の宿に連れていく。

杉原時雄の宿に入る子供たちも到着した。

「それじゃ、油屋さん、お先に。あとは、よろしくお願いします」

時雄は何度も腰を折りながら、子供たちを先導して岸壁から去っていった。

気づけば残っているのは、熊八ひとりきりだった。桟橋には空の艀船が並んでいる。

最後に着岸した船頭に聞いてみた。

「うちのお客さん、ずいぶん遅いな。なんかあったんやろか」

「艀まで降りるタラップが怖《こわ》いって子が、ひとりいてね。その組の大人も子供たちも手を焼いてるらしいんだよ」

「ひとりを全員で待ってるんか」

熊八は驚いて、船頭に頼んだ。

「わしを乗せて、紅丸まで、もうひと往復してもらえんか。手間賃は出すよって」

船頭が引き受けるなり、熊八は艀船に飛び乗って紅丸に向かった。真っ青な海を進んでいくと、豪華客船の美しい船体が近づく。

船縁には梯子段《はしごだん》のタラップがかかり、その下に足場が浮かんで、一艘の手漕船が横づけしていた。船上には小さな坊主頭が並び、タラップの上に向かって大声で怒鳴る。

「健太郎《けんたろう》、早よせえよォ」

「ほんまに、どんくさいなァ」

「あんなやつ、置いてこ」

梯子段の上では、ひとりの小柄な男の子が、しゃがみこんで泣いており、付添いらしき大人が何か言い聞かせていた。

熊八は手漕船が足場に横づけするなり、梯子段の手すりにつかまって駆け上がり、大人に向かって名乗った。

「今夜、泊まってもらう亀の井旅館です。よろしゅう、お願いします」

相手は慌《あわ》てて頭を下げた。

「待たせてすみません。僕は小学校で教師をしている木村です。今すぐ連れて行きますから」

熊八は事情を察して木村に言った。

「先生は、ほかの子供たちといっしょに、先に上陸してください。この子は、わしが責任を持って連れて行きますから」

亀の井旅館の場所を詳しく教えた。

「この暑さじゃ、具合が悪うなる子も出そうやし」

何度も勧めると、木村は承諾《しょうだく》した。しかし健太郎が泣いてすがる。

「先生、待って、待って、置いていかんといて」

木村が怖い顔で叱る。

「ほんなら、さっさと降りんかいッ。メソメソして。そんなふうやから健太郎は、どんくさいて言われるんやないか」

健太郎と呼ばれた少年は、いよいよ泣きじゃくる。熊八はしゃがんでなぐさめた。

「怖いのはしゃあない。おっちゃんがおぶったるから、いっしょに降りよか」

だが健太郎は激しく首を横に振る。仲間の手前、背負われるのは体裁《ていさい》が悪いらしい。結局、木村は、ほかの子供たちといっしょに、先に上陸することになった。

艀船が紅丸から離れると、もはや乗客は、ひとりも残っていなかった。甲板《かんぱん》には船員の姿もない。熊八は、なおも泣きじゃくる健太郎に、ゆっくり話しかけた。

「おっちゃんもな、子供の頃は、どんくさいて言われたもんや。けど、それはどんくさいのと違《ちご》うて、人のやることを見てたんや。大人になってからは、それが役に立って大儲《おおもう》けしたんやで」

健太郎は涙目で熊八を見た。

「ほんま?」

「ほんまや。おっちゃんは今でこそ、こんなに頭がピカピカで風采《ふうさい》が上がらんけど、前は大阪の大金持ちで、えらい勢いやったんやで」

おどけて自分の頭をなでると、ようやく健太郎が笑った。

「そやから健坊も自信を持て。頑張り次第で、いつかは立派な大人になれるで」

健太郎が落ち着くのを見計らって、もういちど聞いた。

「ほんなら、このピカピカのおっちゃんがおぶったるから、そろそろ行こか。別府の温泉、綺麗で気持ちええで。うちの宿の布団で、友達とみんなで寝たら、そら楽しいで」

そうささやくと、健太郎は小さくうなずいた。

熊八は健太郎を背中に乗せて、タラップを降りかけた。しかし背中にしがみついて、また泣き出す。

「おっちゃん、怖い」

「怖かったら、目ェ、つぶっとき」

そのまま下まで降りきった。

足場から乗り移る時に、艀船が揺れたが、なんとか背中から健太郎をおろして、ふたり並んで船底の座布団に座った。

「ほら、平気やったやろ」

小さい背中をさすってやると、ようやく安心した様子だった。

熊八は梯子段を見上げた。

「なあ、健坊、タラップゆうのは降《お》りるのは怖いけど、昇るのは、そうでもない。そやから帰りは、ひとりで昇ってみんか」

するとと不安そうながらも、かすかにうなずいた。

亀の井旅館に入ると、ほかの子供たちは荷物をほどいて、もう大騒ぎをしていた。健太郎は少し恥ずかしそうにしていたが、夜になると花火やカルタ遊びに加わり、いつしか何事もなかったかのように笑顔になった。

だが夜、寝る前になって、またからかわれた。

「健太郎、寝小便するなよ」

「昨日、船の中でも、もらしてたしな」

子供たちのみならず、教師の木村も念を押す。

「ここの宿は布団が綺麗やし、特に気いつけなあかんぞ」

健太郎は緊張の面持ちだ。

熊八は電気を消す前に、健太郎を便所に連れて行った。用が済むと耳元でささやいた。

「夜中にな、おっちゃんが起こしてやるよって、もういっぺん小便に来ような。そやから心配せんで、ゆっくり寝るんやで」

深夜に熊八は目を覚ました。そして燭台《しょくだい》に火をともし、足音を忍ばせて二階に上がった。ろうそくで照らしてみると、健太郎は、いちばん手前に寝ていた。布団に手を差し入れて、ぬれていないことを確かめてから、小声で揺り起こした。

「健坊、起き」

揺すっているうちに、健太郎は目を覚まし、目元をこすりながら上半身を起こした。

「ピカピカのおっちゃんや。いっしょに便所に行こな」

そうささやくと、素直に立ち上がった。寝ぼけまなこながらも階段を下《くだ》って用を足し、また寝ぼけまなこのまま、二階の寝床に戻って寝入った。


翌朝、生卵と焼き海苔《のり》という簡単な朝食を頬張りながら、健太郎の隣に座った少年が言った。

「おっちゃん、健太郎な、昨日は寝小便せえへんかったんやで」

自分のことのように誇らしげに言う。熊八は微笑ましい思いがした。健太郎は嫌われたり、仲間外れにされたりしているわけではないらしい。

「そうか、よかったな」

健太郎は少し恥ずかしそうに、白飯を口に運んでいる。昨夜、便所に行ったことは夢心地で、どうやら覚えていないらしい。

この日は全員で外の温泉に行って、まだ空《す》いている朝湯に入った。午後は地元の小学校の校舎を借りて、付添いの大人たちが劇を披露《ひろう》した。

夕方には紅丸の出航に合わせて、熊八は船着き場まで見送りに行った。そして木村の組が乗り込む艀船に同乗させてもらった。

紅丸に着くまでに、少年たちが口々に言う。

「おっちゃん、また来るで」

「僕も、また来る。今度は、お父ちゃんとお母ちゃんも連れてくるわ」

みんな、それほど楽しかったのかと、熊八は嬉《うれ》しかった。隣に座っていた健太郎が、そっと袖口を引く。

「おっちゃん、僕、次は弟を連れてくる」

熊八は笑顔で聞き返した。

「健坊、弟がおるんか。そんなら、きっといっしょに来てくれ」

すると木村が首を横に振った。

「それが駄目《だめ》なんです。実は、この子の弟は喘息《ぜんそく》持ちで、こういう旅行は無理なんですよ」

しかし健太郎が口をとがらす。

「けど、風呂屋のおっちゃんが言うてたで。温泉の湯気《ゆげ》は喘息にも効くて。そやから弟も連れてきてやりたい」

熊八は気の毒になった。しかし子供の喘息の発作《ほっさ》は、時に命に関わる。さすがに気軽に受け入れるわけにはいかなかった。

「そうか。健坊は弟思いやな。いつか弟も元気になって、いっしょに来れるとええな」

話をしているうちに、艀船が紅丸の足場に横づけした。少年たちは順番に立ち上がり、軽々と足場に飛び移って、タラップを駆け上がっていく。

いちばん体の大きな少年が最後に残り、厳しい口調で言った。

「俺は先に行くけどな、かならず自分で昇って来いよ。いいなッ」

健太郎は今にも泣き出しそうだ。

少年が甲板まで昇ったのを見届けてから、木村が立ち上がった。

「健太郎、先生が足場から手を伸ばしてやるから、つかまれ」

先に足場に乗り移って、片方の手を差し出す。熊八は健太郎の顔をのぞき込んで聞いた。

「健坊、やれるか」

健太郎は緊張で青ざめている。

「健坊、いつか弟が来る時に、兄ちゃんがタラップの昇り降りができへんかったら困るから、ここは頑張りどころやで」

そう励ますと、口元を引き締めてうなずいた。そして立ち上がった。

だが差し出された木村の手につかまる寸前に、大きくよろけた。あ、転ぶと、熊八は、すばやく手を差し伸べた。しかし健太郎は、かろうじて足を踏ん張り、木村の手にしがみついた。

熊八は思わず大声をかけた。

「健坊、頑張れッ」

健太郎は、なんとか体勢を立て直して足場に乗り移り、梯子段に片足をかけた。だが、そのまま立ちすくんでしまった。タラップが波で揺れるし、段の間から海面が見えて怖いのだ。

その時、上方から大声が飛んだ。

「健、下を見るなッ。上を向いて昇ってこいッ」

甲板を仰ぎ見ると、さっきの体の大きな少年が大きく手招きしていた。ほかの子供たちも紅丸の手すりに鈴なりになって、口々に励まし始めた。

「健太郎、頑張れッ」

「頑張って、上がってこい」

健太郎は顔を上げるなり、一歩、二歩と昇り始めた。勇気を振り絞っているのが、今にも泣き出しそうな横顔から伝わってくる。熊八は両手を握りしめて見守った。

半分ほども昇ると、急に早足になった。最後は仲間たちの待つ甲板まで、一気に駆け上がる。昇りきった瞬間に大歓声がわいた。

少年たちが飛び跳ねながら健太郎を取り囲む。健太郎は泣いているようにも、笑っているようにも見えた。熊八の喉元に熱いものがこみ上げる。丸眼鏡の下に人差し指を差し入れて、目頭《めがしら》をぬぐった。

足場に立っていた木村が、タラップの手すりをつかんで、熊八に向かって頭を下げた。

「本当に、ありがとうございました。お世話になりました」

その声も潤《うる》んでいる。

木村が昇るのを待って、船頭が艀船を漕ぎ出した。海鳥が飛び交う空の下、たちまち紅丸の船体との間に、真っ青な海面が広がっていく。

甲板から子供たちの声が響いた。

「おっちゃん、ありがとう」

「おおきに、ありがとう」

ひときわ甲高《かんだか》い声が聞こえた。

「ピカピカのおっちゃん、ほんまに、ありがとう」

健太郎の声だった。そんなに大きな声が出せたのが驚きであり、嬉しくもあった。

熊八は艀船の上から手を振った。

「頑張れよ。大阪に帰っても、頑張るんやで」

そう励ましながらも、もう大丈夫だと確信した。この旅を機に、健太郎は大きく成長したに違いなかった。


それからほどなくして、熊八に一通の封書が届いた。女文字で、差出人の住所は大阪だが、名前に心当たりがない。

封を切って読み進んで合点《がてん》した。それは健太郎の母親からの礼状だった。

健太郎は帰宅してから、ピカピカのおっちゃんの話ばかりしているという。下船と乗船のみならず、夜中に起こしてもらえて寝小便もせずにすんで、とても喜んでいると書かれていた。寝ぼけて覚えていないと思い込んでいたが、本当は感謝していたのかと、また胸が熱くなる。

健太郎には喘息持ちの弟のほかに、妹もおり、ふたりとも兄の旅をうらやましがっているという。手紙は感謝の言葉で締めくくられていた。

ユキにも読ませると涙ぐんだ。

「あなたが前に話していましたでしょう。聖書には『旅人をねんごろにせよ』という言葉があって、旅人の中に天使がいるかもしれないって」

熊八は渡米中にキリスト教に出会い、聖書の中の言葉を心に刻んだ。その中で「旅人をねんごろにせよ」という一節を、妻に話して聞かせたことがあった。

ユキは手紙をたたみながら言う。

「あの子供たちこそ、天使かもしれませんね」

熊八はうなずいた。

「そうやな。きっと天使や」

今回、子供たちを受け入れるまで、熊八は不満ばかり抱いていた。別府では、せっかくアイディアを思いついても実現は遠く、気持ちが後ろ向きだった。でも健太郎のせいいっぱいの頑張りと、仲間たちの声援を見て、心が洗われた思いがした。

どんくさいと馬鹿にされた健太郎が、あれほど頑張れたのだから、自分だってとふるい立たないわけにはいかない。やはり大きな夢を持って、それに向かって、せいいっぱい努力したくなった。

流川通りの道路拡幅よりも先に手がけたい夢が、すでに熊八の頭の中で形になっていた。別府港の桟橋建設だ。紅丸のような大型船が横づけできる船着き場が欲しかった。

健太郎の頑張りは賞賛に値するものの、できることなら、もっと楽に、もっと安全に、上陸させたい。沖泊りではなく桟橋ができれば、健太郎の妹も来られるかもしれない。

艀船に飛び移ったり、タラップを昇り降りしたりするには、スカートや着物では無理だった。今のままでは少年や男たちしか船旅を楽しめない。

だから温泉といえば男のものだった。大手旅館の内湯も、男湯ばかりが広々して、女湯は申し訳程度の広さだ。

熊八は別府に家族連れを呼び込みたいと思った。家族連れなら、父親も泥酔するほど酒は呑まないに違いない。

まず熊八は、話のわかる政治家か役人がいないか探してみた。すると山田耕平《やまだこうへい》という県会議員の評判がよかった。先祖は大分を代表する戦国大名、大友宗麟《おおともそうりん》の家臣だという。

さっそく陳情に行ってみると、山田は四十そこそこで、面長《おもなが》な顔は士族の出らしく品がいい。

しかし熊八の話を聞くなり、長い顔を横に振った。

「油屋さん、港の改修というものは、そう簡単にできるものじゃないんですよ。桟橋そのものを造ればいいだけではなくて、海の底を深く掘り下げなけりゃ、大型船が横づけできないんでね」

熊八は食い下がった。

「けど大阪には、立派な桟橋があるやないですか」

「大阪港は昔から工事が繰り返されてきたし、今の大桟橋には、大阪市の年間予算の三十倍もの建設費がかかってるんです。大分県じゃ、とても担《にな》えない」

「それじゃあ、いつまで経っても別府の港は、このままでええんですか。いつまでも艀船頼りで」

「まあ、造りたいには造りたいが、県には、そんな金がないんだから、どうしようもない」

また金かと、熊八が溜息をつくと、山田は、ふと思いついたように言った。

「いっそ船会社に頼んだらどうだろう。大阪商船は別府航路だけじゃなくて、あちこちに大型船を行き来させてるし、国も景気対策として後押ししている」

ていよく追い払われた気もしたが、すぐさま熊八は大阪商船の別府支社に走った。

しかし船会社でも、とんでもないという態度だった。だが熊八は諦《あきら》めなかった。今度ばかりは、健太郎が天使だという特別な思いがある。

そんな時、義兄に当たる薬師寺知曨《やくしじともひで》が、妻の喜久《きく》をともなって別府に現れた。喜久とユキとが姉妹で、以前から親しくしている。

もともと薬師寺も宇和島出身で、今は大阪で新聞記者をしている。麻の背広《せびろ》にカンカン帽をかぶり、いたって身なりはお洒落だ。

かつて熊八が経済記者になったのも、薬師寺の口利《くちき》きだった。忙しい身ながらも、時々、義妹夫婦に会いがてら、温泉に入りにやってくる。

熊八が桟橋の件を相談すると、薬師寺は腕組みをして言った。

「目のつけどころは、いいと思う。でも下っ端《したぱ》の社員には理解できないだろう。いっそ企業の上層部に、話を持っていったらどうだ？　たしか大阪商船の創業者は愛媛県に長くいたことがあるはずだ。同県のよしみで、いきなり大阪の自宅に押しかけてしまえば、話を聞いてくれるかもしれんぞ」

新聞記者だけに、あらゆる情報に通じていた。

熊八は大阪まで掛け合いに行きたいのは山々だが、旅費が捻出《ねんしゅつ》できない。かつて大阪で株の売買が行き詰まった際に、さんざん薬師寺には借金して、たいへんな迷惑をかけてしまった。今さら、また貸してくれとは言えない。

すると薬師寺たちが帰ってから、ユキが小さな紙包みを差し出した。

「これを使ってください。充分じゃないかもしれないけれど」

それは大阪までの船賃と滞在費だった。こんなことは初めてではない。以前も、とことん困った時に、ユキがへそくりを出してくれたことがあった。

「ええんか」

確かめるように聞くと、ユキはうなずいた。

「いつもあるわけじゃないから、あてにされると困るけれど。でも、こういう時のために、なんとかやりくりしてきたから」

熊八は自分には過ぎた女房だと、頭が下がった。


さっそく紅丸に乗って、久しぶりに大阪におもむいた。

大阪商船の創業者、広瀬宰平《ひろせさいへい》については、以前から名前だけは知っていたが、改めて素性《すじょう》を調べた。

広瀬は関西の生まれだが、九歳から愛媛県の別子銅山《べっしどうざん》で育ち、幕末に住友の番頭として名を成した。その後、瀬戸内海で乱立していた船会社を統合させて、大阪商船を創業したのだった。

同じ愛媛県内といっても、別子銅山は東に位置し、南の宇和島とは、かなり離れている。まして広瀬は、とうに大阪商船の頭取や社長の座を退《しりぞ》いていた。それでも影響力はあるに違いなく、熊八は薬師寺の勧め通り、思い切って邸宅《ていたく》を訪ねた。

そこは瀟洒《しょうしゃ》な洋館だった。玄関扉の前に立って、重厚なノッカーを打つと、執事が現れた。門前払いを覚悟し、会ってもらえるまで毎日でも押しかけるつもりで、名刺を差し出した。

いったん執事は奥に引いたが、戻ってくると、思いがけないことに応接間に通された。勧められるままに、ひとりがけのソファに腰かけた。

奥から現れた広瀬は、かなり高齢に見えた。熊八の名刺を手にして聞く。

「たしか二十年くらい前だったたか、油屋将軍と呼ばれた男がいて、なかなか鼻息が荒かったようだが、親戚か何かかね」

熊八は正直に答えた。

「いいえ、親戚ではなく、本人です」

「そうか、本人か。珍しい名前だし、印象に残っていた。それに、つい最近も、君の名前を聞いた覚えがあったんでな」

それで広瀬は会ってくれたのだという。しかし昔のことならまだしも、最近は熊八が大阪で話題になることなどない。

「最近、何を聞かれたんでしょう」

「ええっと、何だったかな。昔のことは覚えているんだが、歳のせいで、最近のことは端から忘れてしまうんだ」

広瀬は頭を傾け、深いしわの刻まれた額に指を当てて、考え込んでしまった。

「思い出せないな。まあいい。で、要件は何かね」

熊八は革鞄《かわかばん》から紙束を取り出した。

「別府港に桟橋を造って頂きたいのです」

それは自分でまとめた資料だった。まず桟橋ができて女性客が増えた場合の増収を示し、次に艀船が転覆《てんぷく》した場合の補償《ほしょう》額や、旧式な手漕の艀船をモーター船に更新するための費用、それと桟橋の建設費を、図で比較してみせた。

図や数字を用いた資料づくりは、アメリカにいた頃に図書館で専門書を読んで、独学で身につけた手法だ。大阪の企業にアイディアを売り込む際にも、さんざん活用したものだった。

熊八が熱っぽく説明すると、広瀬は最後まで聞き終えてから言った。

「桟橋の必要性は、こちらとしても認識している。なんとかしてやりたいが、わしは現役を退いて、ずいぶん経つし、気の毒だが何もできない」

熊八は食い下がった。

「では、どなたか、ご紹介頂けませんか」

すると広瀬は自分の名刺を取り出し、裏に細筆で何か書き込んで差し出した。

見ると「三隅壮一どの　油屋熊八氏の依頼を、ご検討あれ　広瀬宰平」と、達筆《たっぴつ》な文字が並んでいる。

「これを持って、大阪商船の本社に行くがいい。きっと三隅くんが力になってくれるだろう。今の話を聞いて思い出したんだが、私に君のことを聞かせたのは、たしか三隅くんだったと思う。それも別府の桟橋にからむ話だった」

不思議なことに熊八も、三隅という名前に聞き覚えがあった。でも、いつ、どこで耳にしたのか思い出せない。

ともあれ大阪商船の本社に出向き、三隅壮一に面会を申し込んだ。現れたのは三十代半ばの、予想よりも若い社員だった。身なりも口調もきちんとしており、誠実に対応してくれた。

「別府の桟橋の件ですね」

言い当てられたため、熊八は挨拶《あいさつ》もそこそこに、また勢い込んで桟橋の必要性を語った。すると三隅は資料を手に取って聞いた。

「わかりました。これを、お預かりしていいですか。役員会にかけたいので」

「そしたら、検討してくれはるんですか」

「もちろんです。私自身、別府の桟橋の必要性は、最近、改めて痛感したところですし。それに、ほかでもない油屋さんのご提案ですし」

逸《はや》る気持ちを抑えて聞いた。

「どこかで、お会いしたことがありましたか。なんでも広瀬さんに私のことを話されたとか」

「話しました。お会いするのは初めてですけれど」

いよいよ見当がつかない。戸惑《とまど》っていると、三隅が言った。

「家内が、お礼状を送ったと申しておりました」

なおも思い当たらない。三隅は笑顔になった。

「ピカピカのおっちゃんですよね」

そのひと言で、何もかも合点した。健太郎の母親から受け取った礼状のことだ。あの差出人の女性名が、確か三隅なにがしと書いてあった。

「ほんなら、あなたは健坊の？」

「ええ、父親です」

あまりの偶然に言葉も出ない。

「その節《せつ》は、息子がお世話になりました。意気地《いくじ》がないものですから、別府で艀船が怖くて泣いたと聞いて叱ったのですが、やはり桟橋は必要だと感じて、広瀬相談役にお会いした時に話をさせて頂いたのです」

また資料に目を向けた。

「でも自分の息子が怖がったという理由では、桟橋建設を提案するわけにはいかなかったのですが、地元からの要請《ようせい》ということで、役員会にはかかりやすくなります」

熊八は喜びの反面、なおも戸惑いは消せない。

「けど、こんな偶然って」

三隅は穏《おだ》やかに首を横に振った。

「おそらく偶然ではないと思います。本当に桟橋が必要だからこそ、何かの力が働いて、うちの息子が油屋さんの宿に泊めて頂いたのでしょう」

熊八は瞬時に天使だと悟った。やはり健太郎という小さな旅人が、まぎれもなく天使だったのだ。

三隅は言葉に力を込めて約束した。

「何が何でも桟橋を完成させます。大工事になりますので、何年かはかかりますが」

「わかりました。よろしゅう、お願いします」

熊八は深々と頭を下げると、跳ねるような足取りで、大阪商船の本社を後にした。別府での大きな夢が初めてかなった日であり、ユキに話したくてたまらなかった。

2　油を売らない油屋

油屋熊八《くまはち》は明治維新の五年前、四国は宇和島《うわじま》城下の米穀商、油屋正輔《あぶらや》の長男として生まれた。何代か前には油を商《あきな》っており、家業が米屋に変わってからも油屋を屋号として、それが、そのまま苗字《みようじ》になったのだ。

熊八は幼い頃、機敏《きびん》ではなかった。小柄だったこともあって、同じ年頃の遊びにも、なかなか入っていかれなかった。

寺子屋に通うようになっても、習字は丁寧《ていねい》すぎて書くのが遅く、算盤《そろばん》は数字の読み上げについていけない。口数も少なく、「のろま」と言われて仲間外れにされ、いよいよ引っ込み思案になった。ただし、いちど呑み込むと、けっして間違えなかった。

寺子屋を終えると、すぐに店の手伝いが待っていた。幼い頃から奉公人たちの仕事ぶりを、かたわらで見て育ったので、この時ばかりは要領がよかった。店の道具の整頓など、手際《てぎわ》よく間違いがない。

小まめに土間《どま》を掃き清めては、こぼれた米粒を拾い集めた。枡《ます》の底に残った米の粉も取っておいて、手焙《てあぶり》の炭火に小鍋をかけて煮詰め、糊《のり》を作って、障子《しょうじ》の張替えの際などに使った。

ただし大きな声で「いらっしゃいませ」や「ありがとうございました」と言うのが苦手だった。それでも熊八の働きぶりに気づく客が現れた。

「この子はおとなしいけれど、気が利《き》くね。この店は先々まで安泰《あんたい》だ」

熊八は嬉《うれ》しかった。初めて人に認められて、働くことが楽しくなった。

しだいに接客も任されるようになった。大きな一升枡を両手で抱え、米俵から米をすくい取って、きっちりと量《はか》る。そして客の持ってきた布袋に注《そそ》ぎ入れて、できるだけ元気よく手渡した。

代金を受け取る時には心が弾《はず》んだ。自分の働きが金に変わり、数字で実感できることが楽しかったのだ。いよいよ働くことが好きになった。


熊八が十三歳になった春、父の正輔は初めて大阪に連れて行ってくれた。

行ってみて熊八は町の威容《いよう》に驚いた。表通り沿いには蔵造りの大店《おおだな》が建ち並び、見上げるような洋館が、あちこちにそびえていたのだ。

行き交う人は洋服姿が多く、何もかもが新鮮だった。それに比べて、いまだに着物に丁髷《ちょんまげ》の自分たちが、とても田舎《いなか》くさくて恥ずかしかった。

ふいに正輔が一本の路地《ろじ》奥に目を留めた。そのまま表通りから外れて、ずんずん進んでいく。

熊八が追いかけると、奥の小さな店に「ザンギリうけたまわり〼《ます》」と墨書された紙が張ってあった。どうやら髪結《かみゆ》い床《どこ》らしい。中に入るなり、正輔は自分の髷をつかんで言った。

「ばっさりやってくれ」

正輔は首にてぬぐいを巻かれると、さすがに緊張の面持《おもも》ちだったが、あっという間にザンギリ頭になった。熊八としては違和感は感じたものの、父が新時代に踏み出した気がした。

正輔は息子の頭を示した。

「この子も頼む」

熊八は慌《あわ》てた。自分もとは思っていなかったのだ。髪結い床の主人は、熊八の頭を一瞥《いちべつ》した。

「この子は前髪立ちなんで、いったん坊主にせんとあきませんよ。すぐに毛が伸びて、ザンギリになりますけどね」

父は総髪《そうはつ》だったから、そのまま断髪《だんぱつ》にしても格好《かっこう》がついたが、熊八は頭頂部を剃り上げている。正輔は平然と答えた。

「ああ、かまわん。坊主にしてくれ」

「お、おとうちゃん、そ、それは勘弁《かんべん》してくれ」

後ずさりしたが、すぐに捕まえられて、無理やり台に座らされた。そして父と同じように、てぬぐいを首に巻かれて、前髪も髷も落とされ、頭全体を剃り上げられてしまった。

最後に丸い手鏡を手渡されて息を呑んだ。そこに映っていたのは、まるで寺の小坊主だったのだ。熊八が半泣きになっていると、髪結い床の主人が言った。

「坊、表通りに帽子屋があるさかい、おとうちゃんに、ひとつ買《こ》うてもらえ。そのままやったら、頭がすうすうするやろ」

するると正輔は教えられた店に行き、また息子の頭を示した。

「この子に合うものを頼む」

いつもは締まり屋の父にしては、珍しく気前《きまえ》がいい。すると店の手代《てだい》らしき男が、変わった形のかぶりものを取り出した。

「これはハンチングゆうて、近頃、洒落《しやれ》もんの若い衆が、ようかぶってます。値段も手頃やし、小さい丁稚《でっち》さんも、かぶってますよ」

手代は熊八の頭に載《の》せて言う。

「ちょっと、ぶかぶかやけど似おてるよ。鏡で見てみ」

四角い板状の鏡を手渡され、熊八はのぞき込んで息を呑んだ。驚いたのは帽子ではない。信じられないほど、はっきり自分の顔が映っていたのだ。鏡を両手で揺さぶって聞いた。

「これ、何？」

「これって？　ああ鏡か。これは舶来《はくらい》の鏡や。よう見えるやろ」

熊八は髪結い床にあったような、丸い手鏡しか知らない。昔からある銀盤を磨いたものだ。しかし輸入ものの鏡は四角く、映り具合が段違いだった。

呆気《あっけ》にとられる息子を尻目に、正輔は手早く勘定《かんじょう》を済ませて外に出た。それからは、また早足で歩いていく。熊八は慌てて後を追った。熊八の口数の少ないのは父親ゆずりであり、正輔が何も説明しないまま行動するのは日常茶飯事《にちじょうさはんじ》だ。

大阪は掘割の多い町で、いくつもの橋を渡り、着いた先は、ひときわ大きな建物だった。

入り口の前に人だかりができており、ハンチングをかぶった若者も少なくない。誰かが大声を発すると、そこに人が集まり、やり取りがあって一段落する。

熊八は父に小声で聞いた。

「あの人たち、何してるの？」

「米の売り買いだ」

なるほどとは思ったものの、売り買いには符丁《ふちょう》でも使っているらしく、熊八には、さっぱり理解できない。正輔も初めての場所のようで、少しうろたえ気味《ぎみ》だ。

その時、雑踏の向こうから、甲高《かんだか》い声が聞こえた。

「新聞、新聞、新聞は要《い》りませんかァ。経済欄も、いろいろ載ってますよォ」

そう繰り返す声が近づいてきて、人混みの中から、ひとりの少年が現れた。大量の紙束を抱えており、熊八と同じ年頃だ。

あちこちから手が伸びて、新聞が売れていく。正輔も巾着《きんちゃく》を取り出して買い求め、その場に立ったまま紙面を読み始めた。

その時、鐘が鳴り響き、建物の中から洋服姿の男たちが、いっせいに出てきた。最後に、尻端《しりは》折《しょ》りした下働き風の男たちが、手に水桶を提《さ》げて現れ、柄杓《ひしゃく》で派手に水を撒き始めた。

「今日の取引は終《しま》いや。はよう帰りなはれ。帰らんと水がかかるでェ」

どうやら建物の中で正規の米取引が行われ、外の取引は非公式ながらも、いちおう容認されているらしい。ただし、いつまでも続けるのは御法度《ごはっと》のようで、男たちは、あたりかまわず水を撒き散らす。

たちまち人々は蜘蛛《くも》の子を散らすように、その場から離れていった。正輔も読んでいた新聞をたたんで歩き出した。

　ようやく説明してもらえたのは、宿に入ってからだった。夜、ランプの明かりのもとで、父は険《けわ》しい顔で話し始めた。

「熊八、今日、行ったところはな、堂島《どうじま》の会所《かいしょ》といって、昔から諸国の米の取引をしてきた場所だ」

　明治維新前までは、米の流通は各地の大名家が中心になっていたという。農家から年貢《ねんぐ》として集め、家臣たちに給金として分配し、城下の町人たちが食べる分は、油屋のような米屋に小売りさせた。その上で余った分を、帆掛け船で大阪に運んで売却した。

　そのため大阪には諸国から米が集まり、その後、大消費地である江戸へと転売された。そんな取引の中心地が堂島米会所だったのだ。

　ただし年によって、米は収穫量が変わる。冷夏や秋口の台風で不作になれば、大阪に集まる米の量は減り、当然、値が上がる。逆に豊作なら値下がりする。

　もともとは秋に米が穫れて、大阪に運ばれてきた時点で取引していたが、あらかじめ天候を予測して、早めに売り買いする者が現れた。

　北国で夏の長雨が続いていると耳にすれば、不作になると見込んで、秋の収穫のはるか前に、例年の価格で米を予約しておく。予想通り不作になって、値段が高騰したら売り払い、その差額が儲《もう》けになる。逆に急に暑い日が続いて、豊作になり、米価が下がれば損をする。

　ランプの炎が揺れて、正輔の顔が、いよいよ険しく見えた。

「それを先物取引という。いわば博打《ばくち》だ」

　だが明治維新以降、米をめぐる環境が大きく変わった。地租《ちそ》改正といって、米による年貢が金納に変わり、農家は米や田畑の売り買いが、自由にできるようになったのだ。

油屋のような米屋は、それまでのように大名家から下げ渡される米を、城下で売っていれば安泰というわけにはいかなくなった。まして版籍奉還《はんせきほうかん》や廃藩置県《はいはんちけん》によって、大名家自体がなくなってしまった。

大阪では、いよいよ先物取引が盛んになった。全国的な不作になると、たちまち大量の米が大阪に流れてしまい、地元の米屋にはまわってこなくなった。その結果、米屋が立ち行かなくなり、諸国で廃業が相次いでいるという。

正輔は腕組みをして、苦々《にがにが》しげに話す。

「うちも今まで通りでは駄目《だめ》だ」

世の中の変化についていかなければと思い、今回、大阪に来たのだという。髷を切り落としたのは、その覚悟の証《あかし》だったのだ。

熊八は遠慮《えんりょ》がちに聞いた。

「今まで通りじゃなければ、どうするの？」

「わからん」

正輔は、かたわらに置いてあった新聞を取り上げて、息子の胸元に突きつけた。

「おまえも読め。世の中の動きが少しはわかる」

熊八はたいへんなことになったと総毛《そうけ》立った。米の入荷量が減っており、商売が厳しいことは、薄々は感じていた。だが父に任せておけば大丈夫《だいじょうぶ》だと、呑気《のんき》にかまえていたのだ。

熊八は新聞の隅々《すみずみ》まで読みあさった。すべての漢字に仮名が振ってあり、なんとか読めた。そして新聞というものは面白《おもしろ》いと感じた。大阪だけでなく、遠い東京や北国で起きたことまで詳しく書いてある。隅の方には米の値段も、細かい字で載っていた。

今後、どうすべきか、とんと見当がつかない。でも帽子屋で西洋の鏡に驚いたように、世の中は大きく変わりつつある。そんな動きについていくには、新聞は役に立ちそうだった。

翌日、もういちど親子で堂島米会所に行くと、また建物の前に人だかりができていた。どうやら中に入るには資格が必要であり、外では無資格の者が勝手に取引しているらしい。

だが正輔は取引に加わるどころか、不機嫌そうに突っ立っているだけだ。熊八は焦《あせ》った。このままでは、わざわざ大阪に来た意味がない。そこで父から離れ、男たちの背後に立って聞き耳を立てた。しかし仲間内の符丁は、まるで理解できない。

すると、ひとりの男が『堂島米取引新知識』という本を小脇に抱えているのに気づいた。題名にも振り仮名が振ってあり、思い切って聞いてみた。

「おじさん、その本、見せてもらえませんか」

男は首を横に振った。

「これは子供が読んで、おもろい本やないで」

「でも、お米の取引のやり方が、書いてあるんですよね」

「そら、書いてはあるけどな」

男は、ぱらぱらっとめくって見せた。熊八は一瞬で、総振り仮名つきだと見て取った。

「ありがとうございますッ」

できるだけ大きな声で礼を言って、父の方に向かって駆け出した。途中で昨日の新聞売りと出会ったので、足を止め、また思い切って聞いた。

「新聞って、田舎に送ってもらえないのかな」

「十日分とか、半月分とか、まとめてなら送ってくれるで。新聞社に頼んだらええ」

新聞社の場所も教えてもらい、父のところに駆け戻って、たった今、見聞きしたことを伝えた。

すると正輔は近くの書店に行き、米取引の解説本を何冊も買った。さらに新聞社にも出向いて、宇和島への配送を申し込んだ。

いつもの締まり屋が別人のようであり、それほど切羽詰《せっぱつ》まっているに違いなかった。いよいよ熊八は危機感をつのらせた。


宇和島に帰ってから、熊八は買ってきた本をむさぼり読んだ。木版刷《もくはんず》りの和綴本《わとじぼん》で、わからないところも多かったが、何度も読み返すうちに、おぼろげながら理解できるようになった。

堂島米会所での取引は、毎年、冬と春と秋の三回ずつ行われ、米屋としての実績があれば、正式な取引に加わる資格が得られるらしい。

まとめて届く新聞も隅々まで読んだ。特に水害などの記事には目を光らせた。それが米の作柄《さくがら》に関わると気づいたのだ。そして父に訴えた。

「堂島の秋の取引にも行ってみたい」

さすがに正輔は渋《しぶ》った。

「ふたりで何度も大阪に行く金はない」

それでも熊八は粘った。

「おとうちゃんといっしょでなくても、ひとりでいいから行かせてくれ」

熊八の言葉に、正輔はむっとした。

「子供が何を言うか。だいいち、ひとりだろうとふたりだろうと、大阪に行くには金がかかるんだぞ。とにかく働けッ」

家に帰ってきて以来、父は締まり屋に戻っていた。かたわらで聞いていた母も、子供のひとり旅には反対した。

だが、しばらくすると、正輔は意外なことを言い出した。

「店を辞めたいというやつがいる」

奉公人がひとり、米屋の先行きに見切りをつけて、店を辞めると言い出していた。

「そいつの分まで、おまえが働けば、給金が要《い》らなくなるし、大阪行き、考えてもいいぞ」

熊八は目を輝かせ、翌日から、いっそう力を入れて働き始めた。力仕事も頑張り、米俵を載せた大八車《だいはちぐるま》を必死に引いた。客には大声で挨拶《あいさつ》し、かつての無口が嘘のように、愛想《あいそ》よく世間話《せけんばなし》につきあった。引っ込み思案《じあん》は過去のものになった。

以前は両手で持っていた一升枡《ます》を、しだいに右手だけで扱えるようになった。気が付くと、右手が左手より大きくなっていた。

相変わらず新聞や書物を熱心に読んだ。しかし昼間は店で忙しいため、どうしても夜、行灯《あんどん》の明かりで読むことになり、目を悪くして、丸眼鏡《まるめがね》をかけるはめになった。

熊八が、ひとりで大阪に行かせてもらえたのは、十五歳の冬だった。その年、宇和島は台風の直撃を受け、稲穂がなぎ倒されて、米が不作だった。大阪まで買いつけに行かなければ、売るものがなかったのだ。

正輔は、くどいほど繰り返した。

「先物取引には首を突っ込むな。とにかく今年、店で売る分の米を買ってくるだけでいい。余計なことはするな」

「わかってる。先物取引なんかできるほど、売り買いのしくみがわかってるわけじゃないし。それに先物取引が始まるのは、春から夏にかけてだよ。まだまだ先だ」

まず熊八は宇和島の役所に行って、米屋の営業実績の証明書を出してもらった。その書類を持って堂島の会所におもむき、きちんと資格を取って正規の取引に加わった。

無我夢中《むがむちゅう》で場内を駆けまわり、なんとか安い米を買いつけた。台風の被害を受けた地域は限られており、ほかの地方では、おおむね豊作だったのだ。

仕入れた米俵が届き、油屋の倉はいっぱいになった。店で売り出す一方で、御用聞きにまわると、得意先の客が笑顔で言った。

「今年は不作だから、お米の値が上がるって覚悟してたけど、いつも通りだね。ありがたいよ」

城下のほかの米屋では、軒並み値上げしていた。熊八は客が喜んでくれるのが嬉《うれ》しかった。

たちまち評判になって客が殺到した。すると米が足りなくなってしまい、また春にも大阪に行った。それを繰り返していくうちに、熊八は買いつけの要領《ようりよう》がわかってきた。米会所の大人《おとな》たちにも可愛《かわい》がられて、いろいろ教えてもらえた。

新聞を隅々まで読んで、秋の豊作不作を予測してみると、見事に的中した。翌年も予測は外れず、自分の勘《かん》に自信を持ち始めた。

周囲からは先物取引を勧められた。もし先物取引で利を得られれば、もっと安く米を売れる。そうすれば、もっと客に喜んでもらえる。だが父との約束は守らなければならなかった。

そのうち株も勧められた。ちょうど大阪株式取引所ができて、売買が始まったばかりだった。熊八は株の手引書も買って、家で熟読《じゅくどく》した。それは米の先物取引よりも面白そうだった。思い切って正輔に頭を下げた。

「大阪に行かせてくれ」

「もう行ってるだろう」

「取引の時だけ行くんじゃなくて、大阪に住みたいんだ」

「大阪で何をするつもりだ？」

「株だよ。最近、いろんな株式会社ができて、これからは株取引の時代になるのは間違いない」

明治維新以降、株式会社のしくみが西洋から入ってきて、東京や大阪で定着し始めていた。

「株券ってものを発行して、それを見ず知らずの人たちが買って、その金を会社の資金にする。つまり大勢で、ひとつの会社を支えるんだ」

熊八は自信満々で話した。

「その会社の人たちが頑張って働いて、業績が上がれば、みんなが注目して、そこの株を買いたがる。そうして株の値が上がった時に売りに転じれば、儲《もう》けが出るしくみなんだ。けど、どんな会社が何を始めたかとか、どこに見込みがあるかとか、いち早く知るには、大阪に住んでなけりゃ話にならない」

だが正輔は、けんもほろろだった。

「そんなのは博打だ。米の先物取引と同じだ」

「違うよッ」

熊八はむきになって言い返した。

「株は、その会社の業績だけじゃなくて、世の中の動きをわかってる者が儲けられるんだ。勉強する者が勝つんだよ。それで儲けた金を、また別の会社を支えるのに使うんだ。世の中のためや、頑張って働く気のある人のためになるんだ」

「いや、金を転がすだけで先物取引と変わらん。そんなことに頭を使うなら、体を使って働けッ」

「もう充分に働いてるよッ」

熊八は右手を開いて突き出した。小柄なのに、右手だけが人並み外れて大きい。一升枡をつかみ続けた結果であり、まさに働き者の証だった。

正輔は言い返せなくなり、黙り込んでしまったが、大阪居住は許されなかった。母が泣いて引き止めたのだ。

熊八は飼い猫のトラに話しかけた。

「親父《おやじ》も、おふくろも頭がかたいんだ」

米屋に猫はつきものだ。米俵を荒らす鼠《ねずみ》退治のために飼っている。だがトラは、どこ吹く風といった様子だ。

「猫はいいよなァ。気楽で」

　そうつぶやいても、素知《そし》らぬ顔で丸くなっていた。

　その後も相変わらず、堂島の米取引の時期だけ、熊八は大阪に出向いた。初めて大阪に出てきてから、いつしか十年が経っていた。

　薬師寺知朧《やくしじともひで》と知り合ったのは、その頃だった。若い新聞記者で学識が深い。そのうえ上背《うわぜい》があって顔立ちが整《ととの》い、ソフト帽や仕立てのいい背広《せびろ》が似合っていた。

　初対面の時には別世界の人間だと感じたが、話してみると、同じ宇和島出身だとわかった。妻も宇和島の出身だからと、家に招いてくれた。

　家は小ぶりながらも洒落たしつらえで、洋間に通された。妻の喜久《きく》は薬師寺と似合いの美人で、衿《えり》の詰まったドレスを着ていた。普段から洋装の女性を、熊八は初めて見た。

　しばらくすると喜久によく似た娘が、銀の盆に珈琲《コーヒー》を載せて運んできた。薬師寺が紹介する。

「妻の妹のユキだ。実家は宇和島だが、こっちの女学校に通うんで、うちに居候《いそうろう》させているんだ」

　こざっぱりとした縞木綿《しまもめん》の小袖《こそで》姿で、珈琲茶碗をテーブルに置く。

　その横顔に、熊八は目が釘づけになった。喜久は牡丹《ぼたん》か芍薬《しゃくやく》のように華やかだが、妹は野菊を思わせる可憐《かれん》さがある。喜久という名前は妹の方にこそ、似合う気がした。

　四人でソファに腰かけ、珈琲を飲みながら話をした。姉妹は油屋の店舗《てんぽ》を知っていた。

「評判のいい、お米屋さんですよね」

喜久に褒《ほ》められて嬉しくなった。薬師寺が言う。

「熊八さんは右手だけが大きいんだ。一升枡を片手で扱っていたら、いつのまにか大きくなったらしい。それほどの働き者だ」

いつもなら自慢できる手だが、美人姉妹の前では、むしろ気恥《きは》ずかしかった。

「見せてくださる？」

喜久にうながされ、熊八は遠慮がちに両手を開いて見せた。すると対面に座っていたユキが、ふいに手を差し出した。ほっそりした指で、肉厚で無骨な手に触れ、無邪気《むじゃき》な笑顔を見せる。

「本当に右手だけ大きいんですね」

熊八は胸がどきどきして、顔が赤くなりそうだった。それで慌てて話題を変えた。

「おふたりの実家は、何をされているのですか」

姉妹は答えをゆずり合って、顔を見合わせるばかりだ。代わりに薬師寺が答えた。

「このふたりの父親は明治の初め頃まで、宇和島の殿さまの側用人《そばようにん》を務めていたんだ」

宇和島藩主の伊達宗城《だてむねなり》は、幕末の四賢侯《しけんこう》と呼ばれた名君だ。明治維新以降には、新政府で大蔵《おおくら》卿《きょう》などの重い役を務めた。大蔵卿は大蔵大臣で、側用人は秘書官だった。

熊八は驚いたが、喜久が少し恥ずかしそうに言い添えた。

「でも今は何もしていませんのよ。もう隠居《いんきょ》暮らしで、慎ましく暮らしています」

薬師寺が苦笑する。

「だからユキには贅沢《ぜいたく》をさせないでくれと、宇和島の両親から釘を刺されているんだ」

熊八は、なるほどと合点がいった。だから姉の喜久はドレスを着ているのに、ユキは縞木綿の小袖姿なのだ。

もともと武家は質素《しっそ》ではあるものの、自分との身分差を考えると、つい腰が引けそうになる。

熊八は卑屈《ひくつ》を見抜かれまいと、それからは冗談ばかり言った。

「私の手の大きいのは、熊八の手ですから大熊手《おおくまで》です。これで、どっさり福をかき集めます」

姉妹は、いかにも可笑《おか》しそうに笑ってくれた。

以来、ユキが忘れられなくなった。別世界の女性とは思いつつも、右手に触れた指の感触と、無邪気な笑顔が脳裏《のうり》に焼きついてしまったのだ。

宇和島に帰ってから礼状を出すと、薬師寺らしい端正《たんせい》な筆文字で返事が来た。姉妹が「楽しかったから、ぜひまた来て欲しい」と話しているという。

熊八は信じがたい思いで、その一行を繰り返し読んだ。しまいには声に出してみた。

「楽しかったから、ぜひまた来て欲しい、か」

つい笑みが湧き上がる。手を打って踊り出したい気分だ。それでいて、すぐに冷静に戻る。

「行ったところで、しょせん別世界だしな」

それでも大阪に出るたびに、薬師寺の勧める新聞社を訪ねた。すると、また家に呼んでくれた。行けば楽しくてたまらない。だが帰ると、わが身が情けなくてたまらなくなる。先物取引や株で大儲けをして、金持ちになったら、ユキを妻にもらえるだろうかと、夢を馳《は》せた。

何度めかに薬師寺の家に行った時に、ユキが空になった珈琲茶碗を前に、意外なことを言い出した。

「本当のことを言うと、私、ずっと前に油屋さんに会ったことがあるんです」

熊八は驚いた。こんな美人と出会ったのなら、忘れるはずがない。薬師寺も喜久も意外そうだ。

「え？　いつ？」

「私が七つか八つ、そのくらいの歳でした。油屋さんのお店に、お米を買いに行ったんです。ちょうど不作で、お米が値上がりした年でした」

それは熊八が大阪まで、初めてひとりで買いつけに来た年に違いなかった。士族が家禄《かろく》を失って、暮らしが行き詰まっていた時期でもある。

「それよりも何日か前のことなんですけれど、手習いの塾から帰ってくると、勝手口から大声が聞こえたんです。こわごわのぞいてみると、いつも家に出入りしている、お米屋さんの御用聞きでした。母に向かって、お金を払えないのなら、お米は届けないって。もう世の中は変わったんだ。侍だからって、いい気になるなよって、ひどい剣幕《けんまく》でした」

御用聞きが帰った後で、ユキの母は泣いていたという。

「私は、こっそり米びつをのぞいてみたんです。そうしたら、すっかり空になっていました」

しばらく前から奉公人《ほうこうにん》に暇を出しており、暮らしが苦しいのは子供心にもわかっていた。毎食、白い飯ではなく、青物や根野菜の混じった粥《かゆ》が続いていて、いつもお腹が減っていた。

「ちょうどその頃、手習い塾で町方の女の子たちが噂《うわさ》してたんです。油屋さんっていうお米屋さんが安いって。その話を母に伝えて、買いに行けばと勧めたのだけれど、母は悲しそうに首を横に振るばかりでした」

武家では青物でも味噌《みそ》醤油《しょうゆ》でも、御用聞きが届けるのが当然であり、奥方が外に出かけるなど、はしたないという感覚だったのだ。それでいて買い物を頼める奉公人はいない。ユキは思い切って言った。

「ユキが買ってくる」

だが母は、なおも首を横に振る。ユキは、わずかな米を買う金さえ、家にはないのだと察《さっ》した。

「私は母に黙って、とにかく油屋さんを訪ねてみたんです。そしたら評判のお店だけあって、とても混《こ》んでいて、買いに来た女の人たちが店先で賑《にぎ》やかに話していました。ここの跡取り息子は偉いって。大阪まで行って、安いお米を仕入れてくるんだって。お店の中をのぞいて見ると、眼鏡をかけた若い男の人が、ちょっと照れていました」

それが熊八だったという。

「私、お店でものを買ったことなんか、なかったし、だいいち、お金を持ってないし。でもお米は欲しいしで、いつまでも往来で突っ立ってたんです。そうしたら売り切れたみたいで、早じまいになったんです」

すると熊八が気づいて声をかけたという。

「米かい？」

ユキは、おずおずと聞いた。

「もう、ないんですか」

「少しなら分けてやれるよ。米袋は？」

ユキは米を買うのに袋が要《い》るのも知らなかった。すると熊八は手近な布袋に、一升枡から米を注ぎ入れて差し出した。ユキは急に怖気《おじけ》づいた。

「あの、ごめんなさい。お金、ないんです」

すると熊八はユキの両手を取って、米袋を抱えさせた。その時、右手だけが大きいことに気づいた。

「ぜんぶ食べてしまったら、またおいで。代金は、ある時払いでいいから」

ユキは信じがたい思いで聞いた。

「本当に？」

「ああ、お母ちゃんにも、気にするなって言っとけ」

ユキは、しっかりと米袋を抱え直すなり、一目散に家に走って帰った。そして母に事情を話して手渡した。だが母は哀《かな》しげな顔をするばかりだった。

それから何日かして金の算段《さんだん》ができたらしく、母がユキに金を持たせて言った。

「油屋さんというお米屋さんに、この間のお代ですって、渡してきなさい。とても助かりましたって、お礼を言うんですよ」

あの時は喜んでもらえなかったけれど、本当は助かったのだと知って、ユキは嬉しかった。心弾《はず》ませて走っていき、熊八に代金を差し出すと、優しい笑顔が返ってきた。

「もういいのかい？　お母ちゃん、無理してないか」

「とても助かりましたって、言ってました」

桃割れに結った頭を、ぺこりと下げた。

「本当に、ありがとうございました」

　すると熊八は、また少し照れた顔をした。

　ユキは珈琲茶碗を前にして、思い出を語り終えた。

「今になって思えば、母は、年端《としは》もゆかない武家の娘に、外で買い物をさせて、親として不甲斐《ふがい》なかったのでしょうね」

　ユキは笑顔で言う。

「あの時の白いご飯は美味《おい》しかった。しばらく、お粥ばかり食べていたせいかもしれないけれど、忘れられないほどの味でした」

　かたわらで聞いていた姉の喜久が、意外そうに言った。

「そんなことがあったの？　ぜんぜん知らなかったわ」

「お姉さまは、あの頃、どこかのお屋敷に、お行儀見習《ぎょうぎみならい》に行ってらしたから」

「そんな時期だったかしらね」

　それから少しとがめるような口調になった。

「でも、それなら早く言えばよかったのに。前にお目にかかりましたって。なぜ今まで黙ってたの？」

「なんだか恥ずかしくて、言いそびれてしまって」

　ユキは目を伏せた。

「それに子供の頃だったから、油屋さんに、わかるはずがないし」

喜久が熊八に聞いた。

「覚えてらっしゃる？　そんな女の子がいたこと」

まったく記憶になかった。あの頃は、代金のあてのないままに米を渡してやった客など、いくらでもいたのだ。嘘を言うのも嫌で、正直に答えた。

「覚えてはいないけれど、そんなふうに役に立ったのなら嬉しいです」

ユキは、また目を伏せて言った。

「その後で、また手習い塾で聞いたんです。油屋さんで、そうして助けてもらった家は、ほかにもたくさんあるって」

すると薬師寺がつぶやいた。

「そんなことがあったのか。いい話だな」

今度は熊八が気恥ずかしくなった。

「いや、あの頃は、お客さんが喜んでくれるのが、とにかく嬉しくて。それにユキさんに、美味しかったと言ってもらえて、今更ながら嬉しいです」

当時は個々の客の事情まで、察することはできなかった。それにしても、よりによってユキの家で、そこまで暮らしに困っていたとは、熊八は思いもかけなかった。

ユキがポツンと言い添《そ》えた。

「あの時、私、思ったんです。お米屋さんって、人の命を繋ぐ大切な商売なんだなって」

そんな言い方が、いよいよ愛《いと》おしかった。

それからしばらくして、また新聞社を訪ねると、薬師寺は紙巻煙草《たばこ》を吹かしながら聞いた。

「熊八さん、ユキをもらわないか」

熊八は耳を疑った。あまりにユキを好きになりすぎて、幻聴《げんちょう》が聞こえたかと思った。

「今、何て？」

「ユキを嫁にしないかって、聞いたんだ」

どうやら空耳《そらみみ》ではないらしい。

「本気ですか」

薬師寺は少し年下だったが、人として格上な感じがして、つい敬語になってしまう。

「冗談《じょうだん》なものか」

「でも、そんな話、勝手にしていいんですか。ユキさんが、どう思うか」

すると薬師寺は、紙巻煙草を灰皿に押しつけて火を消し、端正な顔を熊八に向けた。

「実は、この話はユキの希望なんだ。もちろん僕も喜久も賛成してる」

「でも、俺なんかじゃ、釣り合いが」

「何の釣り合いだ？」

「俺は一介《いっかい》の米屋だし、薬師寺さんみたいに男ぶりがいいわけじゃないし」

「ユキが君を見込んだんだぞ。僕も君という男は、何か大きなことをしそうな気がする。男ぶりなんか、どうでもいい」

そう言われても、大きなことなど、できる気がしない。ただ戸惑うばかりだ。

「ユキじゃ不満か？」

熊八は慌てて否定した。

「とんでもない。すごく嬉しいです。けど」

また別のことが頭に浮かんだ。

「宇和島のご両親が反対なさるでしょう」

「向こうの両親には、もう話してある。彼らにも君のよさがわからないはずがない」

まずは薬師寺が宇和島まで同行して、話を通してくれるという。それでも自信が持てずにいると、薬師寺は御堂筋《みどうすじ》のテイラーに熊八を連れていき、背広の上下とシャツを誂《あつら》え、靴も帽子も揃《そろ》えてくれた。

仕立て上がってから着てみたところ、姿見の前で「よく似合っているぞ」と肩をたたかれた。

その格好で薬師寺の家に行くと、喜久にも絶賛された。

ユキは頰を赤らめるばかりだが、その様子からして、どうやら自分に惚《ほ》れてくれたというのは嘘ではないらしい。ようやく熊八は覚悟を決めた。

熊八が背広姿で宇和島に帰ると、父も母も目を丸くした。

「どうした？　そんなものを着込んで？」

正輔は事情を聞くなり、鼻先で笑った。

「殿さまの側用人までなさった家で、うちなんかに娘をくれるものか」

「やっぱり、そうだよな。俺も、そう思う」

素直に認めるなり、正輔は拍子《ひょうし》抜けした様子だった。どうやら息子が身のほど知らずの夢を見たと、勘違《かんちが》いしたらしい。

薬師寺の案内で、ユキの実家に出向いた。そこは海鼠塀《なまこべい》が続く武家地のただ中で、ひっそりと昔ながらのたたずまいを保っていた。

父親の戸田《とだ》義成は、白髪の断髪を後ろになでつけ、紋付袴《もんつきはかま》姿《すがた》で、品のいい妻とともに熊八を迎えてくれた。すでに説明してあったらしいが、薬師寺は座敷《ざしき》で改めて紹介した。

「例の油屋熊八さんです。働き者だし、目のつけどころもいい。酒も呑みません。きっとユキを幸せにできる男だと、僕も喜久も見込んでいます」

熊八は畳に這《は》いつくばるように頭を下げた。身のほど知らずと叱り飛ばされるかと思いきや、戸田も丁寧に頭を下げる。

「こちらこそ、よろしくお願いします。薬師寺くんが見込んだ方ですから、うちとしては安心して、娘を嫁がせられます」

熊八は本当に自分でいいのかと確かめたかったが、卑屈になりすぎる気がして、黙ったまま、もういちど頭を下げた。

家に帰って首尾《しゅび》よくいったと告げると、父も母も仰天《ぎょうてん》した。

「そんな姫育ちが、こんな町の米屋に来て、どうするんだ？　贅沢はさせられないぞ」

「慎ましく育ってきたらしいから、大丈夫だとは思う、けど」

熊八本人も自信がなかった。

話は順調に進み、ユキは大阪の女学校を終えて、油屋に嫁いできた。

だが何もかもが杞憂《きゆう》だった。ユキは両親を立て、姉さんかぶりにたすき掛けで、商家の嫁らしく小まめに働く。

熊八は新妻とふたりきりになった時に告げた。

「俺は一介の米屋では終わらない。薬師寺さんにも見込んでもらえたし、いつか大きなことを成し遂《と》げる」

ユキは慎ましやかに微笑むばかりだった。

結婚の翌年、明治二十二年（一八八九）になると、大日本帝国憲法が発布《はっぷ》され、翌年には帝国議会が始まることになった。それに先立って地方議会が開かれることになり、町会議員選挙が布《ふ》告《こく》された。

すぐに熊八は立候補を決めた。ユキの実家や薬師寺との距離を縮めたかったのだ。だから町議会議員になったとしても、地元のために何をしたいという具体案はなかった。

すると義理の父になった戸田義成が助言してくれた。名君と名高かった伊達宗城は、洋船を建造したり、外国船を迎えるための港湾整備計画を立てたりしたという。そんな夢を引き継いではどうかというのだ。

熊八はなるほどと思い、港湾整備だけでなく道路拡幅《かくふく》など、土木の公共事業を公約にして選挙戦を戦った。大阪のような広い道路や、洋館のある街並みが、地元にも欲しいと訴えたのだ。

米屋としての評判も追い風になり、熊八は当選を果たした。しかし町議会が始まってみると、公約の実現は遠かった。

「どこに、そんな金がある？」

そのひと言で何もかも退《しりぞ》けられてしまう。むくれる熊八に父が言った。

「焦るな。辛抱《しんぼう》すれば、いずれ道は開ける」

しかし、その頃から正輔は病気がちになり、熊八が町会議員になって二年後に世を去った。不幸は続き、ほどなくして母も急逝《きゅうせい》した。

熊八は哀しみをこらえて、ユキに言った。

「店をたたんで大阪に出よう。親父もおふくろも、あの世で反対するだろうけれど」

するとユキは思いがけないことを言った。

「私がお嫁に来た頃、お義父《とう》さんから言われました。あなたは、うちには過ぎた息子だと。でも走りすぎるところがあるから、手綱《たづな》を引いてやってくれと」

そんなふうに父が自分を評価してくれていたとは、思わず胸が熱くなる。

ユキは控えめに言葉を続けた。

「お米屋さんは命を繋ぐ大事な商売だし、私は続けたかったけれど、あなたが走るつもりなら、どこまでもついていきます」

熊八は感慨《かんがい》深い思いで言った。

「おまえこそ、俺には過ぎた女房だ。俺は、おまえにふさわしい男になる。そのために大阪に出よう」

町会議員の座にも未練はなかった。薬師寺の口利きで、熊八が時事新報の大阪特派員という地位を得たのは、この時だった。

仕事は大阪の企業の動きなどを調べては、東京にある本社に書き送ることだった。米価を中心にした大阪の経済には通じており、熊八は大張り切りで原稿を書いた。

そのかたわらで株を始めた。父には禁じられたが、大阪では株取引は正当な経済活動として広く受け入れられている。もはや父の考えは時代遅れにしか思えなかった。

今まで抑えてきた熱意に、経済記者としての専門的な知識が加わり、売り買いの読みは、ことごとく当たった。笑いが止まらないほど、次から次へと金が転がり込んできた。さらに売れそうな品物を考えて、企業に売り込みに行くようになったのも、この頃だった。

薬師寺を真似《まね》て小洒落《こじゃれ》た住まいを手に入れ、妻には着物やドレスを買い与えた。ユキは礼を言って受け取るものの、しまい込むばかりで、身につけようとしない。

「だって、もったいなくて」

慎ましさが、いっそう愛しかった。

そんな時、薬師寺が朝鮮半島に取材に出かけた。海を渡って、彼《か》の地に移住する日本人が増えており、その暮らしぶりを記事にしに行ったのだ。

帰国したと聞いて、熊八が家に訪ねていくと、薬師寺は声を低めた。

「近いうちに清国と戦争が始まるぞ」

信じがたい話だった。古くから日本には、中国文化の恩恵を受けてきた歴史があり、そんな大国と戦うなど考えられなかった。

「そんな無茶《むちゃ》なこと、政府がせえへんでしょう」

この頃から熊八は、関西弁を使うようになっていた。

「いや、清国は西洋化に遅れたし、今は日本の軍備の方が充実している。そう無茶な話ではない」

鍵になるのが朝鮮半島だという。

「現地に行ってわかったことだが、朝鮮では今にも大きな一揆《いっき》が起きそうなんだ」

一揆が起きたら、新政府は日本人居住者の保護を口実に、すぐさま出兵するという。

「日本人が密かに一揆を扇動《せんどう》している気配《けはい》さえ、僕は感じた」

日本国内にも諸々《もろもろ》の不満が高まっており、それを海外に向ける好機として、新政府は対外戦争を目論《もくろ》んでいるという。

「ひとたび朝鮮半島に出兵すれば、隣の清国が黙っていない。かならずや援軍が派遣され、日本と清国との対戦になる」

熊八は帰宅後、日清間で戦争が始まったら、どんな株が値を上げるか考えてみた。

まずは海を渡るための軍艦が必要になり、造船業が活気づくはずだった。大砲や小銃などの武器も増産されるし、そのために製鉄関係の株価が上がる。それを予想して、軍需産業の重工業株を買った。

さらに兵士に支給する軍服にも目をつけた。服地、染料、糸、ミシン、ボタン、軍帽、靴、靴下、ベルトやバックルに至るまで、需要が伸びると読んだ。そういった製造工場に増産を持ちかけ、その一方で株も買った。自分のアイディアで勝負に出たのだ。

さらに兵士たちの兵糧《ひょうろう》として、軍は大量の米を買い占めるに違いなく、あれほど父が嫌った先物取引にも手を出した。熊八は今までに儲けた金を、すべて注ぎ込んで開戦を待った。

すると薬師寺の予測通り、朝鮮半島で大規模な一揆が起こり、新政府は出兵を決定した。案の定、清国も兵を送り、明治二十七年（一八九四）夏、朝鮮半島を戦場にして日清戦争が勃発《ぼっぱつ》したのだ。

熊八の持ち株は、予想通りに値上がりした。そこで株の仲買人《なかがいにん》の資格を得て、人の金を預かって投資する業務も始めた。

さらに値上がりは続き、顧客からは感謝され、同業者からは憧憬《あこがれ》のまなざしを向けられた。すべて売り払えば、国家予算並みの、とてつもない大金を手にすることになる。

大阪の高級住宅地に贅を尽くした豪邸を建てて引っ越した。妻には宝石やら着物やら、いよいよ贅沢品を買い与えたが、相変わらず身につけようとしない。

「着ていくところもないし」

以前は愛しかった慎ましさが、いつしか頑固《がんこ》に思えた。

酒は呑めない体質なのに、京都の茶屋遊びに誘われて味をしめた。花柳界《かりゅうかい》に大金をばらまけば、いくらでもちやほやされる。芸者や舞妓《まいこ》に高価な贈り物をすると、ユキとは違って嬌声《きょうせい》をあげて喜ぶ。

薬師寺が見かねて釘を刺した。

「ユキを泣かせないでくれよ」

だが熊八は笑い飛ばした。

「遊びですよ、遊び。女房は大事にしてまっせ」

そう言いながら、熊八は自分が薬師寺を超えたと感じた。ユキの実家に対する引け目も、すっかり過去のものになっていた。

時事新報本社からの目も変わった。たびたび東京に出張するようになり、かならず列車は一等車に乗った。

　初めて銀座を訪れた時には、壮大な煉瓦街《れんがかい》に圧倒された。煉瓦造りの建物は高さが統一され、道端には瓦斯灯《ガスとう》が立ち並び、広い街路には馬車鉄道が走る。行き交う人々の服装も、大阪よりも洒落て見えた。

　熊八が京都で遊ぶのは、もっぱら茶屋の座敷だったが、銀座にはカフェーといって、椅子とテーブル式の店が現れていた。若くて美しい女給たちが、ドレスや華やかな振り袖に白エプロンをかけて、にこやかにビールやウィスキーを注いでくれる。

「ごっつう、ええなあ」

　あえて大阪弁で通して、またもや金をばらまき、女たちが欲しがるものは何でも買い与えた。さらに東京に豪勢《ごうせい》な妾宅《しょうたく》まで建ててしまった。愛妾《あいしょう》に会うために上京の頻度が高まったが、薬師寺の目が届かないだけに、好き放題ができた。

　東京では渋沢栄一《しぶさわえいいち》の知遇《ちぐう》を得た。明治維新以降、数々の株式会社を立ち上げ、日本に株式のしくみを定着させた大人物だ。小柄を気にしてか、かなり丈《たけ》のある山高帽《やまたかぼう》を愛用している。

　渋沢は熊八に勧めた。

「あなたのような人は、いちどアメリカやヨーロッパを見てくるといい。私も若い頃は無茶をしましたが、洋行によって考えが改まりました」

　もともと渋沢は関東の農家の出だが、幕府がパリ万博に出展した際に、使節団の一員として長く日本を離れた。その時の経験が後に活きたという。

　熊八は洋行に憧《あこが》れはあったものの、株の売り買いで忙しく、実現は遠かった。ただし渋沢のような一流の人物と交わったことで、自分の格も、さらに上がった気がした。身につけるものも渋沢を真似《まね》て、派手な山高帽を買った。

東京滞在中も株価は上がり続け、とうとう油屋将軍とまで呼ばれるようになったのだ。

熊八は早々と日清戦争の戦後について考えた。今の戦況からして勝利は堅い。勝てば賠償金《ばいしょうきん》が入ってくる。その金は軍需産業に注がれるに違いなかった。清国と比べれば軍備は先んじているかもしれないが、まだまだ欧米には水をあけられている。その差を埋めなければならないはずだった。

武器製造や造船、製鉄などの分野は、これからも盛況が続く。そういった株価は、なおも上がり続けるはずであり、熊八は強気の投資を続けた。

そして新政府が清国との停戦に踏み切る時が来た。明治二十八年（一八九五）の春、山口県の下関《しものせき》において講和条約が調印されたのだった。

予想通り、日本側は莫大《ばくだい》な賠償金を得たが、みるみるうちに株価は下がっていった。誰もが軍需産業の衰退《すいたい》を予測し、持ち株を手放す。そんな中、熊八だけは盛り返すと信じて、借金してまで買いに走った。

だが思いもかけないことが待っていた。新政府は賠償金を使って、大規模な官営製鉄所の建設を決めたのだ。場所は北九州で、八幡《やはた》製鉄所と名づけられた。新しい土地での新しい官営工場であり、大阪や東京の既存企業には、熊八が期待したような恩恵はもたらされなかったのだ。

熊八が見込んだ会社は倒産し、株券は紙切れ同然となった。顧客にも大損を与え、仲買人としての信用も失った。

　東京の妾宅はもちろん、大阪の豪邸も手放した。銀座のカフェーの女給たちも、京都の芸者たちも、いっせいに遠のいた。金の切れ目が縁の切れ目という現実を、まさしく目の当たりにしたのだ。

　熊八はふてくされて、ユキのもとに帰った。すでに大阪の街外れの借家住まいになっていた。

「阿呆《あほ》な亭主のお帰りやで」

　自虐的《じぎゃく》に言いながら、愛用の山高帽と鞄《かばん》を放り出し、衿元のネクタイを緩《ゆる》めた。するとユキは正座し、両手を前について、深々と頭を下げた。

「おかえりなさいませ」

　熊八は、結婚前のように卑屈に戻ってしまい、そんな挨拶さえも慇懃無礼《いんぎんぶれい》に感じた。

　時事新報の派遣《はけん》記者としての収入だけが、かろうじて残った。しかし取材で人と顔を合わせるのが嫌だった。それに今まで動かしていた金額から比べると、あくせく原稿を書くのが馬鹿《ばか》らしく、筆は滞《とどこお》りがちだった。

　すると薬師寺が借家に訪ねてきて言った。

「熊八さん、大陸に渡る気はないかい」

　てっきり罵倒《ばとう》されると覚悟していたのに、意外な話だった。

「大陸？」

「朝鮮半島だ。僕は朝鮮新報に異動になったんだ。それで、よかったらいっしょに。もちろん家族同伴だ。洋館の社宅が用意されるし、待遇は悪くない」

　熊八は聞き返した。

「ユキが相談したんですか。どうしょうもない亭主を、なんとかしてくれって」

大阪にも東京にも居場所をなくした自分に、義兄が同情して手を差し伸べている。それが面白くなかった。

「いや、ユキは君のことを、そんなふうには思ってない」

薬師寺は軽い口調で話す。

「ユキとしては、新聞の原稿料で地道《じみち》に暮らしていかれれば、それで充分だと言ってる。君が帰ってきてくれて、むしろ嬉しいそうだ。君には不本意かもしれないが」

自分の失敗を妻が喜んでいるという状況には、確かに微妙《びみょう》なものがある。つい虚勢《きょせい》を張った。

「外国に行くのは悪くはないですけど、行くならアメリカかヨーロッパでしょうね」

かつて渋沢栄一に洋行を勧められたのを思い出し、アジアの国など行っても意味がないと、遠まわしに伝えた。

薬師寺は少し落胆《らくたん》した様子だったが、すぐに背筋を伸ばして明るく言った。

「まあ、君なら放っておいても、また世に出ていくだろう。何か力になれることがあったら、いつでも言ってくれ」

そう言って帰っていった。

熊八は、つくづく自分自身を嫌な男だと思った。せっかく義兄が親切に誘ってくれているのに、素直になれないのが情けない。意固地《いこじ》になる自分が惨《みじ》めでたまらなかった。

たまたま虚勢から出た話だったが、以来、本気で洋行を考え始めた。しかし渡航費がない。尾《お》羽《は》打ち枯らした熊八には、借金の当てもなかった。

それでも日が経つにつれ、いよいよ洋行が魅力的に思えてきた。確かに渋沢栄一ほどの人物が勧めてくれただけあって、欧米には学ぶべきことが、いくらでもありそうな気がした。

本気で金策に走り、恥も外聞もなく頭を下げた。それでも貸してくれる者は現れなかった。

ある日、熊八が帰宅すると、ユキが一通の葉書を差し出した。内容は借金申込みの断りで、残念ながら渡航費は融通《ゆうずう》してやれないと書かれていた。

今まで洋行の望みは妻に黙っていた。それが知られて体裁《ていさい》が悪く、葉書を乱暴に引ったくった。

「一年か二年、アメリカに行こうと思てるんや。いろいろ勉強できるし。おまえを連れて行く金はないけど、見捨てるつもりもない。立派になって帰ってくる」

だが、それからも金策は上手く行かず、洋行は夢のまた夢だった。無理となると、いよいよ思いがつのる。これほど追い詰められてしまっては、もはや洋行しない限り、将来が開けない気さえした。

しだいに何もかもが嫌になり、いつしか気力が失せていって、家に引きこもりがちになった。元来の働き者が別人になってしまった。

するとユキが言った。

「別府《べっぷ》に、お金を貸してくれる人がいて、手紙で問い合わせたら、貸してくれそうなんですけれど、頼みに行ってみませんか」

それは亀井《かめい》タマエという年配の女で、旅館経営のかたわら、金貸しをしているという。

別府は豊後《ぶんご》水道を挟んで、宇和島の対岸にあたり、山影も間近に見える。ユキの実家では、とことん金に困ると、父や母が船で別府に渡っては、何度か借りたという。

熊八は鼻先で笑った。

「そんなオバハンに、アメリカに行くような大金があるんか。小金を貸すんとは違うんやで」

妻に背中を向けて、ごろりと畳に横になった。ユキは、なおも遠慮がちに言葉を継いだ。

「そのくらいはあるとは思います。とにかく、いちど相談に行ってみては、どうかなと思って」

ふたたび鼻先で笑った。

「相談に行くゆうても、大阪から別府までの船賃もないわ」

大阪から宇和島や別府へは、瀬戸内海航路の船で行く。ユキは急に別の話を始めた。

「以前、あなたが指輪や着物を買ってくださった時、私は戸惑うばかりでした。あまりに高価で」

かつてユキに買い与えた宝石類も着物も、とっくに取り上げて売り払ってしまった。

「でも今になって思えば、もっと素直に喜べばよかったですね。私は可愛げのない妻でした」

かすかにユキの語尾がふるえ、そこで言葉が途切れた。どうしたのかと、熊八は顔だけを振り向かせた。ユキは指先で目元をぬぐい、ひとつ息をつくと、また話し始めた。

「私の実家は、私が生まれた頃には左前になっていて、お金を使わない暮らしが身に染みついてしまったんです。だから何もかも、もったいなくて」

昔から武家は、家禄が少なければ内職が欠かせなかったし、逆に高禄であれば家臣を養わなければならず、どこも経済的に楽ではなかった。特にユキは明治維新以降、士族が没落していく時期に娘時代を過ごしており、倹約《けんやく》が当然だったのだ。

「だから少しですけれど、何かの時にと思って、残しておいたお金があります。別府までの船賃くらいには、なると思います」

ユキは小袖の胸元から、小さな紙包みを取り出して、熊八との間に置いた。

「あなたは女房が貯めたお金なんかに、頼りたくはないかもしれないけれど、夫婦は助け合うものだし。それに私は」

また声が震える。

「私は、あなたが、このままで終わってしまう人ではないと信じています」

声が潤《うる》み始めた。

「だからアメリカに行くのも賛成です。私は喜んで日本で待っています」

そう言い切るなり立ち上がって、小走りに座敷から出ていった。

熊八は起き上がり、あぐらをかいて、目の前の紙包みに手を伸ばした。

開いてみると、確かに大阪から別府に向かう船代にはなりそうだった。ただし片道分しかない。帰りは何が何でも、その亀井タマエから借りなければ、帰ってこられない。

宝石や着物を売り払った時点で、ユキは手持ちの金も、ことごとく熊八に手渡していたはずだ。ならば、これは借家暮らしになってから、生活を切り詰めて貯めたものに違いない。

そんな金で別府まで行く重みを感じた。妻の涙も心を刺す。さっきの言葉が耳の奥に残っていた。

「私は、あなたが、このままで終わってしまう人ではないと信じています」

ユキの言う通り、自分としても、このままでは終わりたくはないし、妻のへそくりに頼るのにも抵抗がある。でも今は、これを使って別府まで行くしかなかった。

別府はあちこちから、盛大に湯けむりの上がる大温泉地だった。ユキから教えられた所番地を手がかりに訪ねてみると、亀の井旅館という小さな宿屋があった。

その帳場《ちょうば》奥で、亀井タマエは長火鉢《ながひばち》の前に座って、熊八を迎えた。小さな髷は白髪混じりで、顎《あご》がとがり、眉間《みけん》や口元に深くしわが刻まれている。客商売とは思えないほど眼光が鋭《するど》い。

「あんたがユキちゃんの旦那《だんな》さんですか。一時は油屋将軍とかって呼ばれてたっていう」

熊八は長火鉢を間に対峙《たいじ》し、あえて、あぐらをかいた。

「ユキから聞いたんでっか。わしが、すってんてんになったって」

「いえ、ユキちゃんは余計なことは言いませんよ。別府は大阪から船が行き来してるから、こんな商売をしていると、いろいろ耳に入ってくるんでね」

熊八は、いくらなんでも別府まで来れば、自分の評判など届いていないだろうと、高をくくっていた。しかし、こうなったら開き直るしかない。

「まあ、知られてるんやったら、むしろ話が早いですわ。一、二年、アメリカに行きたいんで、その渡航費を借してもらいたいんです」

するとタマエは煙管《きせる》に刻み煙草を詰め始めた。

「ほかでもないユキちゃんの頼みだから、相談に乗らないわけじゃ、ありませんけどね。まずは、どうしてアメリカに行く気になったのか、その覚悟を聞かせてもらいましょうか」

熊八は渋沢栄一に洋行を勧められた話から、株で大儲けと大損をした経緯《いきさつ》まで、順を追って語った。今のままでは先が見えず、アメリカで勉強をしてきたいと、包み隠さずに打ち明けた。

タマエは炭火で煙管に火をつけて煙をはいた。

「勉強って、何の勉強です？」

「経済学ですよ」

「向こうでも株をやるんですか」

「アメリカで、どんな会社の株が値上がりしてるかは知りたいけど、株の売り買いは、しばらくは無理やと思います」

「何故《なぜ》、無理なんです？」

「株を買う資金がないし、英語ができるようになるまで、アメリカの経済事情がつかめへんし」

タマエは呆《あき》れ顔になった。

「英語もできないのに、アメリカに行こうっていうんですか」

「言葉くらい、行けばなんとかなりますよ」

「少し甘い気がしますけどね」

タマエは煙管を持つ手をおろした。

「それに、お金ができて、英語もできるようになったら、また株をやろうって魂胆《こんたん》ですか」

「いや、アメリカで儲ける気はなくて。あくまでも、これからどんな会社が上向きになるのか、それが知りたいだけです」

「じゃあ、日本に帰ってきたら、また株をやるってことですね」

熊八はムッとして反論した。

「株をやったら、あかんのですか。株を博打扱いせんで欲しいな。正当な経済取引なんやから」

タマエは煙管を、もうひと吹かしした。

「株のことは、よくわかりませんけどね。私は、さっきの話が気に入らないんですよ。あなたが日清戦争で大儲けしたって話が」

熊八は言い返した。

「戦争は経済に大きな影響を与えるし、それで儲けるのは正当なことですよ」

「私が気になったのはね、あなたが戦争が長引けばいいって思ったところですよ」

吸いきった煙管の頭を、音を立てて長火鉢の縁に打ちつけ、灰を落とした。

「戦争ってのは人が死ぬんですからね。それで儲けようって魂胆が、私は気に入らないね」

熊八は返す言葉を失った。長引けばいいと望んだのは確かだが、戦争が始まったのは国策であり、自分のせいではない。

「とにかく、そういう考えの人に貸すお金は、ありませんよ。ユキちゃんには気の毒だけど、帰ってくださいな」

熊八は、しまったと思った。手ぶらでは大阪にすら帰れない。

「いや、ちょっと待ってくださいよ」

だがタマエは立ち上がって、さっさと帳場から出ていってしまった。取りつく島もない。

ここは引くしかなかった。熊八は頭をかきながら立ち上がり、亀の井旅館を出た。

ともあれ手持ちの金がなければ、今夜の宿にも困る。路地裏に質屋があったので、飛び込むなり、背広の上着を脱いで差し出した。

「これを質草にして、いくらか貸してくれ」

「上着だけですか。ズボンは？」

「ズボンまで渡したら、ふんどし一丁になるやないか。かならず金は返しにくるから、流したらあかんで」

質屋の主人が、わずかな金を差し出す。それを引ったくるようにして受け取り、できるだけ安そうな木賃宿《きちんやど》に入った。まさしく尾羽打ち枯らした思いだった。

当然、内風呂はなく、ワイシャツ姿で、近くの共同浴場に出かけた。てぬぐいだけは途中の雑貨屋で買った。

タイル張りの洗い場に入り、手桶でかけ湯をして、大きな湯船に首まで浸《つ》かった。頭に手ぬぐいを載せて、どうやって亀井タマエを攻略するかを、つらつら考えた。

「ああいうオバハンは下手《したて》に出な、あかんな」

今日の態度は、まずかったと反省した。

「今後いっさい株はやりませんって、とりあえず約束するか」

湯を両手ですくって、顔に押し当てた。すると不思議なことに、むくむくと力がわいてきた。

「よっしゃ、明日、もういっぺん、頼みに行こ」

思わずひとり言が大きくなった。周囲が不審な目を向けるのもかまわずに、湯から立ち上がった。

脱衣場で体をぬぐいながら、またつぶやいた。

「温泉ゆうのは、ええもんやな。久しぶりに入ったけど、元気が出るな」

かけ流しのために、大阪の銭湯《せんとう》とは比べものにならないほど湯が綺麗で、気持ちがよかった。なんとはなしに、本気で株から手を引いてもいいような気がし始めた。

その夜は木賃宿で過ごし、翌日、もういちど亀の井旅館を訪ねた。そして広くなり始めた額を、畳にすりつけるようにして頼んだ。

「心を入れ替えて、アメリカで頑張ります。向こうで一生懸命に働いて、金ができたら大学に入って、経済学を勉強します。そやから、どうか渡航費を貸してください」

熊八は口に出して言ううちに、いよいよ本気になり始めた。むしろ最初から、そうするつもりだったかのような気までした。

頭を下げ続けていると、かすかにコポコポと水音がした。どうやらタマエが茶を淹《い》れているらしい。それでも熊八は平伏《へいふく》を続けた。すると溜息が聞こえ、それからタマエが言った。

「顔を上げてくださいな」

様子をうかがいながら上半身を起こした。タマエは湯呑を手に、口をへの字に曲げている。

「ユキちゃんだけでなく、ユキちゃんの親御さんたちも立派な人たちだし、それに見込まれたんだから、あなたも見どころがあるんだと思いますよ」

手を伸ばして湯呑を熊八の前に置いた。

「でも私としては、どこまで信用していいのか、正直、心もとないんですよ」

「そんなら、こっちも正直に言います。昨日、温泉に入った時には、とりあえず約束しておけばええかなと思うたんです。けど、どんどん心がかたまってきました。今は誓えます。アメリカに行ったら、とことん頑張ります」

するとタマエは眉間《みけん》のしわを、いよいよ深くして黙り込んだ。熊八は、あとひと押しだと思ったが、かわされてしまった。

「それじゃあ、ひと晩、考えさせてくださいな。金額も大きいし」

熊八はしかたなくうなずいた。

「わかりました。そしたら明日、また来ます」

その晩も温泉に入った。首まで湯に浸かっていると、いよいよ覚悟が定まってくる。

「アメリカで本気で頑張ろう。金だけを動かすんやなくて、米屋をやってた時みたいに、体を動かして働くんや」

翌日、タマエは熊八の顔を見るなり、穏《おだ》やかに微笑んだ。

「本気になったんですね」

「わかりますか」

「顔が変わりましたよ」

「じゃあ、貸してもらえますか」

「貸しましょう。ただし担保《たんぽ》は取りますよ」

熊八は慌てた。

「担保にできるものなんか、ありません。なんせ、すってんてんですし」

「あるじゃないですか。何より大事なものが」

「家も手放しましたし、わしに大事なものなんか」

「熊八さんは、家族は大事じゃないんですか」

「そら大事ですけど。子供もいてへんし」

熊八には、この話に家族がどう関わるのか、とんと意味がわからない。

タマエは確かめるように聞く。

「ユキちゃんも大事なんでしょう」

「もちろん大事です。ずいぶん身勝手なこともしたけど、ここに来るのも、ユキが勧めてくれたことやし。わしには過ぎた嫁さんやて、改めて気がつきました」

「それならユキちゃんを預かりましょう」

熊八は一瞬、絶句し、とぎれとぎれに聞いた。

「ユキの身柄を、担保にって、ことですか」

タマエは笑い出した。

「私は人買いじゃないんだから、あくどいことはしませんよ。ただ熊八さんがアメリカに行ってる間、うちの旅館で働いてもらおうと思ってね」

「けど」

頭が混乱する。

「ユキに、こんな宿の手伝いなんか」

タマエはムッとした。

「こんな宿で悪かったですね」

「いや、そういう意味じゃ」

ここでヘソを曲げられて、借金を断られてはたまらない。

「いや、ユキが役に立つとは思えんし」

するとタマエは背筋を伸ばして言った。

「実はね、この話はユキちゃんから言い出したことなんですよ」

「ユキが？」

「ええ。熊八さんがアメリカに行っている間、住むところもないし、うちで働きたいって。もしアメリカに行ったきりになって、自分が見捨てられたら、一生、ここで働くから、どうか渡航費を貸してやってくれって。そういう手紙が来たんです」

熊八には信じがたい話だった。

「ユキが、そんなことまで？」

銀座のカフェーの女給やら、京都の芸者やらと遊びまくって、あれほど妻を顧《かえり》みなかったのに、そこまでつくしてくれようとは。

「ユキちゃんはね、あなたが家に閉じこもって、暗い顔をしているのが、つらくてたまらないって書いてきたんですよ」

タマエは穏やかに話す。

「そこまで惚れられて、あなたは果報者《かほうもの》ですよ。どうかユキちゃんのために、アメリカで心機一転《しんきいってん》、頑張ってくださいな」

熊八の喉元に熱いものが込み上げ、とうとう涙がこらえられなくなった。大きな右手で目元をぬぐい、改めて決意を言葉にした。

「わかりました。アメリカで頑張ります」

かつて油屋将軍と呼ばれた時に、自分はユキの両親や薬師寺を超えたと思い上がった。でも本当は人として、ユキの足元にさえ及んでいなかったと思い知った。

だが、ふと疑問がわいた。

「けど、なんで、ユキが、そこまで」

「あなたにはね、不思議な魅力があるんですよ。なんとなく大人物《だいじんぶつ》のような気がするんです。だから私も貸す気になったんですけどね」

熊八は、もういちど額を畳にすりつけた。今度は心からの平伏だった。


明治三十年（一八九七）九月二十七日、熊八は大阪株式取引所に仲買人の廃業届けを出した。そしてユキを別府に連れていき、亀井タマエのもとに預けた。タマエは笑顔で言う。

「ユキちゃんは働き者だから、うちは助かりますよ。心配しないでアメリカで勉強してきてください」

熊八が別府を離れる日には、ユキの両親も宇和島から見送りに来てくれた。

ユキは言葉少なに別府港の岸壁に立ち、両親やタマエとともに手を振って、熊八の乗った船が離岸するのを見つめた。

「ユキ、わしは立派になって帰ってくる。おまえにふさわしい男になる。だから待っててくれ」

何度も心の中で繰り返した。かつて、なぜ、あれほどまでに邪険《じゃけん》に扱ってしまったのか、深く悔《く》いた。

熊八は神戸港から日本郵船の三池丸《みいけまる》に乗り込んだ。前年に初めて就航した太平洋航路の船だ。そして横浜、ホノルルと寄港し、アメリカ西海岸のシアトルに向かった。

ほぼひと月の航海中、神戸で買い入れた英会話本の中身を、片端から頭にたたき込んだ。三十四歳になってからの語学習得は容易ではなく、不安はあったが、自分に言い聞かせた。

「行ったら、どうにかなる」

ところが行ってみても、どうにもならなかった。シアトルの港に降り立つと、英語がちんぷんかんぷんで、右往左往《うおうさおう》するばかりだったのだ。

三池丸の船中で知り合った日本人が、サンフランシスコに行くというので、慌てて同行することにした。サンフランシスコなら日本人が経営する安宿があり、そこの主人が頼りになるというのだ。

シアトルは西海岸の北部に位置しており、バスを乗り継いで南下した。初めて乗る大型バスや、車窓から見る雄大な景色には、ただただ圧倒された。

話に聞いていたホテルは、サンフランシスコの港近くにあり、セイラーズ・ホテルという看板を掲げていた。主人は赤羽忠右衛門《あかばねちゅうえもん》という古風な名で、明治の初めに渡米して、もう還暦《かんれき》が近いという。

「こっちに来て、かれこれ三十年だ。何か困ったことがあれば聞いてくれ」

親分肌の男だった。夜になるとホテルの一隅にあるバーでバーテンも務め、彼を頼りにする日本人たちが、どこからともなく集まってくる。

宿泊客も日本人ばかりだが、セイラーズ・ホテルという割には水兵は見当たらない。商社勤め風もいれば、留学生崩れのような風体《ふうてい》も多い。これほど得体《えたい》の知れない日本人がいようとは、熊八は驚くばかりだった。

もうひとつ驚いたことがあった。けっして高級宿ではないのに、ベッドのシーツが真っ白で、ピンと張り詰めて敷いてあるのだ。

赤羽は当然とばかりに言う。

「こっちの宿屋は、どこもこうだ。シーツが汚くちゃ、客は来ないよ」

とりあえず長期滞在の料金で泊まることにすると、赤羽は、あれこれ教えてくれた。

「仕事が欲しけりゃ、ゼシー通りの教会に行くといい。日本人の牧師がいて、日本語新聞も出してる」

行ってみると、親切に仕事を紹介してもらえた。さっそく昼は芝刈り、夜はレストランで皿洗いを始めた。

だが言葉が通じないために、厨房《ちゅうぼう》で怒鳴られる。油屋将軍と呼ばれた頃を思い出すと、つい情けなくなるが、別府で健気《けなげ》に待つユキを思って、歯を食いしばってこらえた。

教会では日本人向けに英語も教えており、仕事前に通った。金が貯まったら大学に行くつもりだったが、これも甘い考えだったと気づいた。

大学の入学金は驚くほど高いし、日々の暮らしでせいいっぱいで、貯金どころではなかった。ましで入学試験を通るための英語力など、いつになったら身につくか見当もつかない。

しかし大学に行かないまま、日本に帰るわけにはいかなかった。何の成果もなく帰っても、ユキに合わせる顔がない。焦りばかりがつのる。

そんな時、宿の仲間が言った。

「日本で東洋汽船っていう船会社ができて、近いうちに横浜とサンフランシスコを結ぶらしい」

熊八が乗船してきた日本郵船の三池丸も、本当はサンフランシスコに入港したいのだが、船着き場の権利を得られず、シアトル入港に甘んじているという。それが何故、後発の東洋汽船に可能になったのかはわからなかったが、熊八は歯がみをした。

「日本におったら、今頃、東洋汽船の株を買ったのにな」

そう話しながら、ふと気づいた。日本の船がサンフランシスコに入るとなれば、こちらでも日本との縁を持つ貿易会社が繁盛《はんじょう》する。そんな株を買えば、大儲けできそうな気がした。

そうすれば大学の入学金など、あっという間に払える。英語も個人教授を雇って、もっと早く習得できるに違いなかった。それでも亀井タマエとの約束を思い出して思い留まった。

たちまち夏が過ぎて、大学の入学時期を迎えた。しかし熊八にとって大学の門は遠かった。

教会での英語の授業を、ひと通り終えると、ひとりで図書館に通い始めた。新聞の経済欄や外交関係の記事を、辞書を引きながら読んだ。棚にある経済の専門書も、ノートに要点をまとめた。

ようやく英語が使えるようになると、皿洗いや掃除ばかりではなく、オフィスの使い走りなども引き受けられるようになった。

いくぶん時間に余裕ができ、熊八はサンフランシスコの街を歩いた。桟橋が並ぶ港は広大で、数え切れないほどの船が停泊している。

サンフランシスコは岬《みさき》にできた街であり、なだらかな丘の斜面に色とりどりの建物が連なる。急な坂道をケーブルカーが音を立てて登り、石畳の道路を幌《ほろ》つき自動車が走りゆく。ダウンタウンには広場が点在し、洒落た店が取り囲む。中でも中国人街は独特で、鶏や豚肉のぶら下がる店先を、眺めて歩くだけでも楽しかった。

そうしているうちに秋が終わり、穏やかな冬が来て、春の芽吹きの時期を迎えた。白や薄桃色の花水木《はなみずき》が街のあちこちで開花する。

だが渡米して、もう一年が過ぎたかと思うと、熊八は気が重かった。相変わらず大学の入学金も授業料も捻出《ねんしゅつ》できない。奨学金を受けられるほど、英語ができるわけでもない。

中途半端なまま、また季節が過ぎゆき、二年目は最初の年よりも、ずっと早く過ぎた。今年こそ大学にと、いくつもの仕事を掛け持ちで働いたが、目標額は達成できない。

つい株で、という思いがよぎる。だが今の英語の能力では、得られる情報が限られており、まず儲けられないこともわかっている。

結局、大学は諦《あきら》めざるを得なかった。それでいて帰国するきっかけも見つからない。ずるずると先延ばしにしてしまう。渡米前と同じように、自分自身が情けなくてたまらなかった。

アメリカでの三度めの正月を、熊八は特別な思いで迎えた。ちょうど一九〇〇年に当たり、十九世紀最後の年だった。

もしも来年も、ここに留まっていたら、自分は駄目なまま新世紀を迎えることになる。それだけは避けたい。どうしても今年中に状況を変えたかった。

いつも世話になっている日本人牧師に、熊八は悩みを打ち明けた。すると牧師は穏やかに諭《さと》した。

「あなたは大学には行っていませんが、ずいぶん頑張ったではありませんか。その経験は、かならず役に立ちます。日本に帰りたいのなら、今でも胸を張って帰れます。きっと万事オーライになりますよ」

サンフランシスコの日本人たちは、日本語の会話に「オーライ」や「ドンマイ」など短い英語を挟む。「オール・ライト」や「ドント・マインド」の略語で、「大丈夫」「気にするな」の意味だ。牧師の「万事オーライ」は、熊八の疲れきった心をなぐさめた。

熊八は大学入学のために貯めた金を、改めて計算し直してみた。すると帰国のための旅費と、亀井タマエへの返済額を引いても、いくらかは残ることがわかった。

それを使って、帰国前に旅をしようと決めた。牧師は「経験が役立つ」と言った。見知らぬ土地に出かけて、今までにない経験を積むことにしたのだ。

熊八は当初、鉄道やバスに乗ったが、旅で知り合ったアメリカ人から、ヒッチハイクという移動手段を教えられた。国道沿いのガソリンスタンドなどで給油している人に声をかけるか、道端《みちばた》に立って合図すれば、意外に簡単に乗せてくれるという。

熊八は自動車に乗ってみたかったし、半信半疑《はんしんはんぎ》ながらもガソリンスタンドで試してみると、いきなり怒鳴りつけられてしまった。アメリカ西海岸では日系人の排斥《はいせき》が始まっており、東洋人と見れば、目の敵《かたき》にする風潮があったのだ。

それでも懲《こ》りずに声をかけ続けると、裕福そうな初老の男が「オーライ」と言って、気前よく乗せてくれた。ひとりで長距離を運転するので、道連れがいれば、退屈しのぎになるという。

エンジン音も高らかに、ひとたび街から外れると、まっすぐな幅広道路が広大な大地を貫いていた。幌を後ろに下ろして走ると、向かい風が心地よかった。

熊八は日本の話をして、男はアメリカ各地の話を聞かせてくれた。旅行好きで鉄道や自動車で、いろいろなところに行くという。ニューヨークやシカゴなど都会の話も面白かったが、熊八はイエローストーンという火山地帯に興味を持った。ロッキー山脈のふもとにあり、ブルーや朱色の色鮮やかな温泉が湧き、間欠泉《かんけつせん》が有名だという。

「地下の洞穴に蒸気がたまって、それがいっぱいになると、熱湯が高々と噴き出すんだ」

男はハンドルを握ったまま、身振りを交えて話した。

「それを目当てに、遠路はるばる車を運転して、大勢が見物に行くのさ」

しかし人が集まれば、商売も盛んになるし、自然が荒らされる危険もある。そこでイエローストーンは世界で初めて国立公園に指定されたという。国立公園は大事な環境を守るために、さまざまな規制を設《もう》ける制度だった。

男は「次はハワイに行ってみたい」と話した。かつて王国だったハワイは、二年前にアメリカの領土に組み込まれ、今後は観光地として大発展するはずだという。

男は車を走らせながら言った。

「ハワイもイエローストーンみたいに、わざわざ大勢が出かけるようになるぞ」

熊八には、海を渡ってまで物見遊山に出かけるという感覚が、今ひとつピンと来なかった。

その後も熊八はヒッチハイクを続け、結局、北はカナダから南はメキシコまで、北アメリカ大陸を縦断したのだった。

ヒッチハイクで不思議だったのは、なぜ見ず知らずの者を、親切に乗せてくれるのかという点だった。乗せてくれる相手に聞くと「退屈しのぎ」とか「おまえの話が面白そうだから」とかいう答えが返ってくる。

だが日本人なら、まず見ず知らずの者には警戒する。乗せてやって強盗だったらと疑い、怖《こわ》くて他人など乗せない。熊八にはアメリカ人の感覚が、最後まで、よくわからなかった。

サンフランシスコに戻ったのは、在米三年めを迎えた春だった。熊八は三十六歳になっており、いよいよ帰国の準備にかかった。

赤羽忠右衛門のセイラーズ・ホテルまで、久しぶりに挨拶に行った。そしてアメリカ人の親切心について聞いてみた。すると赤羽はバーのシンクで、ショットグラスを洗いながら答えた。

「そりゃ、やっぱり宗教の違いじゃないか」

「キリスト教ですか。赤羽さんも僕たちに、えらい親切にしてくれはりますよね」

赤羽は敬虔《けいけん》なクリスチャンだ。

「聖書にな、『旅人をねんごろにせよ』って言葉があるんだ。自分の家に来た知らないやつを歓迎しろ、そいつは天使かもしれないって、そんな内容だったと思う」

「へえ、天使ですか」

「熊八さん、あんただって天使かもしれないぜ」

「こんなハゲの天使なんて、いませんよ」

熊八は自分の頭をつるりとなでた。この三年で、すっかり髪が薄くなってしまった。

「そりゃ、そうだな」

赤羽は大笑いし、また真顔《まがお》に戻った。

「でも俺は、あんたが、いつか大きなことをやりそうな気がしてならないんだ。大勢のためになるような、とてつもなく大きなことをね」

今までに薬師寺にも亀井タマエにも、似たようなことを言われた。見込み違いとしか思えないが、熊八は励ましとして、ありがたく心に刻んだ。

そして出発前にメソジスト教会で洗礼を受けた。赤羽の生き方に感銘《かんめい》を受けたのだ。

最後にダウンタウンの鞄店で、革の大型鞄を買った。その中に荷物をまとめ、この三年間、図書館でまとめたノートを最後にしまった。

熊八は東洋汽船の日本丸に乗り込んだ。

途中、ホノルルに寄港し、燃料や真水《まみず》の補給のために、丸一日、錨《いかり》を下ろした。熊八はヒッチハイク以来、ハワイに興味を持っており、寄港中に上陸して、ワイキキまで出かけてみた。

もともとハワイにはポリネシア系の人々が暮らしていたが、欧米で捕鯨船《ほげいせん》時代が到来すると、その寄港地になった。その後、欧米人がサトウキビやパイナップルの大規模農園を開き、砂糖やパイナップル缶詰の生産を始めた。

当時はポリネシア系の王朝があったが、欧米系の住民が増えるに従って、共和国に変わった。さらに欧米系住民がアメリカに保護を求めた結果、二年前にアメリカの領土として組み込まれたのだった。

それを機に、アメリカの資本が大々的に投下され始めた。かつてはハワイ王朝の海岸だったワイキキで、大規模な開発が始まったのだ。

熊八が行ってみると、透明な海辺には白い砂が運ばれて、美しいビーチができていた。そこにモアナ・ホテルという真っ白いホテルが建設中だった。その威容《いよう》と豪華《ごうか》さには度肝《どぎも》を抜かれた。ヒッチハイクの時には、そんな遠くまで出かけるという理由が理解できなかったが、実際に見て納得した。ハワイは海を渡ってまでくる価値を、あえて創り出そうとしているのだ。

そして熊八は、観光という新しい産業の可能性を知った。

日本丸がハワイを離れ、太平洋を渡って横浜に入港すると、青い海と薄鼠色《うすねずいろ》の山並みの彼方《かなた》に、白い雪をかぶった富士山が見えた。

その雄大な姿を目にした時、思いがけないほどの感動が熊八を襲った。ようやく故国に帰ってきたという熱い想いがこみ上げる。船縁の手すりを握りしめて泣いた。たとえユキに合わせる顔がなくても、帰ってきてよかったと思えた。

大阪からは船を乗り継いで、瀬戸内海を西に向かった。かつては、さんざん行き来し、島影が次々と現れる内海など、見慣れていたはずだった。しかし洋行から戻ってみると、富士山にも負けないほど、日本を代表する美しい風景に見えた。

船縁の手すりに寄りかかって、つぶやいた。

「山は富士、海は瀬戸内やな」

上手くすれば日本でも、観光業を発展させられそうな気がした。

別府港で船を降り、三年ぶりに亀井タマエの旅館の前に立って、引き戸に手をかけた。横浜や大阪から電報を打とうとも思ったが、やはり合わせる顔がない気がして、とうとう知らせずじまいで来てしまった。

思い切って開けると、引き戸の上についた小さな洋風のベルが、チリリンと鳴った。

「はーい」

奥から懐《なつ》かしい声が聞こえる。ユキに間違いない。再会の喜びと同時に、つい緊張も高まる。

軽やかな足音が近づき、帳場の暖簾《のれん》をくぐって、ユキが顔を出した。熊八に気づいて立ちすくみ、大きく目を見開く。驚きで言葉もない。

出てくる時に姉さんかぶりを外したらしく、てぬぐいを持っている。その手がふるえ、見開いた目に、たちまち涙がたまり始めた。

一歩、二歩と、こちらに向かって進むなり、上がり框《かまち》に崩れるようにして座り込んだ。そして、てぬぐいごと両手を前につき、深々と頭を下げて、声を潤ませた。

「おかえりなさいませ。お待ちして」

涙で言葉が詰まる。もういちど言い直した。

「お待ちしていました。ご無事で何より」

丁寧《ていねい》に言いかける妻の肩に、熊八は黙って大きな手を触れた。するとユキは涙にぬれた顔を上げ、いきなり夫の足にすがりついた。そのまま言葉もなく号泣《ごうきゆう》になった。

熊八はしゃがんで妻の手を取り、泣き顔をのぞき込んだ。

「すまんかった。ずいぶん頑張ったんやけど、たいした勉強もできずに、帰ってきてしもうた」

するとユキは激しくかぶりを振った。

「そんなこと」

涙でとぎれとぎれに言う。

「あなたが、無事で、帰ってきてくださって、それだけで」

夫の手に顔を押しつけ、声をあげて泣いた。

在米中、切手代が惜《お》しくて、ろくに手紙も書かなかった。よほど案じてくれていたらしい。そんな健気《けなげ》さが愛しくて、熊八はつぶやいた。

「苦労をかけたな」

自分の身柄を担保同然にしてまで、夫をアメリカに送り出してくれたことに、改めて申し訳なさと、ありがたみを感じた。


熊八はユキを連れて別府から大阪へと戻った。そして住まいを定めると、サンフランシスコの図書館でまとめたノートを携《たずさ》え、時事新報の東京本社を訪ねた。そこで自分を売り込んだ結果、なんとか経済記者に復帰することができた。

以来、大阪の大会社から小さな商店まで走りまわって取材し、次々と東京に原稿を送った。するとアメリカ仕込みの視点が好評を得た。牧師が指摘《してき》した通り、大学に行かなくても在米経験は役に立ったのだ。

しかし自信を取り戻すにつれ、現状に飽き足らなくなった。今までに何人もが自分の将来を見込んでくれた。その期待に応えたくなったのだ。

熊八は日露戦争を予感した。幕末の開国前から、ロシアはシベリアからの南下を続けており、国境問題を引きずってきた。そのうえ日本は日清戦争後、積極的に大陸に進出している。いずれ、かならず衝突すると踏んだのだ。

亀井タマエには、在米中は株に手を出さないと誓ったが、帰国後のことまでは約束していない。熊八は、ほんの少しのつもりで、軍事物資に関わりそうな株を買った。いったん始めると、またアイディアが湧き上がり、企業に企画を持ち込んでは、次々と投資した。

日露戦争が現実化するなり、持ち株は一挙に高騰《こうとう》し、大阪の経済人たちの注目を集めた。ただ熊八は、もう戦争の長期化は期待すまいと、惜しげもなく株を手放し、次の手を考えた。

日本人は幕末の開国から明治維新までの、わずか十五年間で、蒸気機関の国産や、鉄製大砲の鋳造《ちゅうぞう》に成功した。西洋の新技術の取り入れに、優《すぐ》れた能力を持っているのは疑いない。

サンフランシスコでは自動車が走りまわっていた。あんな魅力的なものが、日本に入ってこないはずがない。いずれ国産が始まるはずだと読んだ。

自動車の製造には鉄のみならず、内装用の材木、座席用の革、幌に用いる帆布、タイヤのためのゴムなど、さまざまな材料が必要になる。そういった分野の株に金を注ぎ込んだ。

しかし、これは見込み外れだった。外国製の自動車は輸入されてくるものの、道路が狭いために普及しない。国産自動車生産への取り組みもないではないが、実用化には程遠かった。またも財産を失ってしまった。

するとユキが遠慮がちに言い出した。

「いっそ別府で、旅館をやりませんか」

熊八は渡米中、妻が別府で苦労していたと思い込んでいたが、意外なことに、ユキにとって亀の井旅館の手伝いは、やりがいがあったという。

「いずれ亀井タマエさんは旅館を閉めるから、もし私たちがやる気なら、暖簾をゆずってもいいって言うんです」

熊八は気乗りしなかった。

「暖簾って何や？」

「亀の井旅館の名前とか、贔屓《ひいき》のお客さんとか」

亀の井旅館はタマエの自宅も兼ねているため、建物ごと引き継ぐわけではないという。

「お布団とか食器とか、お道具類もゆずってくれるそうです」

「布団や食器なんぞ、新品を買《こ》うたとしても、たいした金額やないやろ」

もし自分が起業するとしたら、大阪か東京で最先端の分野しか考えられない。都落ちの旅館経営など論外だった。

それからも借金をしてまで、アイディア勝負で投資を続けた。しかし、いつしか帰国から十年が過ぎ、サンフランシスコで仕入れた知識は、すっかり古くなってしまった。アメリカでインサイダー取引が禁じられたのも衝撃《しょうげき》だった。

自信を失い、熊八は久しぶりに教会に足を向けた。ずいぶん信仰を顧みなくなっていたが、すがるような気持ちで日曜日の礼拝に出た。すると牧師の説教の中に、印象的な言葉があった。

「旅人をねんごろにせよ」

どこで聞いたのか記憶をたどり、赤羽忠右衛門の座右《ざゆう》の銘《めい》だと思い出した。この聖書の教えに従って、赤羽はサンフランシスコに来る日本人の世話を焼いていたのだ。

「旅人をねんごろにせよ、か」

あの頃の赤羽の言葉がよみがえる。

「俺は、あんたが、いつか大きなことをやりそうな気がしてならないんだ」

あの買いかぶりが、自分を勘違《かんちが》いさせてしまった。だが言葉の続きを、ふいに思い出した。

「大勢のためになるような、とてつもなく大きなことをね」

なるほどと合点がいった。彼が期待した「大きなこと」とは、自分ひとりの利益ではなく、「大勢のためになるようなこと」だったのだ。

そこに突然、ユキの勧めが繋がった。

「いっそ別府で、旅館をやりませんか」

亀井タマエのところに借金の申込みに行った際に、町の共同浴場に入った。あの時、温泉というのは、いいものだなと感じ入った。

大阪の銭湯《せんとう》は、どこも混んでいて、たいがい浴槽《よくそう》に垢《あか》が浮いている。しまい湯ともなると、濁ってドロドロになる。だが別府では大きな湯船に、いつでも湯が入れ替わり、綺麗で気持ちがよかった。

「旅人を、ねんごろにせよ、か」

別府で遠来《えんらい》の客をもてなすことが、赤羽の言った「大勢のためになるような、とてつもなく大きなこと」に、繋がりそうな気がした。

だが、もてなしの経験などないし、まるで自信がない。そのために踏ん切りがつかず、なおも、ずるずると迷い続けた。

とうとう別府行きを決意したのは、帰国から十一年が過ぎ、四十八歳になった秋口だった。

　あと二年で、自分は新聞記者の定年である五十歳を迎える。もはや大きなことなど諦めて、慎ましく隠居暮らしを始めようと決めた。

「わしの人生は、これでおしまいゆうことや」

　投《な》げやりに言うと、ユキは首を横に振った。

「老け込むことは、ありませんよ。まだ五十前じゃありませんか」

「いや、もう五十や。子供もおらんことやし、別府で家を借りて、二階に客を泊まらせて、毎日、あの温泉に入って、のんびり暮らしたい」

　残りの人生を、ふたりで過ごすには、別府は悪くない気がした。

　するとユキは自分の胸元に手を当てた。

「わかりました。とにかく亀の井旅館の看板をゆずり受けて、小さな旅館をやりましょう。お客さんの世話は、私が頑張りますから」

「そう肩肘《かたひじ》張《は》って頑張らんでも、まあ、ぼちぼち、いこやないか」

　別府なら宇和島も近い。その気になったら、いつでも故郷に帰れるのも悪くなかった。

「いずれ、わしらの墓は宇和島に建てたいし、それまで仲良う暮らそ。ただな」

「ただ？」

「宿屋をやるんやったら、布団や敷布だけは古いのやなくて、まっさらなのにしたい。アメリカの宿は、みんな、そうやったんや」

「わかりました。そうしましょう」

　ユキは笑顔になった。

「始めるとなると、やっぱり望みが出てくるでしょう。あなたのことだから、行けば、また何かやりたくなりますよ」

そして急に昔の話をした。

「私が、お米屋さんのあなたに嫁いだのは、お米屋さんが、人の命を繋ぐ大事な仕事だと思ったからなんです。温泉も人の病気をいやして、人の心をいやして、楽しませるものだから、きっと、あなたには向いていますす」

熊八は目を伏せて言った。

「そうか。そうかもしれんな」

そこまで期待してくれるなら、言葉の上だけでも張り切って行こうと、顔を上げて両拳《りょうこぶし》を握りしめた。

「ほんなら、いっちょ、やったるか」

そうして大阪の借家をたたみ、夫婦ふたりで別府行きの船に乗り込んだのだった。

3　地獄を見たか

熊八《くまはち》とユキの亀の井旅館で、お伽船《ときぶね》の子供たちを受け入れた年に、明治天皇の崩御《ほうぎょ》があり、明治から大正へと改元《かいげん》された。

そして別府《べっぷ》港では、大阪商船専用の桟橋《さんばし》建設が始まった。技師たちは図面を手に走りまわり、棟梁《とうりょう》らしき男が大声を張り上げ、屈強《くっきょう》の男たちが威勢《いせい》よくツルハシを振り上げて地面を掘る。

一方、熊八は岸壁で、綿入れ半纏《はんてん》の袖の中で腕を組み、早春の冷たい海風を避けつつ、男たちの働きぶりを眺めていた。あまりの手持ち無沙汰《ぶさた》で、足元の小石をつま先で蹴《け》る。小石は岸壁に打ち寄せるさざ波に向かって、ポシャンと情けない音を立てて落ちた。

「今日も、あかんなァ」

工事が発表になってしばらくは、別府中が活気づいたが、またパッとしない季節になってしまった。

「今日も駄目《だめ》でしたねえ」

隣に立つ杉原時雄《すぎはらときお》も、いかにも人柄のよさそうな丸顔を曇らせる。

沖泊《おきどま》りの紅丸《くれないまる》から、手漕《てこぎ》の艀船《はしけぶね》が近づいてくる。だが船頭《せんどう》以外に人影は見えない。すでに客は上陸を終えており、あとは荷を運んでくるだけだった。

毎年二月は客が減る。誰もが年末年始に散財し、翌月は温泉どころではなくなるのだ。数少ない客は、今日も大手旅館に根こそぎ持っていかれ、熊八も時雄も、ひとりの客も捕まえられなかった。

「まあ、桟橋が完成したら、客が増えるはずやし、それまでの辛抱《しんぼう》やな」

桟橋建設のきっかけを、熊八が作ったことは、別府の町で少しは評判になった。だが、それが商売に繋がらない。

熊八は両腕を上げて背伸びをした。

「駅の方にも行ってみるかァ」

だが時雄は首を振った。

「昨日、私は駅に行ってみましたけど、こっちと同じようなものですよ。それより」

少し声の調子を上げた。

「熊八さんは、地獄を見たことがありますか」

「そりゃ長く生きてる分、地獄は何度も見とるで。株で大損して、すってんてんになった時も。アメリカで、にっちもさっちも行かなくなった時も」

「いや、その地獄じゃなくて」

時雄は海とは反対側を振り返った。

「あの辺の山のふもとに、とっても鮮《あざ》やかな色の温泉が、いくつも湧いているんですよ」

青や朱色の熱湯が湧き出ているという。

「お湯が高々と噴き上がるところもあるし。その辺を、地元じゃ地獄って呼んでるんです。僕、山歩きが好きなんで、時々、行くんですけど」

熊八はアメリカで耳にした話を思い出した。たしかイエローストーンという国立公園にも、鮮やかな色の温泉池や、熱湯が噴き上がる間欠泉《かんけつせん》があると聞いた。それと同じようなものが別府にもあろうとは。

「面白《おもしろ》そうやな。今から行こか」

時雄は笑い出した。

「そう言うと思ってました。でも今からじゃ遅いから、明日の朝、握り飯でも持って出かけませんか。できれば鉄輪《かんなわ》温泉に一泊して、あちこちの地獄を見て歩くと、きっと気に入りますよ」

翌朝、熊八はユキに握り飯を作ってもらい、竹皮と風呂敷《ふろしき》で包んで、背中に斜めがけして出かけた。時雄とは別府駅で待ち合わせて、まずは日豊《にっぽう》線の汽車で北上した。

別府は別府湾の奥に、西から東に向かって広がる扇状地《せんじようち》だ。北西南の三方には山並みが連なり、平地の東端が海だ。海岸に沿って国道の小倉《こくら》街道が通り、日豊線の線路も並行して走る。

扇状地の北の外れに亀川《かめがわ》という駅があり、ふたりは、そこで下車した。駅から川沿いを西に向かって歩いていくと、両側に山が近づいてくる。

時雄が行く手を指さす。

「そこを左に折れたところにあるのが、最初の地獄で、龍巻《たつまき》地獄といいます。時間を置いて、お湯が高くまで噴き上がるんです」

森の中の小道に分け入っていくと、軒の傾いた小屋があった。客の多い季節には、誰かが常《じょう》駐《ちゅう》して見物料を取るらしい。だが今は誰もいない。

勝手に進んでいくと、ふいに樹木が途切れて、ちょっとした広場が見えた。熊八が広場に進み出ようとすると、時雄が慌《あわ》てて引き止めた。

「これ以上、行ったら危ないですよ」

熊八は振り返って聞いた。

「なんでや」

「風向きによっては、熱湯が雨みたいになって、降り注《そそ》いでくるんです。この辺は熱い湯がかかるから、木が生えないんですよ」

それで自然に広場になっているらしい。

熊八はアメリカでイエローストーンの話を聞いた時から、間欠泉というものの実態が、どうしても想像できない。

だが話しているうちに、突然、シューッという噴出音《ふんしゅつおん》が響き、次の瞬間、熊八は目を見張った。いきなり湯が周囲の樹木のこずえを越え、まっすぐな柱のようになって、そびえ立ったのだ。さらに天空に向かって、ぐんぐんと高さを増していく。

膨大《ぼうだい》な湯けむりが、湯の柱を追いかけるようにして立ち昇る。熊八は呆気《あっけ》にとられ、あんぐりと口を開けて、ただただ噴き上がる湯を見つめた。

その時、湯けむりが急に小道の方に押し寄せてきて、周囲が真っ白になった。

時雄が慌てて言う。

「危ないですよ。風向きが変わったから、下がりましょう」

だが視界が利《き》かず、どっちに下がったらいいのかわからない。

あたふたしているうちに、熊八の頭の一点に、熱いものが当たった。

「あちちち」

たちまち熱い点が増えていく。まさに熱湯の雨が降り注ぎ始めたのだ。

「こっちです。こっち」

時雄の声の方に逃げた。

立ち込める湯けむりの中を走り、料金小屋のところまで戻って、ようやく視界が開けた。そこで足を止めて振り返ると、こずえの上の湯の柱は、あとかたもなく消え、シューッという音も静まっている。

「なんや、今の」

熊八は肩で息をつきながら言った。

時雄の丸顔も青ざめている。

「だから龍巻地獄ですってば」

「また、ああして噴き出すんか」

「そうです。しばらくしたら、またシューッと」

「そしたら、しばらくは出てけえへんのやな」

薄まった湯けむりをかき分けて、広場の方に足を向けると、また時雄が止めた。

「駄目ですよ。いつ出てくるのか、わからないんですから」

そう言われると怖くなり、前に進めなくなる。その場で腕組みをして聞いた。

「どういうしかけで噴き出すんやろ」

熊八は間欠泉の構造をアメリカで教えてもらった気もするが、すっかり忘れている。

「地面の下に、小さいおっちゃんが隠れてて、ポンプのバルブを開いてるんとちゃうか」

時雄はムッとした。

「そんなこと、あるわけないでしょう。なんのために、わざわざポンプなんか埋めるんですか」

熊八は肩をすくめた。

「冗談や。大阪名物の冗談やて」

時雄は、むきになったのを恥じたのか、鼻から息をはいた。

「まあ、鬼くらいは隠れてるかもしれませんけど」

「鬼かァ。まさに地獄やな」

あれこれと話しているうちに、またもや噴出音が響いた。今度は警戒して離れて立ち、こずえの上に勢いよく現れた湯の柱を、まじまじと眺めた。

「こら、えらいもんや。大阪の通天閣《つうてんかく》ほど高《たこ》うないけど、その半分くらいはあるな」

そして噴き終わるのを待って、熊八は広場に足を踏み入れた。時雄は警戒してついてこない。

「いつ噴き出すか、わかりませんよ」

「いや、しばらくは出てけえへんやろ。さっきの様子からして」

そう言いながらも及び腰で、湯気の残る一角に近づいた。そこには自然の岩が重なり、その中心に深い穴が見えた。噴出の勢いでえぐれているらしい。

おそるおそるのぞき込んでいた時だった。突然、シューッという音がした。熊八は大慌てで、飛び退《すさ》るようにして岩場から離れた。

だが、ふと気づくと周囲は静かで、湯は噴き出していない。小道の方を見ると、時雄が腹を抱えて笑っている。熊八はムッとして言った。

「おまえの声か。かついだな」

時雄が笑いを収めながら答えた。

「さっきのお返しですよ」

その時、背後から、本当の噴出音が響き始めた。

「危ないッ、逃げろッ」

一瞬で総毛《そうけ》立って小道に逃げ込み、ふたりとも全速力で広場から離れた。

料金小屋まで一気に駆け戻り、顔を見合わせて、どちらからともなく笑い出した。たがいの慌てようがおかしくて、しばらく笑いが止まらなかった。

「じゃあ、次は血の池地獄に行きましょう。もうちょっと登ったところです」

「血の池地獄か。いよいよ鬼が出てきそうやな」

熊八たちは川沿いの山道を登った。

ほどなくして分岐《ぶんき》が現れ、小道に分け入ると、また無人の小屋があった。そこを過ぎるなり、木立の先が明るくなり、周囲は低木ばかりになって視界が開けた。

正面に緑濃い山の斜面が迫り、そのふもとに鮮やかな朱色の池が広がっていた。またもや呆然《ぼうぜん》とするほどの光景だった。

龍巻地獄のような騒がしさはなく、かすかに噴出音が続いている。朱色の池の中ほどから、ゆらゆらと白い湯気が立ち昇る。

「ほんまに血を薄めたような色やな」

熊八がしみじみとつぶやくと、時雄は少し自慢《じまん》げに言う。

「鬼が人の血を絞って、ここですすいだみたいじゃないですか」

「ほんまや。地獄ゆうのも言い得とる」

周囲には木製の柵が巡らせてある。もっと池に近づきたかったが、また時雄が警告した。

「ここは熱いですよ。柵の内側は足場が悪いし、下手《へた》に落ちでもしたら、大火傷《やけど》で、まず助からないでしょう」

柵に沿って歩いてみると、ところによっては地面がやわらかく、靴底を通して、じんわりと熱気が伝わってくる。

時雄が太陽を仰ぎ見た。

「そろそろ昼時ですから、飯にしませんか」

ふたりで岩場を見つけて腰かけ、それぞれ風呂敷包みを開いて、握り飯を頬張った。

熊八は朱色の池を眺めながら言った。

「いろいろ手を入れて、もっと見物しやすいようにしたら、ええのにな」

石を組んで安全な足場を作ったり、周囲の低木を伐採《ばっさい》して広々とした空間にすれば、人気が出そうな気がした。

しかし時雄は首を横に振った。

「そこまで手をかけても、こんな遠くまで見物に来る人なんか、そういないと思いますよ」

「けど現に、わしらが来てるやないか」

「でも地獄って、地元じゃ昔から、毛嫌いされてきたんですよ」

龍巻地獄も血の池地獄も、摩訶不思議《まかふしぎ》で気味《きみ》が悪いし、その上、火傷の危険もある。地獄と呼ばれるのも道理だった。

「いや、地元じゃ嫌うかもしれんけど、初めて見る者には珍しいで。怖いもん見たさもあるし。アメリカのイエローストーンゆうところでも、こういうとこがあって、遠くから大勢が見物に行くらしいで」

熊八は握り飯を手にしたまま話した。

「さっきの龍巻地獄かて、飛沫《しぶき》が飛んでけえへんとこまで広場を広げて、そこに石段でも組んで、ゆっくり座って見物したら、ええと思うけどな」

時雄は首を横に振って取り合わない。

「こんな山の方まで、わざわざ歩いて来る人なんか、いませんって」

熊八は納得がいかないまま、握り飯の最後のひとかけを呑み込んだ。

「来ないからゆうて放っておかんで、来るように仕向けるんや」

ハワイのワイキキ・ビーチがそうだった。わざわざ遠くから白砂を運んできて、美しい海水浴場を創り出し、豪華なホテルも建てていた。

昼食を終えて渓流《けいりゅう》沿いに戻り、沢の水で喉を潤した。熊八が河原で休んでいると、時雄は細長い流木を拾い上げた。それを持参の小刀で手際よく削り、軽くて丈夫そうな杖を作ってくれた。

「手先が器用なんやな」

「ものを作ったり、壊れたものを直したりするのは、けっこう得意なんです」

次は、ひとつ山を越えた先にある鉄輪温泉に向かうという。時雄についていくと、川沿いから離れて、いよいよ細い山道に入っていく。坂も急になって、杖が重宝した。

午後の日が傾く前に、鉄輪の温泉街に着いた。別府の町なかよりもこぢんまりしているが、湯の質が高く評価され、古くから湯治客《とうじきやく》が集まる名湯だという。地元の人々にも愛される共同温泉に浸かって、山歩きの疲れをいやした。

鉄輪温泉の周辺には、白濁した白池《しろいけ》地獄や、飯が炊けるほど高温の蒸気が噴き出す、かまど地獄などが点在しており、翌朝から、ひとつずつ見て歩いた。

圧巻だったのは海地獄だった。眼を見張るほど明るく、鮮やかな水色だ。熊八は株で儲《もう》けていた頃、あちこちに出かけたが、海地獄の色は見たことのない美しさだった。

山際から噴出する音が凄まじく、もうもうと湯けむりが立ち昇る。風向きによっては、真っ白い蒸気で、青い水面がおおい隠されてしまうほどだ。

「えらいもんやなァ」

熊八は感動した。

「これは、ごっついで」

ほかに言いようがない。しばらく見つめていて、ようやく言葉が続いた。

「別府には、えらいもんがあるんやな」

海地獄は鉄輪温泉から割合に近いため、龍巻地獄や血の池地獄よりも、見物しやすいように、人の手が入っていた。

海地獄のすぐ近くにあるのが坊主《ぼうず》地獄だった。薄灰色の泥湯《どろゆ》の底から、ポコポコと空気が湧き上がって、水面に半球形の大きな泡が顔を出す。

じきに割れてしまうものの、割れた後の水面に、見事な円が刻まれる。すると同じ場所に、次の泡が湧き上がってきては、また割れる。湧き上がっては割れ、湧き上がっては割れて、円が年《ねん》輪《りん》のように広がっていく。

これもまた不思議な光景だった。

「坊主地獄とは、よう言うたもんやな」

熊八は自分の頭を、つるりとなでた。

「わしが、あちこちから頭を出してるようなもんや」

角度を変えながら、何度も頭を突き出してみせると、時雄は吹き出した。

「笑わせないでくださいよ」

「いやいや、夏に来たお伽倶楽部《とぎくらぶ》の子供たちの中に、わしのことをピカピカのおっちゃんて呼ぶ子がおってな。えらい可愛《かわい》かったで」

「ピカピカのおっちゃんですか」

時雄は、いよいよ腹を抱えて笑う。熊八も笑いながらつぶやいた。

「健坊みたいな子供たちに、海地獄や龍巻地獄を見せてやりたいなァ」

子供たちを連れてきて、喜ぶ顔が見たかった。だが子供の足では、なかなかここまでは登ってこられない。

「自動車で連れてきてやれんかな。別府の港から、こっちの方まで幅の広い道路を通して、血の池地獄や龍巻地獄まで、乗り合い自動車で見てまわれるようにしたいな」

熊八が夢を口にすると、時雄は感心しきったように言った。

「熊八さんって、すごいことを考えるんですね。こんなところまで歩いてくる酔狂《すいきょう》なんか、いやしないって思ってたけど、道路を通して自動車を走らせるなんて。誰にも思いつきませんよ」

熊八は珍しく謙遜《けんそん》した。

「いや、アメリカで見てきたからや。これからは自動車の時代が来る。それは間違いない」

自動車関連の株を買って大損をしたが、それでもなお自動車の未来は信じていた。

帰路につき、山道を降りきって平地に出ると、時雄が西側に連なる山並みを示した。

「手前が伽藍岳《がらんだけ》、その先が内山《うちやま》、向こうの高いのが鶴見岳《つるみだけ》です。どれも標高千メートル以上あります」

別府の町の背景になる山々だ。熊八は、ふと気になって聞いた。

「山の向こうは何があるんやろ」

「特に面白いものはありませんよ。由布院《ゆふいん》っていう小さな集落があるくらいで。温泉が湧いてますけれど、たいした宿もないですし」

「由布院か。綺麗な名前やな。その先は？」

「また山があって、それを越えていくと、久住《くじゅう》っていう広い野原に出ます」

「へえ、野っ原か。で、その向こうは？」

「そこから、また山を越えると、もう熊本県に入って、阿蘇《あそ》山が見えてきます」

熊八の好奇心が、かき立てられた。

「面白そうやないか。阿蘇山が見えるところまで案内してもらえんか」

「地獄ほどは面白くないですよ。かなり歩くし、阿蘇まで行くとなると、何泊もしないとならないし。まあ、いつでも案内はしますけど」

「ほんなら頼む。今月中に行こ」

三月に入って陽気がよくなると客が増える。それまでに行こうと約束した。


約束の日、熊八はハアハアと息を切らせながら、杖にすがって山道を歩いた。別府の町からは、もうだいぶ離れ、峠《とうげ》も越えていた。時雄が行く手を示す。

「もうじき狭霧台《さぎりだい》です。眺めがいいから、そこでひと休みしましょう」

休めると聞き、熊八は気合《きあい》を入れ直して歩き続けた。すると山道が大きく湾曲《わんきょく》し、突然、視界が開けた。

「ここから由布院が見えるんです」

時雄が手招きするのについていき、熊八は息を呑んだ。

そこは切り立った崖《がけ》上で、眼下に明るい冬枯れの風景が広がっていた。薄茶色の田園のただ中に、小さな集落が点在する。茅葺《かやぶき》屋根が寄り添い、その間から、うっすらと湯けむりが立ち昇っていた。平地の果ては、穏やかな表情の山々が取り囲む。心休まる盆地の風景だった。

熊八は杖を握りしめてつぶやいた。

「まるで桃源郷《とうげんきょう》やな」

山に抱かれ、ひっそりとしたたたずまいは、中国の古典に登場する夢の隠れ里を思わせる。

だが時雄は首を傾《かし》げた。

「熊八さんが気に入ってくれたのは嬉《うれ》しいけど、それほどのものじゃないかもしれませんよ。降りて行ってみれば、普通の村だし」

「いやいや、こういうふうに、一望にできるのがええんや。こういうところは、ありそうでいて、そうはないで」

油屋将軍と呼ばれた頃に、あちこちに出かけたからこそ、評価できる魅力だった。

狭霧台からは、つづら折りの下り坂が続いた。そして平地に降り立って、由布岳のふもとを進むと、温泉の湧く集落があった。

そこでも熊八は驚いた。山際に美しい湖があったのだ。湖畔《こはん》は樹木に囲まれているが、木々の途切れたところに神社があり、素朴《そぼく》なたたずまいが、湖面に映り込んでいる。

「金鱗湖《きんりんこ》です。魚の鱗が金色に光ったことから、その名前がついたと言われています」

時雄の説明に、いよいよ桃源郷のように感じた。

「みやびな名前やなァ」

専業の旅館はなく、どこも農家だったが、熊八は湖畔の一軒に宿を頼み、まだ陽のあるうちに、村の共同温泉に出向いた。

そこは簡素な脱衣所があるだけで、浴槽は石で囲った露天《ろてん》風呂だった。外から客が来ることなど滅多にないらしく、入湯料も取らない。湯量は豊富で、ざばざばと音を立てて掛け流される。

熱めの湯に身をひたすと、寒気で頭だけが冷やされ、ことのほか心地よかった。近くには、富士山のような形の由布岳が夕陽を受け、朱色味を帯びて輝いていた。

熊八はてぬぐいを頭に載せ、湯船の縁石に背中を預けてつぶやいた。

「ああ、ええなあ。極楽《ごくらく》や」

「よかったです。こんな遠くまで歩かせて、なんだ普通の村かって、怒られるんじゃないかと思ってましたから」

「いや、こんなええとこ、日本中、探しても、ちょっとないで。ほんまに穴場や」

「田舎ですけどね」

「田舎やからこそ、ええんや。このひなびたよさが、わからんかなァ」

地元だからこそ見えない魅力だった。


翌朝は、さらに西に向かった。山々を越えていくと、今度は久住という高原に至った。時雄が話していた通り、どこまでも見渡す限り、美しい野原が続いている。

「なんで木が生えへんのや」

「野焼きするからです」

何百年も前から、野焼きが繰り返されているという。地味《ちみ》が耕作に向かないため、農耕用の牛や馬の牧草地として利用されてきたのだった。

草地を見渡して、時雄が言う。

「前に来たのは夏前だったから、朱色のヒメユリが咲いてましたよ」

四季折々に可憐《かれん》な花が楽しめるという。ここでも熊八は感じ入った。

「こんなとこも、ほかには見たことないで」

その夜は久住に宿を取り、翌日は、いよいよ阿蘇山を望む大観峰《だいかんぼう》に向かった。

大観峰は、とてつもない場所だった。阿蘇山が巨大なカルデラの、ただ中にそびえている。山の周囲は低地が丸く取り囲み、その外側に外輪山《がいりんざん》が盛り上がって、円形に連なる。そんな外輪山の峰のひとつが大観峰だが、目の前が断崖絶壁で、阿蘇山とカルデラが一望できた。

外輪山のさらに外側には、草地の丘陵が延々と続く。やはり久住高原と同じように、野焼きを繰り返してきた結果だった。空が果てしなく広く、非日常な空気が漂う。

熊八は思わずうなった。

「これはまた、えらいとこやなァ」

由布院も久住高原も魅力的だったが、阿蘇山の迫力は別格だった。

「別府から由布院、久住、大観峰へと自動車道路を通して、熊本からの道とつなげたら、どうやろ。そしたら九州を横断する道路ができるで」

昔から九州の都市は、たいがい海に顔を向け、船で行き来したものだった。そのため都市と都市を結ぶ鉄道や主要道路は、今なお海近くを走ることが多い。

たとえば九州東岸で、南北に隣り合う大分県と宮崎県とは、道路も鉄道も海沿いで繋がっており、感覚的に近い。しかし大分県から西岸の熊本県や長崎県に行くには、ぐるりと海岸沿いをまわるか、船を使わなければならず、はるかに遠く感じられる。

でも大分県と熊本県の内陸には、こんなに魅力的な景勝地《けいしょうち》が点在している。それを結ぶ道路ができれば、今までになく便利になるし、どれほど楽しいか。別府で温泉に入って、自動車から阿蘇山を眺め、熊本城や長崎の異人館までも足を延ばせるのだ。

一ヶ所を訪ねて、来た時と同じ経路で帰るのではなく、周遊していく観光だ。行く先々に新鮮な驚きが待っている。

熊八は想像するだけで心が弾《はず》んだ。しかし時雄が、また信じがたいという表情で言う。

「熊八さんって本当に、すごいことを考えるんですね。九州横断道路なんて」

「夢見るだけでも楽しいやないか。それに最初は無理やて断られた桟橋かて、造ってもらえることになったんやで。大勢の役に立つことやし、諦めへんかったら、いつかはできると思うで」

時雄とふたり帰路も同じ行程を引き返し、最後の夜は、また由布院で過ごした。

翌朝は夜明け前に出発し、薄闇の中、息を弾ませて山道を登って、狭霧台まで急いだ。旅の最初に眼下を見おろして、桃源郷のようだと感動した場所だ。

狭霧台にたどり着いた時には、すでに明るくなっており、振り返ると、そこには往路とは異なる景色が広がっていた。

盆地のあちこちから湯が湧き出しているらしく、湯けむりが立ち昇る。それが靄《もや》となり、かすかな風に乗って、うっすらと掃いたように流れゆく。熊八は狭霧台という地名の由来を理解した。帯状の靄を狭霧と呼んだに違いなかった。

朝日は熊八たちの背後から昇り、目の前の世界を優しく照らした。山と田園と集落と靄が織りなす絶妙な光景だ。何もかもがきらめいて見えた。

　時雄も眼下を見つめながら言う。

「熊八さんが由布院や久住を褒める理由が、わかった気がします」

「そうやろ」

　つい鼻が高くなる。このまま桃源郷として、ひっそりと隠しておきたいという思いと、もっと多くの人々と、この感動を分かち合いたいという思いが交差する。

　別府の町は、どんどん賑《にぎ》やかにしたい。でも由布院は、むやみに荒らされたくない。ここには守っていくべきものがあり、守っていくための決まりごとが必要だと感じた。

　狭霧台から別府に帰る道すがら、時雄が言った。

「いっそ国か県の議員になったらどうですか。公《おおやけ》のお金で道路を造ってくださいよ」

　熊八は苦笑した。

「いや、議員はあかんのや。若い頃に宇和島で町会議員をやったんやけど、長く続かんかった。いろいろ思いつくんやけど、根まわししたり、みんなの話をまとめたりとかが、わしには無理なんや」

「そうかなァ。向いてる気がしますけどね。それに道路を造るなら、役人になるか、議員になるかでしょう」

　熊八は、どちらも難しいと自覚している。ただ、道路を造るという発想は、町会議員時代の土木行政の経験が、もとになっているのは確かだった。

　帰宅してから、熊八が九州横断道路について勢い込んで話すと、ユキはうなずいた。

「あなたらしい大きな考えだと思います。きっと実現しますよ。でも急がないで。いきなり何もかも聞いた人は理解できないでしょうし、荒唐無稽《こうとうむけい》な話だと突っぱねられるかもしれません」

亀の井旅館の名前通り、亀のようにゆっくりと進めた方がいいという。

「それもそうやな」

熊八は妻の忠告を素直に受け入れた。

「そしたら、とりあえずは別府の町から山に向かう道路やな。それから地獄めぐりで、次が由布院。それを延ばしていって九州横断道路や。そういう順でどうや」

「とてもいいと思います」

女学校出の妻にほめられて嬉しくなり、以来、ひとりで町を歩きまわっては、独自に計画を練った。

今のところ、別府でもっとも立派な道路は、海岸沿いを南北に走る小倉街道だ。国道として整備され、すでに自動車が行き交うだけの幅がある。

日豊線の線路は、それよりも山側を通り、小倉街道とほぼ並行して蒸気機関車が走る。この線路と小倉街道の間が、別府の繁華街だ。

古くからの町だけに、どこも道幅が狭い。熊八としては、繁華街を東西につらぬく立派な目抜き通りが、どうしても欲しかった。前々から、それは駅前通りか、港から一直線に延びる流川《ながれがわ》通りか、どちらかだと考えていた。

ただ駅前通りは駅にぶつかったら、それより西に進めない。もっと山の方まで延ばすことができないのだ。一方、流川通りは、これから港に桟橋ができるのだから、発展する可能性は高い。

「まずは流川通りやな。拡幅《かくふく》を陳情《ちんじょう》しよう」

そう決めるなり、経済記者時代からの力を発揮して、たちどころに計画案をまとめた。さらに文箱から銀座煉瓦街《れんががい》の絵葉書を探し出し、参考資料として添えた。流川通りの未来像を、ひと目で理解できるようにしたのだ。

陳情先は、やはり山田耕平《やまだこうへい》しかいない。桟橋建設を頼みに行った際に、大阪商船へ行ってみろと勧めてくれた県会議員だ。

さっそく説明に行くと、山田は、しばらく考え込んでから、面長《おもなが》の顔をうなずかせた。

「わかった。この計画案は預かろう」

「ほんまですかッ。ありがとうございますッ」

熊八が喜んだのもつかの間で、山田の厳しい言葉が続いた。

「油屋さん、桟橋の件は首尾《しゅび》よく進んだようだが、今度も上手くいくとは思わないでくれ。なにせ県の予算は限られているんでね。もし道路整備を実施するとしても、そうとう時間がかかると思う」

最初から後ろ向きの態度は、少々、気になったものの、とりあえず神妙な顔で礼を言った。

山田耕平の住まいは浜脇《はまわき》といって、別府の扇状地の南端近くだった。さらに南の海際には高崎《たかさき》山《やま》がそびえている。すり鉢を伏せたような形で、別府の町のどこからでも見えるため、親しみやすい山だ。

昔から高崎山には野生の猿が棲《す》むといわれている。前々から熊八は興味を持っていたが、せっかく浜脇まで来たのだからと、登ってみることにした。

餌《えさ》でおびき寄せようと考え、浜脇の乾物商で南京豆を買い求めた。これから高崎山に登ると話すと、乾物商の女将《おかみ》は眉をひそめた。

「それなら食べ物は持っていかない方がいいですよ。高崎山の猿は、本来、おとなしいんですけど、下手をすると襲われますよ」

しかし熊八は笑い飛ばした。

「わしの名前は熊八ゆうて、熊が八頭分やで。猿に負けるわけがない」

それでも女将は心配してくれた。

「もし襲われたときには、この豆を、ぜんぶ放り出して逃げてくださいね。旦那《だんな》さん、猿を甘く見ちゃいけませんよ」

熊八は紙袋に入れてもらった南京豆を、背広の脇ポケットに押し込んで、高崎山東側の川沿いを登った。せせらぎが途切れてからは、山頂を目指した。

別府のどこからも見えるのだから、山からは別府湾も見渡せるだろうし、眺望はさぞやと期待したのだが、どこも雑木林ばかりで、何の変哲もない山だった。

南京豆の殻《から》をむいては口に放り込みつつ、頂上らしき場所をうろついたが、樹木が邪魔するのか、眺めのいい場所は見つからない。まして猿は一匹も出てこない。

期待外れのまま、今度は東斜面を下山した。こちらからなら少しは海が見えるかと思ったのだ。東の山裾《やますそ》は海が迫っており、わずかな平地に日豊本線と小倉街道が並んで通っている。

列車の音が聞こえ、山麓《さんろく》が近づいたなと思った時だった。すぐ目の前に母子の猿が現れた。

母猿が子猿を抱いている。おとなしくて逃げる気配もない。ようやく出会えた嬉しさに、熊八はポケットの南京豆を探った。

そして少し取り出して、母子猿に向かって放った。母猿は子猿を抱いたまま、すばやく拾った。子猿も小さな手を伸ばして拾おうとする。

「かいらしなァ」

熊八は子供好きだが動物も好きだ。目を細め、ポケットから、もうひとつかみ出して、小猿の目の前にパッと撒《ま》いた。

次の瞬間、周囲の木立が、音を立てて揺れ始めた。何事かと見まわして、熊八は総毛立った。無数の猿が、四方八方から現れたのだ。どの猿も歯をむき出し、凄まじい勢いで、こちらに迫りくる。

とっさに坂下に向かって駆け出した。だが猿たちはキーキーと騒ぎながら、いっせいに追いかけてくる。たとえ熊が八頭いたところで、この集団にはかないそうにない。

死に物狂いで逃げながら、乾物商の女将の言葉が、ふいに耳の奥でよみがえった。

「もし襲われたときには、この豆を、ぜんぶ放り出して逃げてくださいね」

無我夢中で、脇ポケットから南京豆の紙袋を引っ張り出した。だが、わずかに袋の口が出た瞬間、後ろから猿に引ったくられた。袋が破れて豆が派手《はで》に散らばる。それを目がけて猿たちが突進する。

熊八は後ろも見ずに、全速力で逃げた。山道が緩《ゆる》やかになり、樹木の間から視界が開け、眼下に日豊線の線路が現れた。その向こうが小倉街道で、さらに先には青い別府湾が広がっていた。

ようやく山を降りきったのだと、胸をなでおろし、肩で息をつきつつ、初めて振り返った。もう猿の姿はなく、山は何事もなかったかのように静まり返っている。怪我《けが》がなかっただけでも儲けものだった。

南京豆を買った乾物商に、帰りがけに立ち寄って、顚末《てんまつ》を打ち明けた。

「えらいめに遭《お》うたわ」

すると女将が、さもありなんという顔をした。

「だから言ったでしょう。高崎山の猿は、むやみに人を襲ったりしないんですけど、豆なんか放ったりするからですよ」

熊八は溜息をついた。

「母子猿、可愛かったんやけどな」

その日は、それで帰宅した。

しかし子猿の愛らしさが、頭から離れなくなった。いっせいに現れた猿たちも、本来はおとなしいのなら、上手く餌付《えづ》けして、観光の目玉にできないかと思いついた。

健太郎《けんたろう》のような子供たちにも見せてやりたい。どれほど喜ぶかと想像すると、熊八自身も楽しくなる。またアイディアが浮かぶ。

「山のてっぺんに家を建てて、まわりを網で囲って、その外側に餌を撒いたらどうやろ。動物園の逆で、人が檻《おり》に入るんや。こら、おもろいで」

東京の上野に動物園ができて、もう三十年以上になり、京都にもある。それに今年は、大阪の通天閣近くにも新しく開園して、評判になっている。でも檻に閉じ込められた哀れな動物よりも、野生の動きまわる猿の方が、はるかに面白いに決まっている。

また陳情に行こうかと考えていたところ、山田耕平から呼び出しがあった。道路拡幅の件だという。予想よりもずいぶん早いし、あの時の後ろ向きの態度からして、どうせ駄目に決まっていると、熊八は期待せずに出かけた。

すると思いがけない回答が待っていた。

「流川通りの拡幅計画だが、県議会にはかったところ、実施が決まった」

「へ?」

にわかには信じがたく、妙な声が出てしまった。

「実施ゆうと、道路が広くなるわけで?」

「当たり前だ。さっそく流川通りに面した家を立ち退《の》かせる。大手の旅館には前庭を提供させる。来年には着工予定だ。これで通り沿いは、いっせいに建て替わるぞ」

なおも熊八には戸惑いが残る。

「けど、ずいぶん早いやないですか。実施するとしても、そうとう時間がかかるゆう話でしたけど」

「まあ、それは、わしが議会で頑張ったからだ」

面長のこめかみを人差し指の先でかく。

「それに大阪商船が桟橋を建設するというのに、県が何もしないというのも何だしな。港から延びる流川通りを拡幅するという案は、ちょうどよかったということだ」

遠まわしに熊八の計画案を褒めているらしい。

栈橋建設が決まった時には、健太郎のことも重なって、熊八は心から嬉しかった。だが今回は、あっけなく決まったせいか、実感が湧かない。それに気づいて、山田が不満そうに聞いた。

「なんだ、喜ばんのか」

熊八は慌てて否定した。

「いえいえ、嬉しいです。感謝してまっせ」

ふいに高崎山の件が頭に浮かんだ。道路拡幅が決まったのなら、この勢いに乗って頼んでしまおうと思いついたのだ。

「実は、もうひとつ、お願いがあるんですけど」

「なんだ？」

「高崎山を県で買い取って、野生の猿を見せる動物園を、造ってもらえませんか」

上機嫌だった山田が、呆《あき》れ顔に変わった。

「今度は動物園だと？　よくぞ、そうやって次から次へと思いつくもんだな」

「船か列車で別府に着いて、温泉に入って、夜は流川通りの店をひやかして、翌日は猿見物。これは人気が出まっせ」

山田は太い腕を組んだ。

「まあ、悪くなさそうな話だが」

しかし、すぐに腕をほどいた。

「それなら、いっそ君がやったらどうだ？」

「わしが？　何をですか」

「動物園だ」

熊八は目の前で大きな右手を振った。

「そんな金、ありませんよ」

「いや、高崎山の土地代なんか二束三文だ。なんだったら地主に口を利いてやるから、とりあえず買ってしまったらどうだ？　これから桟橋ができて客が増えたら、亀の井旅館も儲かるし、借金したとしても返せるだろう」

土地だけ買っておいて、金ができてから、建物に着手すればいいという。

「けど何の担保《たんぽ》もなしで、貸してくれるところなんか、ありませんよ」

「それなら、わしが触れまわってやる。港の桟橋だけでなくて、流川通り拡幅も、油屋《あぶらや》熊八の手柄だと。実際、そうなのだし」

ついさっきまでの話と打って変わり、熊八に花を持たせるという。

「そうすれば君には先見の明《めい》があると、誰でも思うし、銀行だって信用して貸すだろう。君自身の将来性を担保にしてもらうんだ」

山田にそう言われて、熊八は考え込んでしまった。魅力的な話ではあるが、これ以上、ユキに金の苦労をかけるのが忍びなかった。

後日、山田から手紙が届いた。開いてみると高崎山全体ではなかったが、十万坪分の価格と、地主は喜んで手放すと書かれていた。確かに予想より安い。それでも借金をしなければ、とうてい支払えない金額だった。

熊八は飼い猫のトラを抱き上げた。

「なあ、トラ、分不相応《ぶんふそうおう》に借金なんかしたら、あかんよなァ」

油屋家では米穀商をしていた頃から、たとえ油を切らしても、猫を切らした時期はなく、名前も代々、トラで通している。

トラは「あかん」とでも言うのか、「ニャアン」と答えた。

「やっぱり、あかんかァ」

かつて借金までして株に投資して、何もかも失った痛手は、今でも忘れない。

その夜、ユキが聞いた。

「何か、お金が入り用ですか」

熊八は少しためらったものの、高崎山の動物園の夢を語った。話し始めると、つい熱がこもって止まらなくなった。

「それで県議の山田さんは、銀行で借りればええて言うんやけどな」

「それなら借りれば、いいではありませんか。銀行なら利率もまともだし、あこぎなことはしないでしょうし」

「いや、借りられるとは思うんやけどな。返せるかどうかが」

及び腰で言うと、ユキは笑顔を見せた。

「きっと返せますよ。だって、これから別府には、お客さんが増えるんでしょう。うちだって儲かるでしょうし」

「山田さんも、そう言うてはった」

「それなら迷うことはありませんよ。そもそも動物園だって人を楽しませることだし」

今度はきっぱりと言い切った。

「人の役に立つことに使うなら、お金は後からついてきますよ」

いざとなるとユキは肝《きも》の座ったところがある。それでも、これほどとは見直す思いがした。

そう話していると、トラが「ニャーゴ」と鳴いて、すり寄ってきた。

「ほら、トラだって、いいよって言ってます」

熊八は吹き出した。

「ほんまかいな」

だが笑ったことで、気持ちが楽になった。ユキは、さらりと言う。

「もし返せなかったら、高崎山を手放せばいいんだし」

「それもそうやな」

とうとう熊八は両膝を打った。

「そんなら明日、銀行に行ってみる」

決意すると、たちまち楽しくなった。

「さあて、猿の動物園、本気で考えんとな。問題は、どうやって餌付けするかだ。それから展望台も造らんとな。あの山やったら眺めのいい場所が、きっとあるはずや」

次から次へと夢は広がる。妻が背中を押してくれたのも嬉しかった。

大阪の株式投資で失敗して以来、何をやっても上手《うま》くいかない気がしていた。でも気づけば港の改修も、道路の拡幅も順調に進んでいる。別府に移り住んだことが、いい結果に繋がり始めており、これからも上手くいきそうな気がした。

亀の井旅館の油屋熊八が、桟橋建設や流川通りの拡幅に成功し、高崎山の十万坪を買ったという噂は、たちまち別府の町に広がった。

「高崎山なんか買って、何するつもりだ？」

誰もが首を傾《かし》げた。

「なんでも動物園とかって、客に猿を見物させるらしいぞ」

「動物園？　なんだ、それは？」

動物園は上野と京都、そして今年、大阪にできたばかりで、九州人には馴染《なじ》みがない。どうにも実態が想像しにくかった。

「そんなことを言って、実は山のてっぺんに、別荘でも建てようって腹じゃないか」

「まあ、そんなところだろうな」

「それにしても別荘とは豪勢《ごうせい》だな」

当初、熊八は否定していたが、そのうち面倒になって放っておいた。すると油屋熊八が高崎山のてっぺんに別荘を建てるという噂が、いつしか定着していった。

高崎山の十万坪を買ったのが大正四年（一九一五）で、翌五年には流川通りの拡幅が着工した。

だが工事の埃《ほこり》や騒音で客が減るという噂が立った。そのため通り沿いでは、敷地の一部を召し上げられたのを機に、廃業したり休業したりする旅館が現れた。

駅近くでも、内湯のある宿屋が手頃な値段で売りに出された。熊八は思い切って、もういちど借金をして、これを買い取った。ふた間きりの小さな宿から抜け出し、中堅どころの旅館の主人に納まったのだ。

工事が始まってみると、技師など関係者が連泊して、むしろ客は増えた。ユキは手伝いの男女を雇い、せっせと働いては借金を返済していった。

その後、別府港に大阪商船専用の桟橋が完成すると、予想通り一気に客が増えた。特に女性客の姿が目立つようになり、町は活気づいた。

熊八は白布に亀の井旅館と大書し、竿《さお》にくくりつけて幟旗《のぼりばた》を作った。船が桟橋に着く時間と、列車が別府駅に着く時間には、半纏《はんてん》の下にアメリカで買った赤いネクタイを締め、幟旗を掲げて客を待った。

相変わらず酒は出さない主義を通し、呑みたがる者には町に出てもらった。酒を出さないからこそ静かで落ち着く宿であり、寝具が清潔だという触れ込みも効いて、しだいに客の入りは増えていった。

気づけば客室が足りなくなり、建て増しを繰り返した。いつしか亀の井旅館は、別府でも大手に名を連ねるほどに、急成長していった。

大正も八年（一九一九）になり、熊八が五十六歳になった年に、ユキが言った。

「あなた、てぬぐいを買ってもらえないかっていう人が、玄関に来ているんですけれど」

熊八は怪訝《けげん》に思った。たいがいの客はてぬぐいを家から持参する。忘れた者は、町の雑貨店で買う。宿が用意するものではなかった。

玄関に出ていくと、童顔の若者がニコニコして土間《どま》に立っていた。

「梅田凡平《うめだぼんぺい》と申します。てぬぐいの営業に来ました」

風呂敷包みを開いて、色々なてぬぐいを取り出した。

「お客さん用に、いかがですか。てぬぐいを一本、差し上げるだけで、お客さん、ずいぶん喜ばはりますよ」

言葉に関西の抑揚《よくよう》を感じて、熊八はたずねた。

「凡平さん、あんた、もしかして京都の人か」

凡平は、いっそう笑顔になって答える。

「舞鶴《まいづる》です」

舞鶴は、京都府の中でももっとも北に位置し、日本海側の港町だ。

「ほんなら、このてぬぐいは京染めか」

「いいえ、これ、地元の温泉染めなんです」

一枚を広げてみると、筆文字の平仮名で「べっぷおんせん」と染め抜かれていた。凡平は鼻の頭に少し汗を浮かばせて、一生懸命に説明し始めた。

「糊《のり》で文字を描いておいて、染料にひたしてから、温泉のお湯で色を定着させるんです。そうすると糊も流れて、文字だけが白く残るんです」

「なるほど、お客さんは、これを持って帰って、家でも使って、干すたびに『べっぷおんせん』の文字が目に入って、旅を思い出すゆうしかけやな」

「その通りです。嬉しなァ、わかってもらえて」

熊八は一枚を手に取って聞いた。

「たいした枚数は頼めんけど、綺麗な染め物やし。一枚、いくらや」

「一枚ずつ文字を描いてるんで、どうしても割高になってしまうんですけど」

凡平は単価を示し、熊八が枚数を持ちかけた。

「ほんなら、三百枚で、どうや」

「さ、三百枚？」

声が裏返っている。

「足らんか」

「とんでもない」

凡平は古びた算盤《そろばん》を、風呂敷包みの中から取り出して、手早く珠を弾《はじ》き、合計金額を示した。

確かに安くはなかったが、熊八は買うことにした。

凡平は、おそるおそる聞く。

「ほんまに三百枚も、ええんですか」

「ええよ。腐《くさ》るもんでもなし」

「そしたら、今、持ってきてるのでは、とても足りないんで、改めて納めに来ます」

いよいよ鼻の頭の汗が大きくなる。熊八は、てぬぐいそのものだけでなく、凡平の一生懸命なところも気に入った。

「あんた、自分で、この商売してるんか」

「いいえ、僕は、ただの売り子です」

「へえ、笑《わろ》うた顔が福相《ふくそう》やし、自分で何かしたら、上手くいきそうやけどな」

「でも、正直なところ、売れたのは初めてなんです」

しきりに凡平は鼻の汗をぬぐう。

「有馬《ありま》温泉あたりじゃ、こういう文字入りのてぬぐいは、だいぶ広まってるらしいんですけど、こっちじゃ、まだまだで」

「売れたのが初めてやったら、この仕事を始めて間もないんか」

「そうです。別府に来たのも最近です」

「なんで別府に？」

「舞鶴の教会の日曜学校で、子供たちに聖書の話をしてたんですけど、こっちの教会で教える人がいないから来ないかって誘われて。来てみたら、ええとこなんで、しばらく住んでみることにしたんです」

「そんなら、あんた、クリスチャンか。わしもや」

「え？　そうなんですか」

たがいに親しみが増した。

「あんた、子供に馴れてるんやったら、ちょっと頼みがある。毎年夏休みになると、うちに子供の団体客が泊まりにくるんやけど、その間、手伝わへんか。もちろん、てぬぐいの仕事が優先やけど」

あれ以来、お伽倶楽部の宿泊は毎年、続いている。ただし希望者が多くなりすぎて、付添いを確保するのがたいへんになり、いちど来た子供は遠慮する決まりになった。そのために健太郎《けんたろう》たちは、あの年きりになってしまった。

「まあ、劇とかおとぎ話とか、余興《よきょう》もあるし、子供らは大喜びや」

すると凡平は乗り気になった。

「ぜひ手伝わせてください。僕、子供向けのひとり芝居も得意なんです。日曜学校でやってるし」

夏休みは、どこの旅館も忙しくなり、てぬぐいの売り込みなど相手にされないので、時期もちょうどいいという。

熊八も楽しくなって、あれこれ考えた。

「別府には地獄があるし、劇は桃太郎の鬼退治がええな。海地獄とか坊主地獄とかも見せてやれば喜ぶやろと思うんやけど、ここからやと地獄まで遠いんでな」

凡平は勢い込んで言う。

「その子供たち、鉄輪温泉に泊まってもろたら、あきませんか。うちの会社は鉄輪温泉にあって、社長が宿の人たちに顔が利くし」

染料の定着に鉄輪の湯を使っているという。確かに鉄輪温泉なら、海地獄や坊主地獄に近い。

「鉄輪温泉に泊まって地獄めぐりか。悪《わる》ないな」

熊八は流川通りの工事の進み具合を見計らって、地獄めぐりの自動車道路建設を、ふたたび県会議員の山田耕平を通じて大分県に陳情した。だが流川通りの全線開通が先だとして、地獄めぐりの道路は後まわしにされた。

すでに流川通りの繁華街の部分は拡幅が終わり、洒落た街灯もついて、旅館や店舗《てんぽ》の建て替えも進んでいる。しかし日豊本線の線路の西側、上り坂に差し掛かるあたりでは、まだ工事は続行中だった。

熊八はてぬぐいの束を前に、ふと思いついて、凡平に言った。

「そうや、あんた、今度、久留島《くるしま》先生に会わせたろ。きっと気に入られるで」

久留島武彦《たけひこ》は、お伽倶楽部の主催者だ。児童文学や童謡「夕やけ小やけ」などの作詞家として名を成し、全国の小学校や幼稚園を巡回して、童話の語り聞かせを続けている。大分県の森町の出身で、別府温泉にも馴染みがあることから、大阪の子供たちのためにお伽船を企画したのだった。

凡平は少したじろいだ。

「そんな偉い先生に、私なんかが会って大丈夫でしょうか」

「大丈夫やて。きっと話が合うと思うで」

ともあれ凡平は持参したてぬぐい二十枚だけ置いて、残りは後日と言って帰っていった。

残り二百八十枚を持ってきたのは梅田凡平ではなく、別の男だった。

「鉄輪で染め物屋をしている宇都宮則綱《うつのみやのりつな》と申します」

歳は凡平よりも三つ四つ上のようで、社長としては意外に若かった。

ただ見た目が凡平とは正反対だった。なかなか男前なのに、目が鋭いために強面《こわもて》の印象がある。上背があり細身ながらも、腕や肩のあたりが筋肉質なのが、紬《つむぎ》の着流しの上からでもわかる。声も低めで、もしや悪い筋の男かと少し警戒《けいかい》したが、それにしては、どことなく品がいい。

玄関で持参の風呂敷包みを開いて、きちんと枚数を数え直してから、熊八の方に押し出した。

「では前の分と合わせて三百枚、これでよろしいでしょうか」

熊八は残金を渡しながら聞いた。

「あんた、武芸の心得でもあるんか」

体つきと目の鋭さから、そんな気がしたのだ。案の定、宇都宮はうなずいた。

「若い頃は柔道でならしました」

宇都宮は受け取った金を札入れにしまい、さらに胴巻きに押し込んだ。

「昔は暴れん坊でして、ボクサーとの異種格闘技の興行に出たこともあります」

相手の首を絞めて失神させ、宇都宮が勝ったという。

熊八は、これはまた奇妙な男が来たと思い、つい好奇心が出て帳場奥の座敷に上げた。宇都宮は礼儀正しく、熊八と向かい合わせに正座した。楽にしてくれと言っても、正座を崩さない。

そして問いもしないのに、ぽつりぽつりと自分の来歴を語り始めた。もともとは別府湾の北、杵築《きつき》の生まれだったが、鉄輪温泉の旅館に養子に行ったという。

「でも喧嘩《けんか》ばかりするので、年中、養父に叱られて。それで家を飛び出して、東京に出て、縁あって柔道を身につけたんです」

ボクサーとの興行を引き受けたのは、その頃だが、二十代前半で体を壊し、医者から温泉療養を勧められたので、鉄輪に帰ってきたという。

「家でごろごろしていると親父がうるさいんで、思いついたのが温泉を使った染め物なんです」

宇都宮は自分の話を終えてから聞いた。

「油屋さんは別府の生まれではないですよね」

「もともとは宇和島《うわじま》の米屋や」

大阪に出て株で大儲けした話から、在米中の苦労談、別府に来た顚末まで、洗いざらい話した。すると宇都宮は、ようやく表情を和《やわ》らげた。

「そうでしたか。いきなり、うちの商品を三百枚も買ってくれるし。それにお伽倶楽部とかって話を、凡平が持ちかけられたそうで、どんな人かと思いまして。あいつは純粋すぎるほど、純粋なやつなんで」

熊八は合点した。宇都宮は凡平が騙《だま》されているのではないかと案じて、納品を口実に、様子を見にきたに違いなかった。自分の身の上を打ち明けたのも、熊八にも語らせるための呼び水だったらしい。

その時、トラが座敷に入ってきた。宇都宮は手を伸ばして抱き寄せ、着物の裾を割って、あぐらをかいた。トラはおとなしく、あぐらの間に納まった。あまり他人にはなつかない猫なので、珍しいことだったが、宇都宮は、すっかり相好《そうごう》を崩している。

「猫、好きなんか」

熊八が聞くと、さっきとは別人のような穏やかな表情でうなずいた。

「動物は何でも好きですよ」

宇都宮は膝の上のトラに目を落とし、首元をなでながら、また低い声で話し始めた。

「もし、いろいろお世話して頂けるのなら、凡平のことも知っておいてください。あいつは本当は、てぬぐいの売り子なんかするようなやつじゃないんです」

もともと凡平は裕福な呉服商の息子で、父親は華道にも通じ、舞鶴で大勢の弟子を抱えているという。

「凡平自身は小さい頃から歌や踊りが好きで、本当は役者を目指したかったんです。でも親からは医者になれと言われて、頑張って勉強したけれど、医学校には入れなくて」

結局、気の進まないまま、舞鶴の銀行に勤めた。しかし職場になじめず、教会に救いを求めたのだという。

「子供好きなんで、牧師が日曜学校を任せたところ、身振り手振り入りで童話を聞かせたり、上手に賛美歌を教えたりで、子供たちの人気者になったんです。でも親に知られて、そんなことをして何になると叱られて」

とうとう凡平は舞鶴の家を飛び出してしまった。そして、できるだけ遠くに行きたいと望んだ結果、別府の教会を紹介されて来たという。

「そんな時に、ちょうど俺が、てぬぐいの売り子を探してて、あいつが応募してきたんで雇ったんです」

熊八は意外な気がした。

「あの笑顔の陰に、そんな苦労があったんんか」

「でも根が純粋な男なんで、もしかしたら騙されたりするんじゃないかと心配で」

すぐに自分の失言に気づいて謝った。

「すみません、油屋さんのことじゃないんです」

「いや、心配するのも道理や。それにしても、そんな陰は、まるっきりなかったけどな。そうか。そうやったんか」

「だから、もし凡平に、その偉い先生を紹介してくださるのなら、本気で世話してやってください。俺は、あいつを立派にしてやりたいんです」

熊八は深くうなずいた。

「わかった。久留島先生に、よくよく頼んでおく。わしも腹をくくって面倒を見る。任せてくれ」

するると宇都宮はトラを横に置き、きっちりと正座し直して頭を下げた。

「どうか、よろしく、お願いします」


お伽倶楽部の子供たちが到着する日、真夏の桟橋に現れた凡平は、奇妙な扮装《ふんそう》をしていた。頭に日の丸の入った烏帽子《えぼし》をかぶり、白シャツに桃色の蝶ネクタイを締めて、背中に桃太郎の絵が描かれた半纏を羽織《はお》っている。手には「日本一」と染め抜いた幟旗をつかんでいた。

「会社の人に頼んで、作ってもらったんです」

「おお、ええやないか」

褒められると、また鼻の頭に汗を浮かばせながらも、童顔をほころばせる。かたわらから宇都宮が口を挟む。

「こいつが、あれこれ注文をつけるから、染め手は、なかなかたいへんでしたよ」

凡平が苦笑して言う。

「うーさんだって、図案に文句つけてたじゃないですか」

強面美男の宇都宮は「うーさん」で通っているらしい。

「まあ、ちょっとはな」

宇都宮が肩をすくめ、三人で大笑いした。

あれから熊八は、大量に買い込んだてぬぐいを、しばらく足の遠のいている客たちに、片端から郵送した。

客は「べっぷおんせん」と染められたてぬぐいを見ると、温泉に入りたくなって、また来てくれた。そうして熊八は着々と客を増やし、ほかの旅館にも、この方法を勧め、どこも真似《まね》するようになった。

宇都宮は商売繁盛《はんじょう》を喜び、もっと大勢の客を呼び込もうと、あれやこれや、凡平とふたりで奔走《ほんそう》し始めた。特に船会社との交渉では、船の便数を増やす約束まで取りつけた。宇都宮は、ほとんどねじ込むような強引さながらも、交渉事で結果を出すのが上手かった。

まぶしい太陽の下、お伽倶楽部の子供たちが乗った客船が、いよいよ桟橋に横づけした。

すると凡平はカスタネットを打ち鳴らし、その場で後ろを向いたり、前に向き直ったり、軽やかに踊りながら声を張り上げた。

「はいはい、坊っちゃん、嬢ちゃん、よくいらっしゃいました。お待ちしていました。別府の桃太郎が、お迎えに来ましたよォ」

客船の船縁には子供たちが鈴なりで、凡平を見おろして歓声をあげる。

客船と桟橋の間にタラップが渡されて、しっかりと固定されると、待ちかねた子供たちが次々と降りてくる。桟橋に降り着くなり、いっせいに凡平に駆け寄る。

「桃太郎や、桃太郎さんや」

まだまだ男児が多いが、女の子の組も混じっている。子供たちは凡平のまわりで、ひとしきり騒ぐと、宿の案内人と引率《いんそつ》の大人たちに連れられて、宿泊先の宿へと向かっていった。歩きながらも、名残《なごり》惜《お》しげに、何度も凡平を振り返る。

カンカン帽に麻の背広姿の紳士が、タラップを降りてきた。お伽倶楽部主催者の久留島武彦で、子供好きらしく、いかにも優しげな雰囲気だ。

熊八は近づいて一礼した。

「先生、お久しぶりです」

久留島もカンカン帽を外して、軽く頭を下げた。

「今年もよろしく、お願いしますよ」

熊八は凡平と宇都宮を引き合わせた。

「手紙でお知らせしておいた梅田凡平くんと、宇都宮則綱くんです」

「船の上から見ていて、すぐわかりましたよ。楽しい出で立《いた》ちの出迎え、ありがとうございます。子供たちも大喜びでしたね」

凡平は褒められて、いよいよ鼻の頭に汗をかいた。

子供たちの滞在中、凡平は大人気だった。夜は旅館を一軒ずつ訪ね歩いて、座敷で寸劇を披露《ひろう》した。翌日は小学校を借りての余興会で、桃太郎のひとり芝居を演じてみせた。子供たちは例年以上に大喜びだった。

一行が帰る前夜、熊八は凡平に聞いた。

「久留島先生の弟子になって東京に行くか。わしから頼んでやるぞ。おまえなら、喜んで受け入れてもらえると思うで」

宇都宮も、かたわらから勧めた。

「凡平、そうしろ。おまえなら、あの先生に見込まれて、きっと道が開けるぞ」

だが凡平は少し困り顔で、また鼻の汗をぬぐった。宇都宮が苛立《いらだ》たしげに聞く。

「何か不満かよ」

すると凡平は首を横に振った。

「不満ってわけじゃ」

「じゃあ、何だ？　はっきりしろよ」

「僕、もうちょっと、ここに居たいんです。来年も、こうして子供たちを迎える側になりたいし」

宇都宮が舌打ちした。

「せっかく、いい先生に出会えたのに。なんで、これほどの好機を逃すんだ」

凡平は、しきりにまばたきしている。

「僕、別府が好きなんです。それに東京なら、僕みたいなことをする人は、ほかにもいるかもしれないけど、ここでは僕だけなんです。教会の日曜学校でも、楽しみにしてくれる子供たちがいるし」

凡平は顔を上げて、はっきりと言った。

「それに今回、久留島先生のやり方を見せてもらって、とても勉強になりました。僕も同じようなことを、この別府でやりたいんです。それに熊八さんや、うーさんといっしょに、別府のお客さんを増やすのも、とても楽しくて。それも続けたいんです」

なおも宇都宮は不満そうだが、言い返せなくなって黙り込んでしまった。

熊八はふたりを交互に見てから口を開いた。

「わかった。それやったら久留島先生に頼んで、暖簾《のれん》分けしてもらおか」

ふたり同時に聞き返した。

「暖簾分け？」

「別府にもお伽倶楽部を作るんや。別府お伽倶楽部、どうや、ええやろ」

ようやく凡平に笑顔が戻った。

「それ、いいですね。別府お伽倶楽部」

すぐに久留島に話を持ちかけると、こころよく応じてくれた。

「たいへん結構な話だと思います。こちらからも、できる限りのことはしますので」

久留島は各地の小学校や幼稚園を巡回する資金に、自分の著作料を充てるほか、篤志家《とくしか》から寄付を募《つの》っているという。

「資金繰りには苦労がありますが、いったん始めたら、どうか長く続けてください。継続することで力が生まれるのです。継続は力なり。いつも私は、そう信じて、お伽倶楽部を続けています」

凡平は深くうなずいた。

「継続は力なり。先生の、その言葉を肝に銘《めい》じて頑張ります」

熊八は宇都宮を振り返った。

「うーさん、あんたも別府お伽倶楽部に入って、寄付集めをせえ。商売柄、別府の旅館には顔が利くやろし、凡平を、あちこちの小学校に送り出すんや」

突然の話に、宇都宮は少し面食《めんく》らった様子だったが、すぐにうなずいた。

「わかりました。やりましょう」

そうして別府お伽倶楽部が旗揚げしたのだった。


ちょうど一年後のことだった。また熊八は、桃太郎の扮装の凡平といっしょに、お伽倶楽部の子供たちを待っていた。

すると大阪からの船が着いて、写真機と三脚を手にした若い男が、まっさきにタラップを降りてきた。

ハンチングを斜《はす》にかぶって、白シャツの袖をまくりあげ、ネクタイの裾をくるりとねじって、シャツの前合わせの中に押し込んでいる。ズボンは短めで、足元は白と茶の二色使いの靴をはいており、かなりな洒落者《しゃれもの》だった。

軽い足取りで凡平に近づくと、手早く三脚を広げ、蛇腹《じゃばら》つきの写真機のレンズを向けた。

「一枚、撮らせてくれたまえ」

下船した子供たちが、歓声をあげて駆け寄ってくると、腕を伸ばして押し留めた。

「ああ、駄目だ、駄目。今、写真を撮ってるんだから。そこで待ってろ」

子供たちは不満そうに離れ、遠巻きに見ている。凡平が戸惑っていると、男は、あれこれと注文をつけ始めた。

「もうちょっと自然な感じに立てないかな。こんな感じで。あ、そうそう」

言われるがままにしているうちに、シャッター音が響く。

「背中の桃太郎も撮りたいから、後ろも向いて欲しいな」

もういちどシャッターを切る。

その時、ちょうど久留島武彦が下船してきた。カンカン帽を外して、熊八たちと挨拶を交わすと、すぐに写真機の男を紹介した。

「原《はら》くんだ。子供たちの記念写真を撮ってもらうのに、いっしょに来てもらったんだ」

「原北陽《ほくよう》です」

男は西洋人のように手を差し出して、熊八から順に次々と握手《あくしゅ》した。

「北陽くんか。珍しい名前やな」

「まあ、写真家としての雅号《がごう》みたいなもんですよ」

熊八は北陽の足元を目で示した。

「それに、珍しい靴をはいとる」

「ああ、これですか。サドルシューズっていうんですよ。もともとはゴルフ用だけど、近頃は銀座あたりで、ちらほら見かけますよ」

久留島が苦笑いで言う。

「北陽くんはモボなんだ」

「モボ?」

熊八が聞き返すと、北陽自身が答えた。

「モダンボーイの略ですよ。僕は、そう呼ばれるのが好きじゃないけれど」

「これがモボか。噂には聞いていたが、本物を見るのは初めてやな」

まじまじと見ていると、北陽は笑い出した。

「嫌だなあ、おじさん、そんなに見ないでくださいよ。そんなに珍しいですか」

すると宇都宮が不愉快そうに言った。

「おじさんって何だ? 子供じゃあるまいし。熊八さんって、さっき名前を聞いただろう」

強面に言われ、すぐさま北陽はハンチングを外して、ペコリと頭を下げた。

「すみません。失礼しました。熊八さん」

気取り屋ではあるけれど、熊八は、どことなく憎めない気がした。

北陽は亀の井旅館に泊まった。夜は凡平に同行して、子供たちの旅館を訪ねては、写真を撮ってまわった。帰ってくると、北陽は玄関でサドルシューズの紐《ひも》をほどきながら言った。

「凡平さんって、面白い人ですねえ。おかげで今日は、いい写真が撮れました」

すっかり意気投合したらしい。

夜、遅くなって、浴衣《ゆかた》姿で湯から上がってきた北陽は、ごく普通の若者だった。それがユキを見かけるなり、目を丸くして言った。

「女将《おかみ》さん、綺麗な人だなァ。熊八さんの奥さんとは思えない。どうやって口説《くど》いたんですか」

「あほう、あっちから惚《ほ》れられたんや」

「ええッ」

飛び上がりそうなほど驚いた。熊八は、さすがに少し照れた。

「明日、もし手が空いたら、女房の写真を一枚、撮ってやってくれんか。あいつ、ずいぶん長いこと、写真なんか撮ったことないし」

「それじゃ、ご夫婦で撮りましょう。東京に帰ったら、現像して送りますよ」

「金は払うから、よろしゅう頼むわ」

翌朝、北陽は出かける前に、熊八とユキを庭に立たせ、蛇腹つき写真機で撮影してくれた。

それを見ていた浴衣姿の客が声をかけた。

「写真屋さんか。ちょっと俺たちも撮ってもらえんかな。このてぬぐいを広げたところを撮れば、別府に来た記念になるし」

浴衣姿の客は、宇都宮のてぬぐいを開いてポーズをとる。

「先払いでいいから、写真ができたら送ってくれ」

「ああ、いいですよ」

北陽は気軽にシャッターを切った。

帰りの船の見送りに行くと、北陽は名残惜しげに言った。

「別府、いいなァ、僕、気に入っちゃいましたよ。いっそ住みたいけど、仕事がないしなァ」

熊八は笑って言った。

「お客さんの写真を撮ればええやないか。うちで朝、撮ったみたいに」

「あれは、たまたまですよ。そう続きゃしないし」

「そんなら、この船着き場で撮ったらどうや」

そんな商売をアメリカで見た記憶があった。

「あ、それはいいかもしれませんね」

「現像するのに、どのくらい時間がかかるんや」

「薬品でぬれた紙が乾くまでに半日かな」

「そんなら下船してきた人に声かけて、うーさんのてぬぐい持たして撮ったらええ。それを帰りまでに仕上げて、翌日の乗船前に渡したらどうや」

北陽は両手を打った。

「ああ、いいですね。それなら住所を聞いたり、送ったりの手間もないし。できた写真と顔を見合わせれば、誰が頼んだか、ひと目でわかるし」

そして手近にいた女連れの客に、いきなり写真機を見せて声をかけた。

「記念写真、一枚、いかがですか。今回は特別に郵送しますよ」

女は撮りたがったが、男は本当に送ってくるかどうか信用できないと渋る。女は撮ろうと言い張り、とうとう喧嘩になった。

結局は断られたものの、北陽は熊八にささやいた。

「できた写真と、お金を引き換えにすれば、確かに商売になりそうですね」

その後、いったん東京に帰ったが、ほどなくして大荷物を携《たずさ》えて別府に戻ってきた。下宿を決めるなり、窓に幔幕《まんまく》を張って赤い照明を灯し、暗室をしつらえた。

以来毎日、桟橋に立って声をかけ始めた。応じる客は多く、北陽はてぬぐいを持たせて撮影した。それを見た宇都宮が、さっそく「べっぷおんせん」と横書きした新製品を作った。

「何人かで、てぬぐいを横にして持つと、自然に寄り添うし、いい感じに写るんじゃないかな」

「それは妙案ですね」

北陽が宇都宮の提案に乗ると、凡平が口を挟んだ。

「そのまま、おまけですと言って差し上げれば、もっと喜ばれるんじゃないですか。そうすれば、うちの会社も儲けられるし」

宇都宮が笑った。

「凡平、おまえ、案外、商売上手だな」

すると北陽は宇都宮に聞いた。

「安くしてくれますか」

「もちろんだ。値引きするよ。それから声かけと、てぬぐいの手渡し役は凡平がいい。この福相なら、客が安心する」

凡平も目を輝かせた。

「やりますッ。任せてくださいッ」

熊八は三人のやり取りを見ていて、いい若者たちが集まったと感じた。それぞれが金を稼ぎながら、客を喜ばせるとは、最高の仕事だった。

「なあ、わしも含めた四人で、お伽倶楽部のほかに何かやらんか。何か別府の役に立つことを」

宇都宮が船会社に増便を働きかけて、成功したことが頭にあった。

「お客を、もっと増やすために、四人で別府を宣伝するとか。別府宣伝協会、どうや」

三人が、ほとんど同時に「やりましょう」と答えた。さらに北陽が申し出た。

「僕、別府の写真を撮って、絵葉書を作りますよ。湯けむりの景色とか、流川通りの夜景とか」

今や流川通りの両側には三階建ての旅館が並び、洒落た街路灯の灯《あか》りが輝いて、不夜城《ふやじょう》と呼ばれている。完全に別府の新名所になっていた。

「そらええな。記念になるし、別府を知らん人に絵葉書を出したら、何よりの宣伝になる」

するとと宇都宮も言った。

「それじゃ俺は、また船会社に掛け合って、宣伝協会の事務所として、部屋を借してもらいましょう。それから紙テープの販売権をゆずってもらって、活動資金にしましょう」

出航の際、船会社は乗船客に、色とりどりの紙テープを売る。客は桟橋に向かってテープを投げ、見送りの者が受け取る。船が桟橋から離れるにつれて、次々とテープがちぎれ、別れの哀《あい》愁《しゅう》をかきたてられて、また来たいと思わせるしかけだ。

「あの紙テープ、元値は安そうだし、利幅が大きそうだなと、ずっと気になってたんです」

宇都宮の言葉に、熊八は首を傾げた。

「けど船会社が権利を手放すやろか」

すると宇都宮は不敵《ふてき》に笑った。

「そこは腕ですよ。俺の交渉術」

左腕を曲げ、着物の袖をめくって力こぶを見せ、右手で軽くたたいた。

「宣伝のためですから、まっさきに船会社に協力してもらいましょう」

北陽が冗談めかして言う。

「うーさんにすごまれたら、怖《こわ》くて、何でも言うことをきいちゃいますよね」

「いやいや、すごみはしないさ。あくまでも紳士的に、お願いするだけだ」

どう考えても力こぶと紳士的が繋がらず、大笑いになった。

最後に凡平が申し出た。

「それじゃ僕には会計をやらせてください。銀行に勤めたことがあるし、いちおう算盤は弾けるんで」

すぐに決まり、三人三様の個性が活かせそうだった。

この若者たちが別府温泉宣伝のために働くのなら、熊八は資金面で支えようと決めた。そのためには亀の井旅館で、儲けを出さなければならない。みんなで金を稼ぎながら、お客を喜ばせ、さらに、みんなが儲かるように力を尽くそうと決意した。


宣伝協会ができた大正九年（一九二〇）の晩秋、大分県北部の中津《なかつ》で、陸軍の特別大演習が行われることになった。その視察のために、皇太子の大分県行啓《ぎょうけい》も発表された。

熊八は、またもや山田耕平の屋敷に押しかけた。

「殿下に、なんとか別府まで来て頂けませんかね」

山田は品のいい面長を横に振った。

「わしとしても、来て頂きたいのは山々だが、県内には、ほかにいくらでも温泉があるので、わざわざ別府まで足を延ばして頂くわけにはいかんと、反対する者がいるのだ」

「そんなら地獄めぐりに、お連れしたらどうでしょう。あれほど珍しいものは、ほかにありませんよ。別府に来て頂く口実になりまっせ」

「地獄めぐりか」

山田は考え込んだ。

熊八が初めて地獄めぐりをした頃は、ほとんど手つかずの状態だったが、別府温泉の隆盛にともなって、足を延ばす客が増えた。その結果、池の周囲などの整備が進んでおり、人力車でなら亀川駅からまわれる。

「皇太子殿下も人力車でまわられたら、かならずや、お気に召すと思いますよ」

熊八が力説すると、ようやく山田はうなずいた。

「わかった。提案してみよう」

その後、山田耕平は県に訴え、とうとう別府への行啓を実現させたのだった。

行啓当日、御召艦が別府港に入港し、皇太子は中津での大演習を視察し、その後、地獄めぐりを行った。

しかし行啓が終わると、山田は肩を落とした。

「地獄の迫力には、殿下はご満悦《まんえつ》のご様子だったが、侍従《じじゅう》の方々が遠かったと不満をもらされてな」

熊八は、それみたことかと思った。

「そやから、もっと早く、地獄めぐりの自動車道路を造っておいたら、よかったんですよ」

するといと山田は怒り出した。

「その件は、わしだって前々から頑張ってるんだッ」

かなり気にはしていているらしかった。

翌大正十年（一九二一）には流川通りの拡幅が完成し、いよいよ地獄めぐりの道路建設かと思いきや、なおも計画は進まなかった。


そんな頃、宇都宮が、改まって亀の井旅館を訪ねてきた。

「熊八さん、高崎山で猿の動物園を開こうと考えてるんですよね」

「ああ、そやけど、さすがに金が足らん。山は手つかずや」

今も旅館の建て増しが続いており、借金を返済すれば、また借り入れという状態だ。

「実は相談なんですけど」

宇都宮は珍しく言いよどむ。

「なんや」

「今、地獄近くの土地を売りたいって人がいて、買おうか迷ってるんです。百度近い熱湯が湧いて、ちょっと緑色がかってて、まあ、地獄の一種なんですけど、海地獄や血の池地獄ほど派手じゃないんで、何か熱帯の動物でも飼って、見物料を取ろうかと思うんです」

「ああ、ええな。温泉熱で暖房したら、いろんな生きものが飼えそうや」

熊八のアイディアが湧き上がる。

「うーさん、土地を買うなら今やで。皇太子殿下の時の反省もあるし、きっと地獄めぐりの自動車道路はできる。そしたら、お客さんが押し寄せるし」

「それじゃ、やっぱり買うかな。てぬぐいで儲けさせてもらったし、何か、お客さんが喜ぶようなことをしたいんです」

評判になれば、別府全体の宣伝にもなる。

「ただ、何を飼ったらいいか迷ってて、相談に乗って欲しいんです」

「なるほど」

熊八は熱帯のジャングルを思い描いた。

「熱帯の動物といえば、インコやオウムはどうや。色が綺麗やし。言葉を教えて、芸を見せたら、人気が出るやろ」

「それは俺も考えたんです。でも調べてみたら、インコもオウムも、日本中、どこでも飼えるらしいんです。特に暖房なんかなくても」

「そうかァ」

熊八は広い額に手を当てて考え込んだ。

「象とかカバとかは高そうやしなァ」

「そうなんです。カバは、つがいで五万円もするんですよ。てぬぐいで儲かったといっても、さすがに手が出なくて」

「そうやなァ。地獄で見せるもんやから、怖いものの方が合うやろ。蛇はどうや、蛇。地獄の閻《えん》魔《ま》さまの足元にいそうやないか。ジャングルの大蛇なんか、怖いもの見たさで人気が出るで」

すると宇都宮は顔をしかめた。

「俺、蛇は駄目なんです。ほかの動物なら何でも好きだけど、蛇だけはね。あのニョロニョロ、ヌメヌメが、どうにも苦手で」

「そうかァ、まあ、蛇にも暖房は要らんしなァ。あとはトカゲか亀か。亀はめでたいもんやし、地獄には向かんなァ」

爬虫類《はちゅうるい》を一種類ずつ頭に思い浮かべ、熊八は、あっと思った。

「そうや、ワニは、どうや」

素晴らしい思いつきのはずだったが、なおも宇都宮は渋面《じゅうめん》を崩さない。

「ワニだって輸入だし、やっぱり高いんじゃないですか。一匹や二匹じゃ、迫力ないでしょう」

「いや、たしか神戸かどこかで、ぎょうさん飼《こ》うてる人がいたはずや。その人に掛け合《お》うて、分けてもろたら安く済むで」

宇都宮は一転、身を乗り出した。

「本当ですか」

熊八は暖簾の奥の帳場に向かって声をかけた。

「おーい、ユキ。おまえ、神戸かどこかでワニ飼うてる人の話、聞いたことないか。たしか薬師《やくし》寺《じ》さんから、聞いたような気がするんやけど」

ユキは暖簾の間から顔を出した。

「ええ、義兄《にい》さんから聞きましたよ。たしか宝塚の方で、二十匹も飼っている酔狂《すいきょう》な人がいるって」

思わず両手を打った。

「そうや、そうや、宝塚や」

やはり薬師寺から聞いた話だった。

朝鮮にいる義兄に、すぐに問い合わせの手紙を書くと、薬師寺はワニの飼い主と旧知の仲なので、譲渡《じようと》を頼んでくれるという。

宝塚では石炭による暖房費がかかりすぎて、持て余し気味《ぎみ》だったのか、二十匹すべてゆずるという。話はトントン拍子に進んだ。

宇都宮はワニ園を鬼山《おにやま》地獄と名づけ、鬼山地獄養鰐《ようがく》株式会社という新会社を立ち上げた。それからワニの生態を調べ、何度も宝塚まで話を聞きに行って、ワニを迎え入れる準備を始めた。

分厚いコンクリートで囲いと池を造り、そこに温泉を配管する。そうして温度を調節するしかけだった。大型の雄同士は喧嘩になると聞き、別々に飼えるように、コンクリート製の池を、いくつも分割して造った。


充分に準備に時間をかけ、とうとう大正十一年（一九二二）の初夏に、ワニたちが船で別府に運ばれてくることになった。

熊八も凡平も、噂を聞きつけて集まった野次馬たちも、桟橋に立って、ワニの到着を待った。北陽は写真機を手にし、写真を地元の新聞社に売り込もうと張り切っている。

宇都宮と新会社の社員たちは、背中に「鬼山地獄」と染め抜いた揃いの半纏を着込んでいる。そのほかに宇都宮が雇い入れた力自慢たちも控えていた。

大勢が待ち受ける中、とうとう大阪からの船が入港し、巨体を桟橋に横づけした。すると野次馬たちが両手をたたいて「ワニ、ワニ」と連呼し始めた。

だが宇都宮が仁王立《におうだ》ちで、とてつもない大声を発した。

「静かにしろッ」

一瞬で騒ぎが収まった。宇都宮は、ぐるりと周囲を見まわし、威圧《いあつ》するように言った。

「静かにしろッ。騒ぐとワニも興奮して暴れるぞ。檻が壊れて外に出たら、おまえたちなんか、ひとかみで、あの世行きだからなッ」

野次馬たちがふるえあがり、それきり桟橋は静まり返った。

上陸した客たちが、それぞれ旅館に向かい、貨物も荷揚げされて、最後にワニの番になった。甲板《かんぱん》上に特注の大型檻が現れると、桟橋からどよめきが起きた。

「静かにしろって、言っただろうッ」

また宇都宮が一喝《いっかつ》し、誰もが肩をすくめて黙り込む。しわぶきひとつしない中、何重にも鉄鎖がかけられた檻が、甲板から静々と降りてくる。甲板ではクレーンを使って、少しずつ少しずつ鎖を緩めている。

もしも鎖が切れたり外れたりすれば、たちどころに檻は急降下し、桟橋に激突して、木製の床は木っ端微塵《こっぱみじん》。深手を負ったワニは、凶暴になって暴れまわるに違いない。誰もが恐れおののきながら、かたずを呑んで見守った。

檻が船縁の半分ほどまで降りてきて、さらに下降を続けた。桟橋では「鬼山地獄」の半纏姿の社員たちや、力自慢の男たちが、特注の頑丈な大八車を用意して、その上に載せようと待ちかまえる。

そして、とうとう手が届くところまで来ると、宇都宮が率先《そっせん》して檻に手をかけ、大八車の上に誘導《ゆうどう》した。

檻の中には三匹のワニが這いつくばっていた。社員や力自慢の男たちも手を貸すが、内側から食いつかれないかと及び腰だ。宇都宮ひとりが厳しい顔で、しっかりと檻の鉄棒を握っている。

ワニたちは疲れているのか、意外におとなしい。檻が大八車の上に収まると、宇都宮は鉄棒の間に顔を近づけて、いかにも愛《いと》しげに話しかけた。

「よく来たな。長旅で疲れただろう。いやあ、なかなか可愛いな」

周囲からヒソヒソ声が広がる。

「可愛いんだと。ワニが可愛いか」

後ろ指をさす者もいる。

宇都宮がすばやく振り返り、鋭い目で見まわす。またもや、いっせいに口をつぐんだ。

それから同じ檻が九個も降ろされた。大きな雄のワニは一匹ずつ別々の檻に入れられている。

最後に宇都宮が甲板まで駆け上がって、小さい檻を抱えて降りてきた。桟橋に降りるなり、檻のふたを開けて、子ワニを引っ張り出した。

それを両腕で抱いて、とがった口を、熊八の鼻先に突きつけんばかりに差し出す。

「ほーら、可愛いでしょう」

さっきの大声が嘘のような猫なで声だ。さすがに熊八は同意もできず、凡平と北陽の三人で目を見交わした。

その間にも大八車は、せわしなく桟橋と別府駅を往復して、すべての檻を運んだ。駅からは貨物列車に載せて、ひと駅先の亀川駅で降ろした。そこからはふたたび大八車だ。

亀川駅からの沿道には、野次馬が鈴なりだった。上り坂の山道は、お祭り騒ぎになった。意外にワニがおとなしいことと、時々、嫌がって暴れても、檻が頑丈なことがわかったのだ。

大八車の前には縄がかけられて、大勢が引っ張り、背後からは力自慢の男たちが、掛け声を合わせて押す。それに野次馬たちが声援を送る。

とうとう最初の檻が、鬼山地獄の敷地内に運び込まれた。宇都宮は檻につききりで、目当ての池に導く。檻ごと池の浅瀬《あさせ》に置いて、いよいよ檻の扉を開けた。しかしワニは、ピクリとも動かない。

宇都宮が、また猫なで声で話しかける。

「ワニさんよ、ここが、おまえの新しい家だ。さあ、出てこいよ」

あまりにワニが動かないので、宇都宮は棒切れを拾ってきて、ゴツゴツした背中を軽くつついた。その瞬間、ワニはガッと口を開けて威嚇《いかく》した。

さすがの強面も青くなって飛びすさる。それでも懲《こ》りずに、また背中をつつくと、ワニは鋭い目で睨《にら》みながらも、のそのそと動き出した。

檻から出きって足が水にひたるなり、急に素早い動きに変わって、池の深みに向かって突進した。派手に水飛沫があがって、気がつけば、悠々《ゆうゆう》と泳いでいる。

見守っていた全員から大喝采《だいかっさい》が湧く。宇都宮も飛び跳ねんばかりに喜んだ。

それからは次々と檻が運び込まれ、ワニたちは、時にゆっくりと、時に荒々しく、水の中に入っていった。宇都宮は池に向かって叫んだ。

「長生きしてくれよォ」

最後に子ワニを池に放った。子ワニは小さい足で、ちょこまか歩くと、ふいに浅瀬で止まった。

宇都宮は、それを見おろしてつぶやいた。

「ここで大きくなるんだぞ。立派なワニになれよ」

その目には、うっすらと涙が浮かんでいた。もう誰も笑ったり、後ろ指をさしたりはしない。あちこちで洟《はな》をすする音がした。

熊八は、これほど動物好きな宇都宮が、これほどたいへんな思いをし、たいへんな金もかけた鬼山地獄が、なんとか成功して欲しいと心から祈った。

別府宣伝協会では開園を大々的に宣伝した。北陽の写真でポスターを作り、大分県内はもちろん、他県にも配りまくった。

写真や紹介文を各地の新聞各社に送るだけでなく、宣伝協会の金で記者や作家を招き、別府温泉と地獄めぐりを満喫《まんきつ》してもらった。おかげで九州を中心に、鬼山地獄の開園が広く報道された。

ワニのいる地獄は評判になり、客が押し寄せた。ほかの地獄も影響を受けて、てんてこまいになり、別府全体の観光客が増加した。

宇都宮は地獄にかかりきりになり、宣伝協会には寄付金は出すものの、おのずから足は遠のいた。北陽たちは不満顔だが、熊八は鷹揚《おうよう》に言った。

「まあ、少し落ち着いたら、また顔を見せるやろ。商売繁盛《はんじょう》で何よりや」

その年の十二月八日のことだった。七日から日付が変わったばかりの深夜、熊八は揺れを感じて目を覚ました。大きな地震だった。

揺れが収まってから、ユキとともに起き出して、ろうそくに火をつけ、念のため旅館中を見まわった。特に壊れたところもなく、寒い寒いと言いながら、また寝床に戻った。

その日の昼前に余震があった。夜中と同じくらい大きな揺れだった。津波や火事に警戒したが、目立った被害はなかった。

夕刊で、震源地は長崎の島原《しまばら》だと報じられた。現地の被害は甚大《じんだい》だという。

熊八が新聞をたたんでいると、宇都宮の会社の社員が、息を切らして玄関に飛び込んできた。土間《どま》に立ったまま大声で言う。

「油屋さん、うちの社長が急いで来て欲しいそうです。温泉が止まってしまって」

熊八は大急ぎで鬼山地獄に向かった。

すると入り口の扉は閉ざされ、あちこちに「本日臨時休業」の貼り紙があった。敷地内には、いつもの賑わいはなく、静まり返っている。ひと筋の湯けむりも立っていない。

宇都宮が青い顔で言った。

「昨日の地震から、温泉が出なくなったんです」

「鉄輪温泉や、ほかの地獄は？」

「いつも通りのところもあれば、止まったところもあるみたいです」

大きな地震によって、源泉が涸《か》れることは珍しくはない。すぐに復活することもあれば、それきりになる場合もある。熱湯の湧き出し口の周辺や、敷地のあちこちが、すでに大きく掘り返されていた。

「どこかに源泉が移ったんじゃないかと、昨日から必死で探しているんですけど、駄目なんです。まるで地熱も感じられないし」

宇都宮は早足でワニ池に向かった。

「どんどん水温が下がってて、このままじゃ、ワニが死んでしまいます」

もう居ても立ってもいられない様子だ。熊八は冷静に聞いた。

「ほんなら、どうする？　宝塚に返すか。ほかの源泉から湯を引くか。それとも石炭で水を沸かして、池に流し入れるか」

宇都宮はワニ池の鉄柵をつかんで、うつむいた。

石炭で湯を沸かすといっても、とてつもない量の石炭が必要だ。まして給湯の準備ができるまで、ワニは待てない。現実的ではない話だった。

一時しのぎとして、ほかの土地の源泉から引くのも手だ。しかし引いてくる間に温度が下がるし、引かしてもらうには金を払わなければならず、鬼山地獄経営は赤字になる。この先、ずっと温泉が出なければ、赤字続きで倒産は避けられない。

熊八は、もういちど聞いた。

「うーさん、ここは宝塚に返すしかないやろ」

宇都宮は首を横に振った。

「でも返したら迷惑だろうし、だいいち、この寒さの中で運ぶのは」

「けど、ここに置いといても、寒さで生きていけんのやろ。そんなら同じことやないか」

「いや、もしや明日にでも温泉が戻らないかと」

淡い期待が捨てられないのだ。熊八は思わず声を荒立てた。

「ほんまに、そんなこと期待しててええんか」

するとと宇都宮の手がふるえ始めた。

「なあ、うーさん、貨車や船の貨物室には、石炭ストーブを持ち込んで温めたらどうや。問題は大八車で運ぶ間やけど、周囲を布団で囲って運ぶか。とにかく今すぐ動かな、あかんやろ」

うつむいた鼻先から、涙がしたたり落ちる。手放すのも、寒い中を運ぶのも忍びないのだ。それでも拳《こぶし》で手荒く涙をぬぐうと、敢然《かんぜん》と顔を上げた。

「わかりました。宝塚に電報を打って、何が何でも引き取ってもらいます」

決断してからの動きは早かった。ワニ池の水が抜かれ、一匹ずつ追い立てられて、運ばれてきた檻に入れられた。どのワニも寒さで動きが鈍い。檻の扉を閉める時、宇都宮は、それぞれに声をかけた。

「寒いだろうが我慢してくれ。また温泉が湧くようになったら、戻ってきてくれよな」

そして、あちこちの旅館からかき集めた古布団で檻の周囲をおおい、大八車で運んだ。子ワニは小さな檻に入れ、宇都宮自身が抱えて船に乗り込み、宝塚まで連れていった。

しかし貨車や船の貨物室での暖房は、揺れのために許されず、結局、何匹ものワニが、寒さで命を落としたのだった。

熊八は、うなだれる宇都宮に、せいいっぱいのなぐさめを口にした。

「上手く行きかけたかと思うと、何かある。それが人生や。けど、また上手く行く時も、かならず来る。それまでの辛抱や」

4 すったもんだの開業

大正十二年(一九二三)、熊八《くまはち》は還暦《かんれき》を迎えた。

この年、別府《べっぷ》駅を通る日豊《にっぽう》本線は、小倉《こくら》から鹿児島県の吉松《よしまつ》まで全線開通した。九州東岸が南北に繋がったのだ。

また、以前から別府大分間を走っていた路面電車が、港の桟橋まで引き込み線を延ばした。大阪商船の客船は、とうとう一日一便の運行に増えた。毎日、大勢の客が上陸し、目の前の電車に乗り込む。そして別府の繁華街のみならず、港や駅から離れた温泉にも、大勢が足を運ぶようになった。

別府中が商売繁盛《はんじょう》で、木造三階建てや五階建ての旅館が、あちこちに出現した。

桟橋での北陽《ほくよう》の写真撮影は、船の増便にともなって、いよいよ盛況になった。真似《まね》をする商売敵《がたき》も現れたが、それでも困らないほど観光客は増えている。そしてモボらしい洒落《しゃれ》た写真館を駅近くにかまえるに至った。

宇都宮《うつのみや》はてぬぐいに「べっぷおんせん」だけでなく、各旅館の名前も染め抜くようになり、受注生産が急増した。旅館名入りタオルも扱い始め、こちらも売上は順調だった。

鬼山《おにやま》地獄は、あれからしばらく経って温泉が復活し、熊八は宇都宮に勧めた。

「うーさん、またワニを飼《こ》うたらどうや」

海地獄や坊主《ぼうず》地獄など、ほかの地獄の地主たちからも、ワニ園の復活が望まれていた。

だが宇都宮は首を横に振った。

「ゆずってもらったワニを、こっちの勝手で返して、まして何匹も死なせてしまって、また欲しいとは言えませんよ」

あの時、宝塚の飼い主は、しかたなく引き取ってはくれたものの、宇都宮としては、もう顔向けができないという。

いつしか宣伝協会は梅田凡平《うめだぼんぺい》が中心になった。童顔で誠実な人柄で、それでいて人の目を引く派手《はで》なことが好きだったので、宣伝には向いていた。

別府お伽倶楽部《とぎくらぶ》の活動にも熱心で、各地の小学校に出向いては、童話の語り聞かせや寸劇を披露《ひろう》している。

亀の井旅館も増改築を続けた結果、客室は七十二、収容人員は二百名を超え、いつしか別府屈指の大旅館になっていた。

そんな時、県会議員の山田耕平《やまだこうへい》が、珍しく熊八を訪ねてきた。

「しばらくだね」

山田はソフト帽を、ユキに手渡した。

　ここのところ山田は、別府町から別府市への格上げに尽力している。それが実現したら、初代市長か市議会議長は間違いないと、周囲から目《もく》されていた。当然、忙しさも尋常《じんじょう》ではないはずなのに、わざわざ訪ねてくるとは何だろうと、熊八は不審に思った。

　ユキが帳場《ちょうば》奥の座敷に案内してから、茶を淹《い》れに戻ろうとすると、山田が引き止めた。

「女将《おかみ》さんにも、ちょっと聞いてもらいたい」

　相談事に女房も同席とは、いよいよ珍しい。熊八もユキも怪訝《けげん》に思いつつも、夫婦で視線を交わして下座《しもざ》に着いた。山田はおもむろに口を開く。

「今年も大分県内で軍事大演習が行われる」

　かつて皇太子が臨席した演習だ。あの時は行啓《ぎょうけい》の都合で中津《なかつ》で開かれたが、例年は別府から真西に位置する日出生台《ひじゅうだい》という草原で、大々的に行われていた。

「今回は皇太子殿下には行啓して頂かないが、海外からの武官が参加する」

　三年前に国際連盟が創設され、日本はイギリス、フランス、イタリアとともに常任理事国のひとつになった。世界の一等国として認められたのだ。そこで日本の軍事状況が一等国としてふさわしいかを確認するために、英仏伊三ヶ国の武官が各国数人ずつ、視察に来るという。

「でも公式行事だけでは、彼らに好印象を与えられない。ぜひ温泉を楽しんでいってもらいたい。来日してよかったと満足して、それぞれの国に帰ってもらいたいのだ」

　それが日本の外交に大きな影響を及ぼすという。

「やはり別府に滞在《たいざい》させたい。そのためには皇太子殿下の時と同じく、ほかにないものを示さねばならない。となれば、やはり地獄めぐりだ」

熊八は話の先を読んだ。

「そしたら今度こそ、地獄めぐりの自動車道路を？」

山田は頰を緩《ゆる》めた。

「そうだ。まずは外国人武官たちの地獄めぐりと別府宿泊を、陸軍に認めてもらう。それが決まってから、道路建設の金を国から引き出す。そういう手順だ」

先に道路建設をもちかけると、地獄めぐりは道路がないという理由で却下《きゃっか》されかねない。だから別府宿泊が決定してから、国への建設申請《しんせい》という順番だという。

「今度こそ道路を造る。期待してくれ」

山田の力強い約束に、熊八は胸が弾《はず》んだ。

これからの別府観光にとって、自動車を使った地獄めぐりは、最大の目玉になるのは疑いない。それに鬼山地獄の再開をためらう宇都宮にとっても、何よりの好機になるはずだった。

だが山田は、ふいに眉を曇らせた。

「ただし問題がひとつある」

「何でしょう」

「実は、外国人が泊まる宿がないのだ」

熊八は、その相談だったかと合点した。山田は溜息をつく。

「もし別府ホテルが営業していれば、受け入れ先は、すんなり決まったのだが」

四年前の大正八年（一九一九）、別府ホテルという洋式ホテルが開業した。創業者の志は高く、東京の帝国ホテルや神戸のオリエンタルホテルに負けないような本格的なホテルを、別府に造ったのだ。

熊八たちは、その翌年に宣伝協会を設立しており、ホテルの宣伝に協力した。だが客足が伸びず、赤字続きで、今は休業している。

山田は改まって両手を腿《もも》の上に置いた。

「油屋《あぶらや》熊八を男と見込んで頼みたい」

熊八は、また先を読んで聞いた。

「うちで何人か、お引き受けすれば、ええんですか」

「分宿は考えていない。全員まとめてだ」

さらに思いもかけない言葉が続いた。

「それも宿泊先は亀の井旅館ではない。別府ホテルだ」

「でも別府ホテルは」

休業中ではないかと言いかけた時、山田が言葉をかぶせた。

「一泊か二泊でいいから、再開してくれないか」

熊八は言葉を失った。勝手のわからない他人の、まして休業中のホテルを再開して、国家的な賓客《ひんきゃく》をもてなすとは、あまりに無謀《むぼう》だった。

「君はアメリカに何年かいたことがあるそうだね。ならば英語は堪能《たんのう》なのだろう。それに西洋人に何が必要なのか、見当もつくだろう。そういった点からしても、これは君にしか頼めないことなのだ」

熊八はユキを見た。明らかに戸惑《とまど》い顔だ。

山田は、ポケットから金属音を立てて、鍵束を取り出した。

「今からホテルを見に行かんか。女将さんもいっしょに」

山田が鍵まで預かってきたということは、もはや話は、かなり進んでいるに違いなかった。

西洋人が泊まるには、最低限、洋式の洗面所が必要になる。和式便器では用が足せないし、できればベッドも欲しいところだ。

かつて宣伝協会は「九州初の本格的国際ホテル」という触れ込みで、別府ホテルを宣伝した。西洋人が泊まれるようなホテルは、まだ福岡にもないはずだった。よく考えてみれば、外国人武官が九州での演習に参加するためには、別府ホテルに泊まる以外にないのだ。

熊八は困り顔で答えた。

「とりあえず、今、どんな状態なんか、夫婦で見さしてもらいます」


山田と三人で外に出ると、表通りに山田のシボレーが停まっていた。運転手が扉を開けて待ち受ける。

車は流川《ながれがわ》通りに出て、西に向かった。日豊本線の線路を越え、駅の裏手に進むと、町の雰囲気が変わる。山に向かう傾斜が始まり、坂道沿いに石垣のある住宅街が広がる。裏通りには共同浴場があり、ところどころに宿屋も交じる。繁華街とは一転、落ち着いた界隈《かいわい》だ。

さらに流川通りの坂を登っていくと、別府公園の縁をかすめ、その坂上に別府ホテルが現れた。総二階造りの洋館だ。

熊八たちは車から降りて、ホテルの敷地の東端に進んだ。眼下に公園の緑が広がる。その先には瓦《かわら》屋根が連なり、さらに向こうには紺碧《こんぺき》の別府湾が望める。

山田が景色を見てつぶやいた。

「駅からも港からも遠いが、創業者は、この眺めに惹《ひ》かれて、この地を選んだのだろう」

ホテル建設時には、すでに流川通りの拡幅《かくふく》は、ここまで完成していた。そこで輸入自動車を何台も用意して客の送迎にあたり、不便を解消しようとしたが、集客には繋がらなかった。

山田みずから玄関の鍵を開けた。中は暗く、かすかにかびの臭いがした。山田がカーテンを一枚開けると、ユキも急いで窓に駆け寄って、片端からカーテンを開けた。

縦長窓のガラスを通して斜めに光が射し込み、無数のちりが、ゆらゆらと舞う。小さく区切られたガラス窓の桟《さん》が、床に四角い影を落とす。

前に来た時には、どこもかしこも光にあふれ、きちんとした制服姿の従業員たちが、きびきびと立ち働いていた。

でも今はカーテンを開けても薄暗く、物音ひとつしない。広いホールには豪華なテーブルやソファなど西洋家具が残されているものの、手を触れると、うっすらと埃《ほこり》の感触がある。天井の隅には蜘蛛《くも》の巣が張っていた。

長年にわたって閉めているわけではないのに、ひとたび休業すると、これほどうらぶれてしまうのかと、熊八は胸が痛んだ。

それから三人で館内を見てまわった。特別室が二部屋と、一般の部屋が十四、従者向きの小部屋が五。すべて洋室でベッドが備えられており、特別室は温泉つきだ。

山田が指を折った。

「西洋人は他人との同室を嫌うらしいから、泊まれるのは十六人だな。東京の各国大使館からも同行してくるから、その人数を調節してもらって、ぜんぶで十六人に抑えてもらうしかない。小部屋は通訳用だな」

熊八は風呂の給湯口をのぞき込んだ。

「配管の内側が、さびて傷《いた》んでいることもあるし、もういっぺん温泉を通すには、点検やら修《しゅう》繕《ぜん》やらが要るやろし、そうとう厄介《やっかい》かもしれませんね」

準備に時間がかかりそうだが、秋の演習までには半年しかない。山田は腕組みをして、口を真《ま》一文字《いちもんじ》に結び、黙り込んでしまった。

主食堂に入ると、猫脚のテーブルと椅子が並び、厨房《ちゅうぼう》には鋳物《いもの》の大型天火窯《てんぴがま》まであった。今度はユキが心配そうに聞く。

「洋食のお料理ができる方に、来てもらえるのでしょうか」

最初のふた間きりの宿から、今の旅館に移って以来、仕出し屋は頼まずに、板前を雇って、できたての料理を提供している。だが今度は板前ではなく、洋食のコックが必要になる。

山田は申し訳なさそうに答えた。

「その辺も含めて、熊八さんに頼みたいのだ。東京や関西で顔が広いだろうし」

熊八の知る限りでは、フルコースを出せるような本格的な洋食の料理店は、九州にはない。山田の意図する通り、コックは東京か関西から呼ぶしかなかった。

西洋人たちの料理は、夜と朝とをホテルで供し、昼はサンドイッチでも持たせればいい。それでもコックは、その日だけ滞在というわけにはいかない。厨房の使い勝手や、天火窯の焼けむらなどにも馴れなければならず、かなり長期の滞在が必要になる。

熊八としては、別府独自の食材にも馴染《なじ》んでもらいたい。別府湾や豊後《ぶんご》水道の海産物はもちろん、大分県産の豊後牛も使って欲しかった。

豊後牛は明治の終わり頃から改良を始め、一昨年の大正十年（一九二一）には全国畜産博覧会で最優秀賞を受賞した。東京の銀座通りで華やかな祝賀パレードも行われた。

近年では温泉熱を使って育てる野菜や果物も現れ、季節を問わず新鮮で味わい深い。そういった地元産の美味《おい》しいものを、ぜひ十六人の外国人に食べさせたかった。

熊八は山田の表情を読みながら聞いた。

「で、費用はどれくらい、お国が出してくれはるんですか」

山田は一瞬、苦しげに顔を伏せたが、すぐに立ち直って答えた。

「まずは君が引き受けてからの話だ。それから国に事情を訴えて、必要経費の概算《がいさん》を提出する」

地獄めぐりの手順と同様、大金がかかるという悪条件は、後まわしにしなければ話が進まないという。だが下手《へた》をすれば、国からの補助金は認められず、何もかも亀の井旅館でかぶる危険もある。山田が「油屋熊八を男と見込んで頼みたい」という裏には、そういう事情があったのだ。

熊八は、もういちどホールを見まわした。このホテルを、ひと晩かふた晩、よみがえらせて、国家的な賓客《ひんきゃく》をもてなす。そのこと自体は、今までになくやりがいのある仕事だ。

でもそこには、とてつもない責任が生じる。時間もない状況で、ひとたび引き受けたら、間に合わないでは済まなくなる。そこには国の威信《いしん》がかかっており、たとえ熊八ひとりが首をくったとしても、それで片がつく話ではなくなるのだ。

まさに命がけの瀬戸際《せとぎわ》に追い込まれる。どう考えても割のあわない役目であり、ここは断るべきだった。

その時、間近から呼びかけられた。

「あなた」

ハッとして顔を上げると、目の前にユキの心配顔があった。いつのまに、そんな近くまで来ていたのか、それにも気づかなかった。

ユキはてぬぐいを差し出して、夫の広い額を目で示す。熊八が額に触れてみると、脂汗が指先をぬらした。てぬぐいを受け取って手早く顔をふき、山田に頭を下げた。

「すんませんが、二、三日、考えさしてください」

だが山田の厳しい口調が返ってきた。

「いや、今すぐ返事をもらいたい。とにかく急がなければならないのだ」

確かに半年で準備を整えるには、一日でも無駄《むだ》にできない。もういちど額の汗をぬぐってから、熊八は頼んだ。

「そしたら女房と、ちょっとだけ相談さしてください」

宿の切り盛りは女将の腕にかかってくる。相談しないわけにはいかない。

「わかった」

山田は大股でホールから出て、主食堂の方に歩いていった。

それを見極めてから、熊八はホールのソファに身を投げるようにして座った。薄暗い空間に埃が立つ。ユキは向かい合わせの席に浅く腰かけた。

だが座ったきり、たがいに言葉が出ない。あまりの重圧に、熊八は「どうする？」のひと言さえ出なかった。ユキも顔がこわばっている。

閉鎖中のホテルは物音ひとつせず、静まり返っており、怖いほどの静寂《せいじゃく》だった。

それを破ったのはユキの方だった。

「今までに、いろいろなことがありましたね」

急に何の話かと思ったが、ユキは小さな溜息をついてから続けた。

「あなたがアメリカに行きたいとか、高崎山を買いたいとか。そのたびに私、本当は気をもんだけれど、あなたがやりたいというなら、反対してもやり通すだろうし、きっと上手《うま》くいくって、とにかく信じることにしたんです」

熊八は意外だった。アメリカ行きも高崎山の件も、ユキが背中を押してくれたのだと思っていた。だが、そのたびに気をもんでいたとは。

ユキは話を続けた。

「でも、今回は違うんです」

熊八はうなずいた。

「確かに違う。前は、わしひとりの問題やったけど、今回は責任がついてくる。それも、とんでもなく重い責任や」

ユキも小刻みにうなずく。

「それもあるけれど、もうひとつ、大きな違いがあるんです」

「何や？」

「今までは、あなた自身がやりたいと言い出したことだったけれど、今回は人さまから求められていることです」

確かにユキの言う通りだった。

「要は、あなたが十六人の外国の方たちを、おもてなししたいかどうかです。あなたがやってみたいなら、私も、せいいっぱい頑張ります。でも、あなたにその気がないのなら、この場で、お断りしましょう」

熊八は即座《そくざ》に首を横に振った。

「この話は断れへん。わしが断ったら、十六人の宿がなくなる。その人たちが泊まれるのは、この別府ホテルしかない。だいいち英語がしゃべれる宿屋の主人なんか、別府どころか九州中を探しても、わししかおらん」

さらに自虐的《じぎゃくてき》に言った。

「こんな割の合わんこと、押しつけられる阿呆《あほう》も、わししかおらんやろ」

するとユキは、かすかに微笑《ほほえ》んだ。

「そこまで見込まれて、あなた自身は、どうなんですか。やりたいっていう気持ちが、あるかどうか」

熊八は思わず目を閉じた。

十六人は軍事演習に加わったら、おそらく汗や土埃《つちぼこり》まみれになる。それを温泉で流させてやりたい。別府の美味しいものに舌鼓《したつづみ》を打ってもらいたい。地獄めぐりも楽しませたい。でも、それができるという自信がなかった。どうしても迷いが残る。

するとユキが、ぽつりと言った。

「旅人をねんごろに、したいかどうか、ですよね」

ああ、そうだったと気づいた。あの聖書の言葉で別府に来て、今まで頑張ってきたのだ。

「旅人をねんごろにせよ、か」

声に出しているうちに、自分でも驚くほど迷いが消えていった。

「そうや、そうやった。旅人をねんごろにするのが、わしの役目やった」

決意を口にした。

「やってみたい。やってみよう」

ユキはうなずいた。

「あなたが本気になれば、きっと上手くいきますよ」

ユキも必死で働くという。

「いずれにせよ、お断りできないお話なのだから、前向きにとらえましょうよ。あなたは前から、別府をハワイみたいにしたいって言ってたでしょう。もしかしたら今度の話が、そのきっかけになるかもしれませんよ」

熊八がアメリカから帰国する途中で、ハワイに寄ってから、すでに二十三年が経ち、ハワイは大発展を遂《と》げている。アメリカ人のみならず、太平洋横断中に寄港する日本人や中国人も、夢の島として憧《あこが》れる。

別府をハワイのような国際リゾートにするためには、今回の話は、確かに好機に違いなかった。十六人のもてなしが上手くいけば、別府の魅力を、彼らの口から世界に広めてもらえるかもしれない。

熊八は力を込めてソファから立ち上がった。

「わかった。ユキ、ここは頑張りどころや」

ユキも立ち上がり、小走りで主食堂の方に行って、山田を呼んできた。

熊八は背筋を伸ばして言った。

「引き受けさしてもらいます」

山田の面長《おもなが》が満面の笑みに変わる。

「やってくれるかッ。ありがたい」

だが熊八は釘を刺した。

「ただし、地獄めぐりの道路の件は、かならず実現さしてください」

地獄めぐりの道路は、宇都宮の鬼山地獄復活に繋がるし、別府が国際的な温泉リゾートに発展するための絶対条件だ。

それに、もし国からの補助が出ないか、少なすぎる場合、熊八は今までになく多額の借金を負うことになる。それを返済するためには、亀の井旅館で儲《もう》けなければならない。儲けるためには客を増やし、客を増やすには地獄めぐりを目玉にする。すべてが繋がっていた。

山田は真剣な表情に戻った。

「わかった。皇太子殿下行啓の際に、侍従《じじゅう》の方々が遠いと不満をもらされたことも、強く国に訴えて、何が何でも道路は完成させる。その点は任せてくれ」

熊八は思わず大きな右手を差し出して、西洋人のように握手《あくしゅ》を求めた。山田も手に力を込めて応じた。

外国人武官の別府宿泊と地獄めぐりを陸軍が決定するなり、熊八は、すぐさまホテル再開の準備に取りかかった。

まずは、かつて別府ホテルを建てた大工や温泉の配管業者などを呼び集めて、現状を見せた。配管は内部がさびており、温泉を通してみると、朱色の汚れた湯が流れ出した。

熊八は汚れた湯を見て、不安になった。

「大丈夫やろか」

すると配管業者はうなずいた。

「しばらく流しておけば、じきに綺麗になりますよ。このホテルは何もかも最高の建材を使ってるから、管にだって、そう簡単に穴は開かないでしょう」

大浴場も部屋付きの浴室も、給湯に問題はないという。大工も太鼓判《たいこばん》を押した。

「まあ、長く閉めてたわけじゃないし、建物自体は傷んでませんよ」

そのほかガスや水道、電気も通してもらった。

一方、ユキも奔走《ほんそう》を始めた。以前、ここに勤めていた女性従業員たちを探し出して、なんとか短期間だけでも、メイドやウェイトレスとして復帰してもらいたいと、頭を下げてまわった。

たいがいは結婚して家庭に入ったり、別の仕事に就《つ》いたりしていた。特に嫁いだ者たちは家族の手前、今さら働きに出にくいという。そこでユキは姑《しゅうとめ》や夫にも頭を下げた。

「洋室のお掃除や、洋食のお給仕などは、馴れた人でないと無理なのです。ここは、お国のためと思って、どうか、お願いします」

高給を示し、懸命《けんめい》に頼み込んで承諾《しょうだく》してもらった。別の仕事に就いた者には、上司に頼んで、しばらく暇をもらうことにした。それでも人手が足らず、新たに募集もかけた。

女たちが集まって、せっせと掃除を始めると、ホテルは見る見るうちに生き返った。大きく開け放った窓から、さわやかな風が通り抜ける。

熊八は毎日、仕事終わりに時間を取って、従業員たちを集め、必要最低限の英語や西洋人に対するマナーを教えた。


その一方、急いで東京に出て、かつて利用した洋食のレストランを訪ね歩いた。コックを派遣《はけん》してもらいたいと頼んだが、どこも人手は手いっぱいで無理だと断られた。

もはや最後の手段と腹をくくり、昔の縁をたどって渋沢栄一《しぶさわえいいち》に会いに行った。もう高齢だし、熊八のことなど忘れているに違いないが、それしか伝手《つて》がなかった。

すると渋沢は福相をほころばせて迎えてくれた。

「覚えていますよ。油屋熊八さん、お名前も特徴《とくちょう》があるし、私が外遊を勧めた方ですね」

熊八は勢い込んで答えた。

「そうです。おかげさまで、あれから三年間、アメリカに渡り、大きな経験ができました」

渋沢栄一は八十代前半になっていたが、記憶はしっかりしており、熊八の話を聞いて、快く応じてくれた。

「帝国ホテルの料理人を紹介しましょう」

熊八は遠慮《えんりよ》がちに言った。

「実は帝国ホテルには、もう、お願いしに行って、断られてしまったんです」

帝国ホテルは渋沢が経営に携《たずさ》わる会社のひとつだが、フランク・ロイド・ライトというアメリカ人建築家の設計で、新館の建設が進んでいるところだった。その新館のオープンと、九州での軍事演習の時期が、ちょうど重なりそうで、料理人を派遣する余裕はないというのだ。

すると渋沢は少し考えてから言った。

「あの男なら、いいかもしれない」

それは宮本四郎《みやもとしろう》といって、茨城県出身の料理人だった。もともとは三田《みた》にあった東洋軒《とうようけん》という西洋料理店で修業をし、帝国ホテルで本格的なフランス料理を身につけたという。

「東洋軒の料理長といっしょに、宮内庁《くないちょう》にも務めて、天皇家の料理番のひとりとなったり、台湾に渡ったり、大阪の一流ホテルに勤めたり。あちこちで修業していますし、腕は確かです」

渋沢が書いてくれた紹介状を手に、熊八は急いで大阪に向かい、宮本四郎本人に会ってみた。

宮本は見たところ三十歳ほどで、髪を短く刈り上げて、くっきりとした二重まぶたに、鼻が丸く、意志の強そうな口元をしていた。

熊八は懸命《けんめい》に事情を説明した。

「短い期間やけど、なんとか来てもらえへんやろか。今の職場には、わしから説明させてもらうさかいに」

宮本は、いかにも職人肌らしく、ひどく無口だった。ずっと黙って聞いていたが、きっぱりと答えた。

「行きます。上司への説明は自分でします」

あまりに呆気《あっけ》なく決まって、かえって大丈夫かと不安になった。それでも「腕は確か」という渋沢の言葉を信じて、約束を交わし、別府に帰った。

すると、ほどなくして宮本が別府に現れた。熊八は亀の井旅館に泊めて、とりあえず下見として、漁港の市場に連れていった。温泉熱で野菜を栽培《さいばい》している農家にも案内した。さらに食肉店に頼んで、最上級の豊後牛を用意してもらうことにした。

宮本は、どの食材も手に取ってはみるものの、いいとも悪いとも言わない。熊八は少し不安になった。

別府ホテルの調理場にも案内すると、さっそくガスと水道の具合を確かめた。大型の天火窯の様子も見極めて、フライパンや鍋の種類も、次々と調べている。それから持参の大鞄《おおかばん》を開けて、中から香辛料の瓶《びん》を次々と取り出して、棚に並べ始めた。

これほど準備してきたということは、やる気はあるのだと、熊八は納得《なっとく》して聞いた。

「そんなら、あとは任せてええかな」

「はい」

それしか言わない。だが熊八も忙しくて、いちいち世話していられず、それきり放っておいた。すると亀の井旅館に連泊し、毎朝、どこかに出かけていくようになった。

ある日、ホテルの厨房から、いい香りが漂ってきた。熊八が厨房に行ってみると、宮本は油で何かを揚げていた。その手を止めて一枚の紙を差し出す。

「これを発注してもいいですか」

それは必要な物品の一覧だった。肉、魚、野菜のほかに、バターやオリーブ油、パンの材料などを、大阪から取り寄せたいという。

熊八は一瞥《いちべつ》して答えた。

「もちろんや。西洋人のお客さんが来る、ひと月くらい前までに、用意したらええかな」

「いや、今から準備したいんですけど」

「今から？　それは、ありがたいけど、そんなに長く居てもろて、大阪のホテルの方は大丈夫なんか」

すると宮本は、あっさりと答えた。

「そっちは辞めてきました」

「辞めた？　けど今度の話は、短期の仕事やで」

「まあ、そこそこ金は貯めましたし、今度の仕事が終わったら、そろそろ独立しようかと思っています。それまでの宿代は、きちんと払わせてもらいますし」

熊八は仰天《ぎょうてん》した。和食の板前には、まさに包丁一本だけで、あちこちを渡り歩く者が居る。しかし西洋料理では、それなりの厨房の設備や調理器具などが必要で、これほど身軽に動けるとは思ってもみなかった。

宮本は平然として、揚げていたものを差し出した。

「これ、どうぞ」

何かの天ぷらのようだった。

熊八は不審に思いつつも、揚げたての熱々を指先でつまんだ。そしてふうふうと息を吹きかけてから、口に運んだ。

サクッとした衣の食感が、歯に心地よく、それから、やや弾力のある中身にたどりつく。噛みしめるうちに、深みのある旨味《うまみ》が口の中に広がった。

熊八は噛み切った部分を見て聞いた。

「なんや、これ？　えらい美味《うま》いで。何の魚や？」

宮本は初めて頬を緩めた。

「鶏肉です」

「ほんなら、西洋料理か」

「いいえ。台湾で食べた中華料理を、自分で日本人向けにしたものです」

熊八は残りを食べきって、指先までなめた。

「これ、ええわ。美味い。今度の西洋人に出すんか」

「出してもいいですけど、やっぱり西洋のお客さんには、きちんとしたフランス料理の方が、いいでしょう」

「ほんなら、これは？」

「昨日、鶏を飼っている農家に行ってみたんですけど、よさそうな鶏肉だったんで、薄切りにして揚げてみたんです」

毎日、どこかに出かけていたが、養鶏農家まで訪ねていたとは驚きだった。

「これ、ごっつう、ええわ。開業するなら、きっと目玉になるで」

熊八は、宮本が料理に絶対的な自信を持っているのだと納得した。だからこそ大阪のホテルを簡単に辞めてこられたのだ。

「わかった。うちの旅館でよければ、好きなだけ泊まってくれ。宿代は要らん。西洋人に、まちがいなく美味い料理を出してくれたらええ」

宮本は、また、ひと言だけで答えた。

「ありがとうございます」

それから熊八はウェイトレスたちの稽古《けいこ》も兼ねて、宮本に試食会を開いてもらった。

山田耕平を招き、熊八もユキも従業員たちも、白いクロスをかけた食卓についた。一様に緊張しつつ、銀のナイフやフォークを使って、宮本の料理を食した。

「うまい」

「美味しい」

全員が大絶賛だった。真鯛のムニエルも、豊後牛のステーキも、熊八が油屋将軍と呼ばれていた頃にも、食べたことがないほどの美味《びみ》だった。

すると宮本が謙遜《けんそん》した。

「素材がいいんです。豊後水道の魚は身がしまっているし、牛肉は、さすがに全国畜産博覧会で最優秀賞を受けただけのことはあります」

今回はムニエルとステーキだけだが、十六人を迎える際には、もっとメニューを考えて、ソースなどにも凝《こ》るという。

熊八は、地元の食材を褒めてもらえたのが、嬉《うれ》しくてたまらない。山田も満面の笑みでいう。

「さすが油屋さんだ。いい人を見つけてきてくれた。やっぱり油屋さんに頼んでよかった」

熊八は面映《おもはゆ》い思いで答えた。

「まだ、これからですよ。それは、終わってから、言ってください」

一方で山田は、約束通り、道路計画を実現させた。いったん決定すると、凄まじい速さで、工事は山中へと進んでいった。

それを機に熊八は、宇都宮に鬼山地獄の再開を勧めた。宇都宮は少しためらいはしたものの、結局、ワニ飼育を決意した。しかし、やはり宝塚の飼い主には顔向けができないからと、マレーシアから輸入することにして、輸入手続きを調べ始めた。

熊八自身はホテル再開の次の一手として、外国人の足の確保に着手した。十六人を地獄めぐりに案内するためには、通訳も同乗しなければならないし、最低でも五、六台の自動車が必要になる。ドライバーも確保しなければならない。

別府ホテルが営業していた当時には、送迎用の輸入自動車が何台もあったが、閉鎖とともに売却されてしまった。ドライバーも離散している。

まずは亀の井旅館で、ホリヤーという外国車を思い切って買った。地獄めぐりの自動車道路ができたら、客の案内にも使えると読んだのだ。

別府市内にも自動車の保有者は、ぽつりぽつりと増えていた。熊八は一軒ずつ訪ね歩き、外国人の滞在中だけでも貸してもらえないかと頼んだ。

山田のシボレーはもちろん、県庁で使っている公用車なども、融通《ゆうずう》してもらうことにした。そのほか他県にも協力を仰いだ。その結果、ダッジ、ハドソン、ビュイックなど、なんとか台数は確保できそうだった。ドライバーの目星《めぼし》もついた。

しかし亀の井旅館にホリヤーが届いて、熊八自身が見よう見まねで運転しようとしたところ、どうしたことか動かなくなってしまった。

故障だろうかと首を傾《かし》げながら、ふと気づいた。もし外国人の滞在中に一台でも故障したら、にっちもさっちもいかなくなる。車とドライバーだけでなく、整備士も確保しておかねばならなかった。

そこで急いで探したところ、福岡に腕利《うでき》きの整備士がいるという噂を耳にした。熊八は所番地を聞き合わせて、さっそく汽車に乗って出向いた。

すると屋根つきの広めの土間《どま》に、自動車が一台、停まっており、その下から男の足が出ている。どうやら修理作業中らしかった。

熊八が声をかけると、男が、もぞもぞと現れた。その顔を見て驚いた。

「え？　なんで、ここに？」

そこにいたのは、かつて地獄めぐりや、由布院《ゆふいん》、久住《くじゅう》高原、大観峰《たいかんぼう》などに案内してくれた杉原時雄《すぎはらときお》だった。あの頃、十代だった時雄も、それなりに年齢を重ねてはいたが、人柄のよさそうな丸顔は変わらない。

時雄は工具を置き、機械油まみれの指を布でぬぐって聞いた。

「熊八さんこそ、どうしたんですか」

「実は、うちでホリヤーゆう自動車を買《こ》うたんやけど、動かへんのや。修理できるもんが福岡におるて聞いて、それで訪ねてきたんやけど」

「そうでしたか。ご無沙汰《ぶさた》しています。あれから僕、実は大阪の自動車修理工場に、修業に行ったんです」

大観峰への旅で、熊八から「これからは自動車の時代が来る」と聞き、以来、自動車に興味を持ったという。

「もともと手先の作業は好きだったし、大阪で技術を身につけてから、ここで修理工場を始めたんです」

熊八は目を輝かせた。

「そうやったんか。で、商売繁盛か」

時雄は苦笑《にがわら》いで答えた。

「仕事自体は楽しいんですけれど、まだまだ自動車の台数が少ないんで、食べていくのがたいへんです。でも、ほかに修理ができる者がいないんで、頑張ってるところです」

「運転はできるんか」

「もちろん。運転も大好きです」

熊八は別府ホテル再開の事情を打ち明けた。

「十六人の外国人が滞在する間、別府に戻って来《け》えへんか。うちのホリヤーを運転しながら、ほかの車の世話もして欲しいんや」

時雄は快諾《かいだく》した。

「僕で、よかったら」

熊八は、もう一歩、踏み込んだ。

「もしよかったら、外国人が帰った後も、うちに残らんか。地獄めぐりの自動車道路ができたら、町に自動車が増えるはずやし。修理の依頼も多くなると思うで」

「そうしようかなァ」

「来い、来い。親父さんや、おふくろさんは、まだ別府におるんやろ」

「そうです。僕が帰れば、喜ぶとは思うけど」

「そんなら決まりや」

熊八は十人力を得た思いがした。


自動車関係の手配が進む中、陸軍からは係官が何度も打ち合わせに来た。外国人は各国大使館員を含めて十六名に収めてもらい、行程は二泊三日に決まった。

初日は、神戸から日本海軍の軍艦に乗って、午後に到着。夜はホテルでゆっくりして、翌日が大演習で、三日目に地獄めぐり。その日の午後には、また軍艦に乗って神戸に戻るという。

カーキ色の軍服姿の係官は、次々と注意事項をあげた。

「イタリアは火山国で温泉がある。その分、イタリア人は温泉について一家言あるだろう。湯はぬるめを好むらしい。それにヨーロッパの温泉は水着をつけて入るから、その用意をせよ」

熊八は手帳に書き取りながら答えた。

「わかりました。西洋人に合いそうな、大きめの水着を買《こ》うておきます」

「いや、意外にフランス人やイタリア人は小柄だ。軍人だから体格はいいとは思うが、念のため大きさは、いろいろ揃《そろ》えておけ。それからフランス人は自国語に並々ならぬ誇りを持っているから、英語で話しかけるな。通訳が同行するから日本語でよい」

熊八は手帳を開いたままで聞いた。

「別府ホテルには特別室が二部屋しかありません。一般の洋室は十四室ですけど、どの国の方に特別室に入って頂きましょう」

十六人分の部屋は確保できるものの、三ヶ国の軍人のうち、ひとりだけが一般室になってしまう。係官は渋面《じゅうめん》で腕を組んだ。

「まあ、国の格からして、イギリス人が特別室だな。次はフランス人か。だが、そうするとイタリア人が感情を害するかもしれん。なんとか特別室を、ひと部屋、増やすわけにはいかんのか」

とんでもない提案だった。

「それは無理です。一般向けの部屋には、風呂を増設する場所がありませんし」

「そこをなんとか、できんのか」

「それでしたら、特別室が二部屋しかないことを正直に伝えて、ご本人たちに部屋割りを決めて頂いたら、どうですか」

係官はうなずいて腕組みを外した。

「そうか、そうだな。そうしよう」

もともと宿屋には、あれやこれやと細かい気使いが必要だが、外国人で、まして軍人ともなると、なおさらだった。

秋口には、杉原時雄が福岡から別府に帰ってきた。そこで熊八と係官と時雄とで相談し、誰が誰と、どの車に乗るかまで詳細に決めた。日本側の軍人や通訳も同行するので、足りない分は、なんとか軍用車を手配するという。

杉原時雄は用意された五台の自動車を徹底的に整備し、洗車はもとより塗装《とそう》までし直し、白いシートカバーも新調した。さらに工事中の地獄めぐりの道路を、何度も下見に行って、行程を完全に把握《はあく》した。

配車関係は時雄、料理は宮本四郎、客室と館内の管理はユキ、地獄めぐりは宇都宮則綱《のりつな》、原北陽は写真係、人当たりのいい梅田凡平には接客を頼んだ。そのほかは熊八が総責任者になり、それぞれが受け入れ準備に全力を傾けた。


そうして一行を迎える日がやってきた。イギリス、フランス、イタリアの計十六人が、日本の軍艦で別府入りする。

熊八は、港での出迎えを時雄と宇都宮、それに日本側の係官に任せて、自身はホテルに待機した。山田耕平もやってきて、陸軍将校や外務省の役人といっしょにロビーで待ちかまえた。

ユキや従業員たちも緊張の面持ちで、今や遅しと待っていると、けたたましく電話のベルが鳴った。この日のために電話回線も再開通させたのだ。

熊八が受話器を取ると、女性交換手が大阪商船の別府支社からだと告げた。かけてきたのは宇都宮だった。やや緊張気味《ぎみ》に言う。

「予定より少し遅れましたが、軍艦が入港しました。接岸して上陸したら、また連絡します」

港にある船会社の事務所で、電話を借りて連絡してくるのは、かねてよりの手はず通りだ。続いて接岸、上陸、そして車に分乗して出発したという電話が、その都度《つど》かかってきた。

熊八は、待機していた陸軍将校たちとともに、ホテルの玄関前に立って到着を待った。

遠くから鈍いエンジン音が響いて、二年前に全線開通した流川通りの坂を、先頭のホリヤーが登ってくるのが見えた。全面に砂利が敷いてあるために、後続車が土埃を浴びることがない。

先頭車両からホテルの敷地に入り、車寄せで停車する。梅田凡平が駆け寄って後部座席のドアを開けると、陸軍将校たちが、いっせいに最敬礼で迎えた。

先頭車に乗ってきたのは、リチャードソンというイギリス人将校だった。見上げるような大男で、いかめしい顔立ちだ。にこりともしない。

熊八はフランス語とイタリア語の挨拶《あいさつ》や、簡単な会話は憶《おぼ》えておいた。しかし日本側の軍人たちが取り囲んでいることもあって、外国人たちには取りつく島がなかった。

それでも、なんとかリチャードソンに挨拶し、風呂付きの特別室が二室しかないので、部屋割りは相互で決めて欲しいと伝えた。

なぜ二部屋しかないのかと、今にも激怒されそうだった。しかしリチャードソンは険《けわ》しい表情のまま、ならば各国の将校三人で決めるとだけ答えた。

そして三人が揃ったところで相談が始まった。イギリス人とイタリア人は英語で、フランス人は自国語で話す。三人とも英語もフランス語も理解しているらしく、ちゃんと通じ合っている。

そこで熊八も英語で、片方の特別室には石を積んだ浴槽があり、もう片方には檜《ひのき》風呂があるが、いずれにせよ大浴場も使えると説明した。

するとイタリア人は大浴場に入りたいからと、風呂なしの一般客室でいいと言い出した。次にフランス人が日本的な檜風呂を選び、リチャードソンが残る石風呂に決まった。

そのまま熊八は一行を大浴場に案内して、水着やタオルや石鹸《せっけん》などの置き場や、風呂の入り方を説明した。

情報通り、イタリア人たちは温泉に馴れており、性格も明るく、何かといえば「オーライ、オーライ」を連発する。熊八はアメリカ当時を思い出して懐《なつ》かしかった。

その後、ユキとメイドたちが、それぞれの部屋へと案内して、珈琲や紅茶を運んだ。日本人の通訳たちには小部屋に入ってもらった。全員が部屋に収まった段階で、山田も軍人も従業員たちも、とりあえず胸をなでおろした。

だが熊八には次なる緊張が待っていた。夕食だ。この三日間のために、宮本四郎は大阪のホテルから助《すけ》っ人《と》を呼んでいた。若手の料理人たちが勉強がてら来てくれたのだ。

ソムリエはワイン持参で駆けつけた。きちんとした欧米人は泥酔《でいすい》しないことがわかっており、熊八は今回に限って酒類を解禁した。

定刻になると、西洋人たちが主食堂に集まってきた。湯上がりだと言うのに、全員、軍服を着込んでテーブルに着く。

初日は日本側との会食だった。外務省の役人はもちろん、軍人たちも留学経験があるらしく、各国語が堪能《たんのう》だ。しかし、とんと話が弾《はず》まない。

ソムリエがワインをついでまわり、コンソメスープが出ても、隣の同国人同士で小声で二言三言、話すくらいで、相変わらず静まり返っていた。

白身魚のクリームソースがけが卓上に並ぶ。それを口にした時に、フランス人が眉を上げて「セボン」と言った。ほかのフランス人たちも口々に「セボン」を繰り返す。イタリア人も笑顔で「ボーノ」と言い出した。どうやら美味しいという意味らしい。

さらに豊後牛のステーキが出た時には、誰もが目を見張った。思いがけないことに、いかめしいリチャードソンが相好《そうごう》を崩し、こんなに柔らかくて美味なステーキはイギリスにないと絶賛し、全員が大きくうなずいた。

料理のおかげで、だいぶ場の雰囲気が和《やわ》らいだ。最後に珈琲とデザートを出して、熊八がバーに洋酒の用意があると伝えた。

だが食事が終わると、リチャードソンがまっさきに立ち上がり、バーには寄らず、全員がそそくさと部屋に引き上げてしまった。翌日の演習に備えてか、それとも長旅で疲れたのかもしれなかった。

熊八は少々、落胆した。温泉に来たのだから、もっとくつろいで欲しかった。

スコッチやスピリッツ系の洋酒は、東京の輸入元から取り寄せたし、カクテルの作り方は猛勉強した。熊八が夜ごと英語の専門書を読んでは、凡平がシェーカーを振って稽古したのだ。下戸《げこ》ふたりで顔を真っ赤にしつつ、頑張って味見もした。

かつてサンフランシスコでは、赤羽忠右衛門《あかばねちゅうえもん》が自分のホテルでバーを開いていた。あんなふうに節度を保ちながらも、和気《わき》あいあいとした場を、別府で提供したかったのだ。

翌朝、一行は宮本の焼いたパンと、地元産の卵の朝食にも満足して、自動車を連ねて演習地の日出生台に向かった。

午後、遅くなって戻った一行の軍服は、埃まみれだった。予想していたことであり、熊八は風呂上がりに浴衣《ゆかた》を着るように勧めて、軍服を預かった。

東京や横浜、神戸などで、外国人を受け入れる一流ホテルでは、たいがい客の衣服のクリーニングを受けつける。長い船旅で来日するため、汚れた服が溜《た》まってしまうのだ。

かつては別府ホテルでも、クリーニングのサービスがあった。熊八は当時、ホテルが委託《いたく》していたクリーニング店に、くれぐれも間違いのないようにと念を押して、軍服を預けた。

「洗う前にポケットの中を探って、小さな紙片ひとつでもあったら、服につけて返してくれ。もしかしたら大事なメモかもしれんし」

熊八は、そうクリーニング店の主人に頼んで、別府ホテルに戻った。

ふた晩めは日本側との会食はなく、外国人と通訳だけの席だった。それでも主食堂に集まった一同は、浴衣は身につけず、持参した開衿シャツに、こざっぱりとしたズボン姿だった。

宮本は魚料理はブイヤベース、肉はローストビーフを提供した。これも好評で、一気に緊張がほぐれた。ワインが進み、英語やフランス語が飛び交って、笑いが出る。

食後はバーに集《つど》った。バーカウンターのスツールが足らないほどで、腰かけられない若い士官たちは、上官の背後に立ったまま楽しそうに語り合う。やはり本来の目的である演習の検分が終わって、皆、肩の荷が下りた様子だった。

凡平がシェーカーを振るい、熊八は客たちの話に相槌《あいづち》を打った。フランス人やイタリア人は、もとより簡単な英単語しか使わないいし、リチャードソンらイギリス人たちは、彼らに気づかって英語をゆっくりしゃべる。熊八はアメリカにいた時より、ずっと英語が聞き取りやすかった。

夜もふけて、もういちど入浴を勧めると、半数ほどが大浴場に移動した。上がる時間を見計らって、熊八は脱衣所で待ち構え、片端から、ガウンだと言って浴衣を着せかけた。

前合わせがはだけたり、どこか変だったりもしたが、熊八は裾端折《すそはしょ》りさせ、袖を肩までめくりあげて、威勢《いせい》のいい着こなしを教えた。たがいに浴衣姿を見て、手を打って大喜びした。そうして夜更《よふ》けまで笑いが絶えなかった。

翌日は、いよいよ地獄めぐりだった。一行はクリーニング済みの軍服を着込んで出かけた。ひとりが、しきりに感心している。出す時には取れかけていたボタンが、しっかりつけ直されているというのだ。店主の細かい配慮《はいりよ》だった。

杉原時雄が先頭のホリヤーを運転し、熊八は最後尾の軍用車に乗り込んだ。そして最初に海地獄を訪ねた。鮮やかな水色には、温泉通のイタリア人も舌を巻く。

次が坊主《ぼうず》地獄で、そこからは坂道を降りながら、歩いて一ヶ所ずつまわった。説明は宇都宮が務め、日本人通訳たちが各国語で訳した。熊八が英語で説明すれば早いが、やはり地獄は宇都宮に任せたかった。

ワニのいる鬼山地獄では特に時間をかけた。迫力ある餌やりも見せ、何度も歓声があがった。

宇都宮は鬼山地震で温泉が止まってからの顚末《てんまつ》を語り、今回、熊八の別府ホテル一時再開に合わせて、なんとか再開にこぎつけたと、事情を打ち明けた。

昼食は温泉の熱気を使った「地獄蒸し」で、あつあつの海産物や芋や野菜を堪能してもらった。

血の池地獄と竜巻《たつまき》地獄へは、また車を連ねて移動して見物した。間欠泉《かんけつせん》が噴き上がった時には、大きな歓声が上がった。

すべての地獄を見終えてから、港に戻ると、もう軍艦では乗船準備が整っていた。岸壁にはユキや宮本を始め、ウェイトレスやメイドたち、それににわかバーテンダーの凡平も勢揃いした。

最後尾の軍用車から熊八が降りるなり、先に下車していたリチャードソンが大股で近づいて、握手を求めた。そして自分たちのために、ホテルを再開してくれたことに、深く感謝すると言った。最初は当然のことのように感じたけれど、さぞや苦労があっただろうと、いたわってもくれた。

到着した当初のいかめしさとは、打って変わった笑顔で、握手に力を込める。熊八の胸に熱いものが満ち、力強く握手に応えた。フランス人やイタリア人はハグで感謝を伝えてきた。

料理が最高だった、地獄めぐりが楽しかった、ホテルも客室もすべて整っていた、クリーニングが素晴らしい仕上がりだなど、それぞれが満足を口にする。

さらに外国人たちはユキや従業員たち、ひとりひとりにも感謝の言葉をかけた。ユキも女たちも涙ぐんでいた。

乗船がうながされると、凡平が宣伝協会から大量の紙テープを持ち出してきて、外国人のみならず同行する日本人たちにも気前よく配った。

リチャードソンは紙テープを受け取ると、もういちど熊八と握手した。

「別府温泉は日本が世界に誇るべきリゾートだ。イギリスに帰ったら、海軍にも勧めておく。軍艦の乗員の保養地として、ぜひ寄港すべきだと」

外国人たちがタラップを昇り始めると、桟橋の日本人が「グッバイ」「ボンボヤージュ」などと大きな声をかける。外国人は、いちいち振り返って手を振った。

まっさきに甲板《かんぱん》まで上がったリチャードソンが、「クマハチ」と声を張り上げた。熊八が顔を向けると、片手で紙テープを掲げて合図《あいず》する。投げるぞという意味だ。

熊八も片手を上げ返すと、こちらに向かって真っ赤なテープが勢いよく飛んできた。ちょうどよく目の前に届き、しっかりと両手で受け止めた。

フランス人からも、イタリア人からも「クマハチ」「クマハチ」と声がかかり、後から後からテープが飛んでくる。甲板側で端《はし》を持ち、巻いてある芯《しん》ごと投げるのだ。熊八は大忙しで次々とつかみ取った。

周囲の日本人にも何本ものテープが投げられ、色とりどりの帯が甲板と桟橋をつなぐ。

軍艦が鈍い汽笛を鳴らして動き出した。岸壁と船体の間に海面が現れ、それが白く泡立ち、見る見るうちに青い水面が広がっていく。

テープが張り詰めていくにつれ、手元の芯が回転して、どんどん残りが減っていく。最後に芯だけになって、ふいに端が手を離れた。

そのままテープは潮風に舞う。周囲のテープも、ほとんど同時に尽きて、七色が入り乱れて飛び交う。

そして一本、また一本と、力尽きたように端が海面に落ちていく。熊八の手元にも、ほかの人々の手にも、空になった芯だけが残った。

顔を上げると、いよいよ軍艦は離れていき、甲板の人の表情が見えなくなった。軍艦は速度を上げ、さらに船影が遠のいていく。

誰かが名残惜《なごりお》しげにつぶやいた。

「ああ、行っちゃった」

　凡平が鼻の頭を赤くしながら、紙袋を持って、地面に落ちた芯を回収してまわる。熊八も手を貸した。

　その時、かたわらから声をかけられた。

「油屋さん」

　振り向くと山田耕平だった。紙テープの芯を手にしたまま、しみじみと言う。

「前にも言ったけれど、本当に君に頼んでよかったよ。よくやってくれた。これほどのことは、君にしかできなかった」

　桟橋に残っていた日本陸軍の軍人たちも、口々に感謝する。

「いや、よくやってくれた。あれほど喜んで帰っていくとは思わなかった」

　熊八は謙遜《けんそん》した。

「いいえ、別府のいいところが出たんです。それに、いろんな人たちが力を貸してくれたおかげです。山田さんは地獄めぐりの道路を造ってくれたし。宮本くんも素晴らしい料理を作ってくれました」

　熊八は今回の経験で、料理の力を思い知った。温泉に入れば誰でもくつろぐが、美味しいものを口にすると誰でも笑顔になる。まして別府には、いい素材があるのだ。それを活用しない手はない。

　宮本が遠慮がちに言った。

「別府温泉は素晴らしいです。料理が活きる町です」

熊八の胸に熱いものが込み上げた。

今まで別府のよさを、さんざん訴えてきた。だが地元では何もかも当たり前のことであり、その素晴らしさが理解されない。

しかし宮本のように一流ホテルやレストランを渡り歩き、台湾にまで行った者には、わかるのだ。それが熊八には何より嬉しかった。

宮本は珍しく雄弁に語った。

「でも東京では、別府のよさを知る者は、ほとんどいません。それがもったいない気がします。もっと広く知ってもらう手立ては、ないでしょうか」

「そうやな。それが、これからの課題や」

熊八は何度もうなずいた。

もういちど海に顔を向けると、軍艦は青い空と青い海の間で、豆粒のように小さくなっていた。

熊八は両手をたたいて、ユキたちをうながした。

「さあ、今日はゆっくり休んで、明日から別府ホテルの片づけや」

また閉めなければならないのが寂しかった。

その時、顔見知りの新聞記者が、手帳を片手に近づいてきた。

「油屋さん、今回は、そうとう、お金がかかったでしょう」

熊八は歩きながら答えた。

「まあ、そこそこは」

どうも国からの補助は期待できそうにない。ざっと見積もって二千円ほどの赤字で、全額、熊八がかぶることになる。しかし客商売に景気の悪い言葉は厳禁《げんきん》だ。あえて胸を張った。

「金はかかったけど、それで別府を世界に宣伝できたと思えば、安いもんや」

世界への宣伝料。これで世界から客を呼べるとしたら、きっと二千円は回収できる。そう考えることにした。


さっそく翌日から別府ホテルの後片づけが始まり、熊八は妻に聞いた。

「このホテルを買い取って、営業を続けへんか」

せっかく集まってくれた従業員たちを、また散り散りにしたくなかった。特に宮本四郎を手放したくない。

しかし今度ばかりはユキは首を横に振った。

「あなたは、どこか温泉に行って、こういうホテルがあったら、泊まりたいですか」

「泊まっても、ええけどな」

「何度も何度も泊まりにきたいですか。本当は湯上がりに、浴衣で畳に寝転がって、縁側の先の庭でも眺めたくはないですか」

そう言われれば、そんな気もする。

「外国の方には、いい宿だと思います。でも温泉にくつろぎにきて、ここに泊まりたいという日本人は少ないでしょう」

確かに、この手の洋式ホテルは、東京や大阪のような大都会でこそ泊まる価値がある。温泉宿には、やはり座敷が欲しい。それがなかったから、ここは閉じざるを得なかったのだ。

「けど、これから外国のお客さんが、きっと増える。その受け皿は要るで」

「それなら、うちを建て替えませんか。和洋折衷《せっちゅう》の亀の井ホテルを建てましょう」

「そうか、亀の井ホテルか」

少しその気になると、ユキは釘を刺した。

「でも今は無理ですよ。二千円も借金があるんですからね」

新聞記者の前では大見得《おおみえ》を切ったものの、利子《りし》だけでも途方もない金額であり、確かに建て替えどころではなかった。

片づけが終わり、熊八は手伝ってくれた元従業員全員に礼を言い、ドライバーたちには約束をした。

「タクシーに乗るような景気のええお客さんが、たくさん別府に来るように宣伝する。だから、もう少し辛抱《しんぼう》してくれ」

杉原時雄には謝った。

「このまま別府に留まってもらうつもりやったけど、今は無理になった。約束を破って申し訳ない」

ホリヤーも手放さなければならなかった。だが時雄は笑顔で言った。

「いいんです。やりがいのある仕事でした。みんなで頑張れば大きなことができるって、よくわかったし。いい経験をさせてもらいました」

ドライバーたちもいっせいに頭を下げた。

宮本四郎は言葉少なに言った。

「とりあえず汽車で九州一周してきます」

鶏肉の天ぷらを目玉にして、どこかでレストランを開きたいという。その場所探しの旅でもあった。

「できれば別府に帰ってきてくれ。なんとかして別府の名を、東京にまで知ってもらうようにするよって」

宮本は深くうなずいた。

熊八とユキとで、別府ホテルのカーテンを、すべて閉め終えると、最初に下見に来た時と同じ空間に戻っていた。そのまま黙って玄関に鍵をかけた。

鍵を返しに行くと、山田耕平が言った。

「君に全額、負担させるつもりはない。なんとか県や国に掛け合って、できる限り出させる。これだけ成功を収めておいて、その恩人に負担を押しつけるわけにはいかない」

そうはいっても、どれほど行政の反応が鈍いかは、熊八としては充分に心得ている。流川通りの拡幅も、地獄めぐりの道路建設も、さんざん難航した末に実現したのだ。今度の補助金も、期待した後で落胆するのは嫌だった。

案の定、それから山田からは何の連絡もないまま、季節が移っていった。紅葉のあとは毎年、客が減る。それでも年末年始は予約でいっぱいになった。だが松が取れると、また客が減った。

例年、客足が遠のく二月の午後、熊八が宣伝協会から亀の井旅館に帰ると、帳場から算盤《そろばん》を弾《はじ》く音がした。ユキの深い溜息も聞こえる。

年間おしなべてみれば、けっして客の入りは悪くはない。むしろ予想以上に増えている。なのに負債は働いても働いても、利子すら返しきれない。ユキが溜息をつくのも道理だった。

さすがの熊八も気が重くなる。つい何もかも放り出したくなり、きびすを返して外に出た。

二月の風が冷たい。駅前に向かうと、新しい共同浴場の建設が進んでいた。三角屋根の洒落た洋館で、別府中が開業に期待を寄せていた。

熊八は久しぶりに、どこかの共同浴場で温まろうかと思った。ここ何年も亀の井旅館の内湯にばかり入っており、しばらくは町の温泉に行っていない。どこにしようか考えながら歩いていくと、かたわらに自動車が停まった。

「熊八さん」

呼びかけられて運転席を見ると時雄だった。タクシードライバーの制帽をかぶっている。

「おッ、福岡に戻らんかったんか」

「そうなんです。急に自動車を手放すって人が出たんで、安くゆずってもらってタクシーを始めたばかりです。今日明日にでも、ご挨拶に行こうと思ってたところです」

「そうやったんか。儲かるか」

「まあまあです。でも大好きな自動車に乗れるんだから頑張れって、女房には言われてます」

今は修理業も兼業しており、依頼があれば、いつでも、どこでも駆けつけるという。

車の窓越しに話しているうちに、ふいに熊八は気が変わった。海地獄を見に行きたくなったのだ。初めて地獄に案内してくれたのは時雄だし、あの鮮やかな青と蒸気の勢いから、元気をもらえそうな気がした。

「ちょっと海地獄まで行ってくれるか」

時雄は笑顔で答えた。

「もちろん、いいですよ。でも、ひとりですか」

ここのところ、乗り合いでタクシーを利用して、地獄めぐりを楽しむ客が増えていた。

「ひとりや。チップ弾《はず》むし、ひとっ走り行ってくれ」

「チップも料金も取れませんよ。熊八さんからは」

「いや、ちゃんと取ってくれ」

熊八は自分で後部扉を開けて乗り込んだ。

海沿いの小倉《こくら》街道を北上すると、地獄に向かう新しい道路が内陸へと延びている。海から離れるにつれて山道となり、冬枯れの雑木林が左右に続く。

この道路のおかげで、ようやく地獄めぐりが観光の目玉になろうとしている。別府全体の来客数も伸びている。なのに自分は、二千円の負債で身動きがとれない。

黙って後部座席に乗っていると、つい後ろ向きの思いが湧く。世のため人のために働いたことに悔《く》いはないのに、お先は真っ暗だ。

「熊八さん、大丈夫ですか」

時雄がルームミラー越しに、こちらを見る。熊八はとぼけた。

「何が?」

「熊八さんらしくないですよ。顔色も悪いし」

これ以上とぼけても無駄とは思いつつ、黙って窓の外を眺めていると、いつしか車は海地獄入口の小屋前に停車した。最近は閑散期でも、人が常駐《じょうちゅう》して入場料を取っている。

熊八は降りがてら、時雄に頼んだ。

「海地獄を見て元気つけてくる。帰りも乗っていくから、ちょっと、ここで待っててくれ」

すると時雄は慌てて運転席から出てきた。

「僕も行きますよ。乗り合いで来るお客さんにも、僕がガイドをしますし」

そのまま時雄は後をついてくる。熊八は、ふたり分の入場料を払って場内に入った。閑散期のうえに、もう日が陰《かげ》っており、ふたりのほかに人影はない。

敷地の奥へと進むと、凄《すさ》まじい噴出音が鳴り響き、白い蒸気が漂ってくる。なおも山際に向かって歩いていくと、鮮やかな色の池が現れる。海地獄とはいうものの、海の青さよりも優しく、やや乳白色を帯びた空色だ。

周囲には以前よりも、しっかりとした柵がめぐらされている。背後の山裾には小道が刻まれ、高台から海地獄を眺め、それから、ぐるりと一周できるようになっていた。

熊八は海地獄を眺めているうちに、ふと思いついた。今は地獄めぐりをするには、別府から乗り合いタクシーを利用するか、近くの鉄輪《かんなわ》温泉に泊まって、歩いてくるしかない。でもバスを運行させたら、どうだろうかと。

かつてアメリカで何度もバスに乗った。いちどに二十人も三十人も運べて、はるかにタクシーよりも効率がいい。料金も安くできる。

素晴らしい思いつきに、胸が高なった。現実には負債のせいで、今はバスどころではない。でも海地獄を見ているうちに、できそうな気がしてくる。

これほど素晴らしいのだから、いつかはバスで運ぶほどの客が押し寄せる。そうなれば、きっと借金は返せる。そう信じ、熊八は両拳《りょうこぶし》に力を込めて、高々と掲げた。

「よっしゃ、帰るか」

笑顔を向けると、時雄は胸をなでおろした。

「ああ、よかった。もしかしたら熊八さん、海地獄に飛び込むんじゃないかって、僕は気が気じゃなかったんですよ」

熊八は笑い出した。

「それで見張るつもりで、ついてきたんか。ガイドだの何だのと言うて」

「ガイドをするのは本当ですよ。でも、ひとりにするのが心配で」

「海地獄は別府の大事な宝や。飛び込んだりして、ケチつけるわけにはいかんやろ」

笑ったことで、いっそう気持ちが楽になった。もう営業終了の時間が迫っており、大股で出口に向かいかけた。

その時、風が吹いて蒸気が流れ、空色の池の対岸に人影が見えた。ほっそりとした若い女が、たったひとりで青い水面を見つめていたのだ。

また風向きが変わって、たちまち女の姿は蒸気に隠れて見えなくなった。もう太陽は山陰に入っており、上空は明るいものの、敷地全体が日陰に呑み込まれている。

熊八は気にかかった。こんな時間に、女がひとりきりというのが違和感がある。ついさっき時雄が「熊八さん、海地獄に飛び込むんじゃないか」と言ったのも、気がかりに拍車《はくしゃ》をかけた。

出口の手前で振り返ると、また蒸気が流れて、女の姿があらわになっていた。海地獄の周囲の柵を握りしめて、水面を凝視《ぎょうし》している。今にも柵を乗り越えそうにも見える。

熊八は立ち止まって時雄の腕をつかんだ。時雄も振り返って、何か感じ取ったらしい。熊八が急いで戻ると、時雄も小走りでついてきた。

近づいて声をかけた。

「娘さん、そろそろ閉まる時間ですよ」

女はなかなかの美人だったが、熊八に気づくなり、逃げるようにして山際に向かった。

熊八は時雄に合図した。

「時雄、逆まわりしてくれ」

「わかりました」

ふた手に分かれて挟み撃ちを狙った。

女は山裾に刻まれた小道を、早足で登った。だが、そこから海地獄を見おろすわけでもなく、そのまま坂を下っていく。

ちょうど小道を下りきって、また海地獄の端に出た時に、逆方向から時雄が行く手をふさいだ。

女は驚いて立ち止まる。熊八は、もういちど声をかけた。

「娘さん、待ってください。わしらは怪しいもんと違いまっせ」

熊八は追いつくなり、着ていた半纏《はんてん》の背中を見せた。

「わしは亀の井旅館ゆう宿屋をやってますんや。そっちの男はタクシーやってます。もし今夜の宿が決まってへんなら、うちにと思うて」

　女は立ち止まりはしたが、視線が泳いでいる。

「よかったらいっしょにタクシー、どうですか。ここ、もう閉まるし、別に、うちの宿に泊まらんでもええし。とにかく町に戻りませんか」

　時雄も勢い込んで女に話しかけた。

「ぜひ、乗ってください。別府駅がよければ、駅まで送ります。亀の井旅館さんも、いい宿ですよ。布団《ふとん》が綺麗で気持ちがいいって、都会から来た女の人たちにも評判がいいんです」

　女は短髪に小さな帽子をかぶり、都会的な洋装だ。原北陽はモボだが、その女性版であるモガという出《い》で立《た》ちらしい。でも旅行にしては、たいした荷物がなく、ハンドバッグひとつを腕にかけているだけだった。

　時雄は、なおも勧めた。

「タクシー代は気にしないで、とにかく乗ってってください」

　女は黙っている。拒《こば》む気配はない。熊八は機を逃すまいとうながした。

「ほんなら、行こか」

　時雄が先に立ち、熊八は女を追い立てるようにして車に向かった。

「お客さんやでえ」

　すっかり暗くなった前庭から玄関に入って、そう声をかけると、奥からユキが応じた。

「はーい、いらっしゃいませ」

いそいそと奥から出てきたが、夫の後ろに、若い女が立っているのを見て、一瞬、怪訝《けげん》顔になった。今どき若い女のひとり旅など、わけありに決まっている。

しかし、すぐに営業用の笑顔に戻り、上がり框に続く板の間に、急いで両手をついて正座し、深々と頭を下げた。

「ようこそ、おいでくださいました」

そして女が靴を脱いで上がるのを待って、帳場近くの梅の間に案内した。

ユキは戻ってくるなり、手にした宿帳を開いて夫に見せた。

「これ、本名かどうか、わかりませんけど」

そこには安武ノブ、住所は和歌山、職業は看護師と書いてあった。

「思いつめた顔をしてましたけど、大丈夫かしら」

熊八も困惑気味《ぎみ》に答えた。

「大丈夫やなさそうやったから、うちに連れてきたんやけどな」

「まあ、そういう人を連れてきてしまうところが、あなたらしいけれど」

女のひとり旅は、どこの宿でも敬遠するものだが、熊八は逆に放っておけないたちだ。

ユキが、しみじみという。

「なんだか影が薄くって、夢二《ゆめじ》の絵みたいな人ですね」

竹久《たけひさ》夢二は近年、若い女性に人気の画家だ。大きな目に柳腰の、ほっそりした女の絵を描く。

熊八には、どこがいいのかさっぱりわからないが、そういえば安武ノブに似ている気もした。

「とにかく何か抱えてるみたいやし、目を離さんでやってくれ」

ユキは困惑顔ながらも承知した。

翌朝、熊八が帳場にいると、布団を上げにいった手伝いの娘が言う。

「梅の間のお客さん、出発するから、お勘定書《かんじょうが》きをって言ってました」

熊八は勘定書は持たずに、急いで梅の間に行ってみた。

「おはようございます」

声をかけて襖《ふすま》を開けると、もう安武ノブは、きちんと洋服を着て、座卓の前で正座していた。

昨日よりは顔色がいい。

「よう寝られましたか」

熊八が探りを入れると、ノブは初めて微笑んだ。

「おかげさまで温泉に入って、美味しい夕ご飯を頂いたら、気持ちが楽になって、なんとか寝られました」

気持ちが楽になったということは、やはり心に重いものを抱えていたに違いなかった。

「そろそろ出ますから、お勘定書きを」

熊八は目の前で片手を振った。

「いえいえ、昨日は、わしが無理やり誘うたんやから、お代は要《い》りません」

「そういうわけにはいきません。私、看護師で、ちゃんと収入はありますし」

宿帳の記載は、どうやら事実らしい。だが熊八は、まだ心配で、つい引き止めた。

「そんなら一泊分は頂きますけど、もう一泊か二泊、ゆっくりしていったら、どうですか。この後、予定がなければですけれど。何日か温泉に浸《つ》かっていると、浮世の垢《あか》が落ちまっせ」

そして水を向けるつもりで、自分の話をした。

「実は昨日、わしも気が滅入《めい》って、海地獄を見に行ったんですわ。けど、あの明るい色と湯気が噴き出す音を聞いてたら、元気が出てきました」

熊八が話していると、襖の向こうからユキが声をかけた。

「すみません。失礼します」

襖を少し開けて、夫に手招きする。せっかく話をしていたのにと、苦々《にがにが》しく思いつつも、熊八は襖の方ににじり寄った。

ユキは声をひそめた。

「たいへんなんです。男湯の脱衣所で、お年寄りが倒れて」

熊八は驚いて聞き返した。

「昨日、着いた湯治《とうじ》の夫婦か」

「そうです。松の間の」

松の間は特別室だ。熊八はノブを振り返って言った。

「ちょっと失礼します」

大急ぎで大浴場に駆けつけると、出入り口の暖簾《のれん》のところに、妻らしき年配の女性が、おろおろと足踏みをしていた。もう半泣きだ。

中に入ると、たまたまいっしょに湯に入っていた男たちが、腰にてぬぐいを巻いただけの姿で突っ立っている。熊八に気づいて、急いで場所を空けた。

年寄りは湯からあがったところで倒れたらしく、裸で大の字に伸びており、誰かが浴衣を広げてかけたらしい。

熊八は、ひとめ見るなり、ユキを振り返った。

「医者だ、医者を呼んでこいッ」

言い終えた瞬間に思い出した。

「いや、医者より、梅の間のお客さんに来てもらえッ。あの人、ほんまの看護師さんや」

ユキが駆け出そうとした時、安武ノブが暖簾をくぐって現れた。小声で話したつもりだったが、さっきのやり取りが聞こえていたらしい。

ノブは、ためらいなく男湯の脱衣所に入り、倒れている年寄りのかたわらに膝をついた。外にいた年配の妻もいっしょに入ってきた。

すぐに右手で手首をつかみ、左手の腕時計を見ながら脈をとる。それから閉じていたまぶたを指先で開かせて、瞳孔を確認した。

「ご隠居さん、私、看護師です。わかりますか」

耳元で声を張ると、年寄りは、わずかに目を開けて、小声でつぶやいた。

「看護師さんが、来てくれたんか」

安武ノブはユキに言った。

「女将さん、お水を」

ユキが帳場に走り、ノブは周囲で突っ立っている裸の男たちに聞いた。

「どのくらいの時間、お湯に浸かってたんですか」

男たちは当惑顔を見合わせた。

「けっこう長かったと思う。俺たちが入った時には、もう顔を真っ赤にして浸かってたし」

ノブが倒れた男の腕や脚を確認していると、ユキが湯呑に水を入れて駆け戻ってきた。それを受け取り、ノブは、また年寄りの耳元で言った。

「お水、飲めますか」

年寄りがうなずき、ユキは背中を支えて、上半身を起こした。そして口元に湯呑を近づけて持たせると、男は喉を鳴らして飲んだ。

ノブは周囲を見まわして言った。

「湯あたりだと思います。意識もはっきりしているし、倒れた時に怪我《けが》もしていないようですし、大丈夫です。どなたか肩を貸して、お部屋に移してあげてください」

妻が泣き出した。嬉し泣きらしい。ユキもホッとして言う。

「よかった。卒中《そっちゅう》でも起こされたかと心配したけれど」

熊八も胸をなでおろした。浴衣の袖に両腕を通して着せかけ、肩を貸して特別室まで運んだ。

ノブは「ゆっくり」とか「腰を支えてください」とか言いながら部屋までつき添った。年寄りを布団に横にさせると、もういちど脈を診た。

「あとは、しばらく安静にしていれば、大丈夫だと思います」

そう言って腰を浮かしかけると、年配の妻が引き止めた。

「看護師さん、もうちょっと、ここに居てくれませんか。うちの人、持病もあるんで」

夫婦は湯治客で、これから長期滞在する予定だが、来ていきなり夫が倒れてしまったので、不安でならないらしい。

熊八も遠慮がちに頼んだ。

「もし予定がなかったらやけど、さっきも言うたように、このお客さんの様子を見がてら、もう何日か泊まってもらえへんやろか」

するとノブは少し困り顔ながらもうなずいた。

「わかりました。とりあえず、もう少し落ち着くまで、枕元についています」

夕食の片づけも終わって、熊八は帳場の火鉢《ひばち》の前で茶を飲んだ。

ユキが特別室の方を目で示す。

「あの看護師さん、晩ご飯だけは梅の間で召し上がったけれど、また松の間に戻ってくれたんですよ。持病が気になるからって」

熊八は湯呑を持ったままで言った。

「そら、申し訳なかったな。看病なんか頼んで、迷惑やったやろか」

「お仕事もあるでしょうし、何日も引き止めるのは、どうなのかしらね」

その時、帳場の窓口の向こうに、ちょうど安武ノブ本人が顔を出した。

「松の間のご隠居さん、元気になりました」

ユキが立ち上がった。

「ありがとうございます。すっかり、お世話になってしまって。今、梅の間に、お茶をお持ちします」

するとノブは帳場の中をのぞいた。

「お茶、そちらでいっしょに頂いてもいいですか。ひとりでいると気が滅入るんで」

熊八は腰を浮かせて手招きした。

「もちろん、かまいませんよ。入ってください」

帳場の引き戸を開けると、ノブは遠慮がちに入ってきた。火鉢のまわりに、もう一枚、座布団《ざぶとん》を置いて勧めてから、熊八が礼を言った。

「看護師さんがいてくれて助かりました。一時は、どうなることかと思いましたけど」

「いいえ、私なんか」

ノブは言葉少なに、火鉢の炭火に、ほっそりとした手をかざした。

さっき男湯の脱衣所で、きびきび行動した時とは別人のようだった。ユキが言った通り、影が薄いという表現がぴったりだ。

ユキは火鉢の鉄瓶《てつびん》で、茶を淹《い》れながら聞いた。

「お仕事は和歌山ですか」

ノブは会釈《えしゃく》して湯呑を受け取ったが、何も答えない。ユキは当惑顔を夫に向けた。熊八も何を話すべきか困ってしまった。

鉄瓶の口から、しゅうしゅうと音を立てて、湯気が立ち昇る。ユキは刺し子の布巾《ふきん》を当ててふたを外し、水差しの水を足した。

その時、ノブが急に口を開いた。

「私、仕事を辞めたんです。和歌山の、割合に大きな病院に勤めてたんですけれど、居づらくなってしまって」

ノブは小さく肩をすくめた。

「私、失恋しちゃったんです。同じ病院の医者と恋仲になって、そのまま結婚できると思っていたんですけれど。でも、その人、開業医のお嬢さんとお見合いして、そっちを選んだんです」

その噂が病院中に広まってしまったという。

「その人は平気な顔して、今も患者さんを診てるけれど、私は後ろ指さされて、居づらくなって辞めたんです」

また話が途切れ、熊八が応じた。

「それで気分転換に別府へ？」

「そうです。いっそ船から瀬戸内海に飛び込もうかとも思ったけれど、踏ん切りがつかなくて」

やはり危ない状況だったのだ。

「よくある話だけれど、男に捨てられて、やけになったってことなんです」

声が潤《うる》んでいる。熊八は、あえて同意した。

「そうや。ようある話や。今は温泉で気持ちをいやして、また、ええ男を見つけたらええ。あんたみたいなべっぴんさんやったら、いくらでも見つかる」

ユキも言葉を添えた。

「お仕事だって、資格の要るお勤めだから、いくらでも勤め先は見つかりますよ」

ノブはレースのハンカチを、ポケットから取り出して、目頭に当てた。

「別府に来たのは、いっそ、こっちの看護師会に登録して、働こうかなとも思ったので」

看護師会は自宅療養《りょうよう》する患者の家などに、看護師や介添役を派遣する団体で、全国各地に事務所がある。

別府に湯治に来る裕福な客は、普段から頼んでいる気心の知れた看護師を、わざわざ都会から同行してくることもある。また別府に来てから、地元の看護師会に頼む湯治客もいる。確かに温泉場での派遣看護師の需要は少なくない。

「それ、ええやないか。別府は、よそから来て、ここが気に入って居つくもんが多いんやで」

熊八が身を乗り出すと、ノブは少し複雑な表情になった。

「でも、それも踏ん切りがつかなくて」

「何があかんのや？」

「派遣看護の場では、患者さんに手を握られたり、嫌な目に遭《あ》うことも多いらしくて」

そのため派遣看護師は、病院勤務よりも格下に見られがちだという。

「変な自尊心を捨てれば、いいんですけれどね」

熊八は、ふと思いついた。

「いっそ、うちで働かんか」

あまりに唐突な話に、女たちはふたりとも目を丸くした。ユキが熊八の袖をつかんで言う。

「あなた、せっかく看護師さんの資格を持ってらっしゃる方に、旅館で働けなんて」

「いや、中居《なかい》や布団敷きをやれゆうわけやない。看護師として働いてもらいたいんや。うちは酒を出さんから、さっきの倒れたお客さんみたいに、持病持ちの湯治客が来る。その面倒を見てくれんか」

次々とアイディアが湧く。

「あんたのために、ひと部屋、空けるさかい、そこに待機して、毎日、お客さんの血圧を測ったり、薬の相談に乗ってやったり、体調を聞いて温泉に浸かる時間を教えたり。そういう仕事、どうや？」

　熊八は胸を張って続けた。

「専属看護師のいる亀の井旅館。これは港や駅で客引きする時に、ええ誘《さそ》い文句になるで。お客さんも安心して泊まれるし。給金は相場《そうば》通りに払う。いや、もっと払《はろ》うてもええ」

　温泉療養の湯治客は、季節による増減が少ない。もっと湯治に特化して、その宣伝料と考えれば、看護師の人件費も、けっして高くはないはずだった。二千円の借金の件は、もう頭から消えていた。

　だがノブは困り顔で答えた。

「昨日、海地獄で拾って頂いて、感謝しています。そのうえ泊めて頂いて、いろいろ親切にして頂いて。でも、これ以上は、お世話になるわけにはいきません」

「遠慮せんでもええで」

「でも、お部屋を空けて頂くというのは、ちょっと。お客さんの少ない時期ならまだしも、お正月やお盆の時期に、のうのうと居座るのは、さすがに気が引けます」

「そうか」

　熊八は話題を変えた。

「実は、うちは毎年、夏になると、お伽倶楽部《とぎくらぶ》ゆうて、子供の団体客が来るんやけどな。最初に子供たちを受け入れた年に、健坊ゆう子がおってな。その子が帰る時に、わしに話したんや。自分には弟がいて、いっしょに連れてきたいけど、弟は喘息《ぜんそく》持ちで旅行には来られへんて」

それを聞いて以来、なんとかしてやりたいという思いが、ずっと頭の片隅に残っていた。

さらに別府ホテルで外国人武官を受け入れた際に、ヨーロッパの温泉リゾートには、看護師が常駐するホテルがあると聞いたのだ。

「もし、あんたみたいな看護師さんが旅館にいてくれてたら、体の弱い子供も安心や。安心して寝たら、喘息の発作も起きにくいやろ。あんた、子供、好きやないか」

するとノブは、ようやく笑顔を見せた。

「子供は大好きです。でも、そういう時だけ、看護師会から呼べば済むでしょう」

「あかんか」

「やはり、お部屋を空けて頂くのは、ちょっと」

「そんなら、もし健康相談室みたいな、専用の場所があったら、働いてもええか」

ノブは、あいまいにうなずく。どうしても熊八は行く末が気がかりで聞いた。

「そしたら、今後、どうするつもりや」

「なんとか元気は出ましたし、とりあえず実家に帰ろうと思っています」

次の日、ノブは松の間の老夫婦にも挨拶して、来た時と同じように帽子をかぶり、ハンドバッグひとつ腕にかけて、ひとり和歌山へと帰っていった。

熊八は、せっかく縁ができたのに、ただ見送るだけなのが残念だった。

その年の夏、たまたま熊八が旅館の前庭に出たところに、山田耕平が息せき切って、門から駆け込んできた。

「熊八くん、熊八くん」

興奮気味で言う。

「出たんだ。出た、出た」

「出たって、何がですか。もしかして、これとか？」

熊八は両手を胸元で下げて、幽霊の格好《かっこう》をした。

「ちがうッ」

山田は舌打ちせんばかりに言う。

「あれが出たんだ。あれだよ、あれ、あれ」

興奮しすぎて、言葉を忘れてしまったらしい。思い出せないのがもどかしくて、何度も自分のこめかみを手でたたく。

度忘れした言葉を、ようやく思い出し、山田は目を見開いて叫んだ。

「補助だッ。国からの補助金が出たんだッ」

「補助って、もしかして、去年の？」

「そうだ。別府ホテル再稼働にかかった二千円、国が出すことになったんだ」

熊八は信じがたかった。あれから何の音沙汰《おとさた》もなかったし、とっくに忘れられたと覚悟していた。

「熊八くん、僭越《せんえつ》ながら、わしは頑張ったよ。別府町を別府市に格上げして、市議会議長として東京まで陳情に行ったんだ。君みたいに力をつくした者が損をするのだけは、なんとしても避けなければならない。そう思ってね」

今年、大正十三年（一九二四）の四月に、それまで別府町だったのが別府市に変わった。そして山田耕平が初代市議会議長に就任したのだ。それを機に別府市の意向として、国に強く働きかけたという。

熊八は全身がふるえ始めた。二千円の負債から解放されるのだ。そう思ったとたんに、別の夢が一気に芽生えた。

はいていた下駄《げた》を蹴り上げて、玄関から駆け上がり、奥に向かって叫んだ。

「おおい、ユキ、建て替えができるぞッ。亀の井ホテルを建てられるんだッ」

しばらく前から熊八は考えていた。株式会社を発足《ほっそく》させ、株券発行で資金を集めて、新しいホテルの建設費を捻出《ねんしゅつ》できないものかと。だが多額の借金のせいで信用が得られず、出資してもらえない。何もかも二千円の負債が足枷《あしかせ》になっていた。

ユキは事情を聞くと、腰が砕けたかのように、その場に座り込み、両手で顔をおおって泣き出した。それほど負債が重かったのだ。

「なあ、ユキ、わしは亀の井ホテルに、もうひとつ夢があるんや」

熊八は妻のかたわらにしゃがんで話しかけた。

「それはな、看護師のいるホテルや。一階に健康相談室を作って、そこに安武ノブさんに来てもらう。それを大々的に宣伝する。そしたらノブさんも助かるやろし、お客さんも安心して泊まれる。ほかの宿のお客さんかて診てもろたらええ。いいことずくめや」

ユキは泣き笑いの顔で大きくうなずいた。熊八の運が、またひとつ開けた瞬間だった。

それから間もなく、宮本四郎が戻ってきた。九州各地に、ゆっくり滞在して、長旅を終えてきたという。

「あちこち見ましたが、結局、別府がいちばんよさそうで、この町で開業することにしました」

熊八は、その袖をつかんで言った。

「そんならレストランを始める前に、うちで働かんか。実は亀の井旅館をホテルに建て替えるんや。その料理長になってくれ」

宮本は話を聞き終えると、また言葉少なに答えた。

「いずれ独立する前提でよければ、やらせてください」

熊八は飛び上がらんばかりに喜んだ。

5　別府温泉日本一

昭和二年（一九二七）春先の午前九時、熊八《くまはち》は新しい亀《かめ》の井《い》ホテルのフロントで溜息をついた。この時間帯、いつもならチェックアウトの客が、フロント前に並ぶ。しかし今はロビーに人影がない。午後に港や駅に客引きに出ても、降りてくる客はまばらで、年末年始ですら客室が埋まらなかった。

三年前に株式会社亀の井ホテルを立ち上げて、亀の井旅館から大々的に建て替えた。ホテルは流川通《ながれがわ》り沿いで、建物の基本形は、熊八が全国のホテルを訪ね歩いて考えた。

東京では帝国ホテルや東京ステーションホテルのように、完全な洋館のホテルが営業している。しかし地方に行くと、箱根《はこね》の富士屋《ふじや》ホテルや奈良ホテルのように、洋館でありながら和の意匠《い しょう》を取り入れた建物が、日本人にも西洋人にも人気だ。

熊八は後者を選び、伝統的な玄関屋根や格天井《ごうてんじょう》を取り入れ、和洋折衷《せっちゅう》の建物にした。

その代わり、主食堂は完全な洋式にした。豪華なシャンデリアの下に椅子とテーブルを配した。提供するのは、宮本四郎《みやもとしろう》の作る本格的な西洋料理だ。和食を望む客には、それぞれの部屋に膳《ぜん》を運ぶ。

客室は、日本人でも欧米人でも快適に宿泊できるように、畳の和室もあれば、ベッドや洋式トイレを備えた洋室も用意した。

そうして開業して以来、別府《べっぷ》一の最高級ホテルとして営業を続けてきた。安武ノブの健康相談室も順調だ。

特に去年は海外からの客が増えた。二月にはカナダの豪華客船が別府に入港し、四百五十人の西洋人が上陸した。同じ月にはフランスの外交官一行がやってきた。

秋になるとイギリス軍艦八隻が入港した。以前、別府ホテルに宿泊したリチャードソンの約束が実現したのだ。さらにはスウェーデンの皇太子夫妻までもが、別府温泉の評判を聞いて足を運んでくれた。

ただし海外に知られた割には、日本国内での別府の知名度は高くない。そこで宣伝協会として、富士登山ツアーを行い、富士山の頂上に宣伝の標柱《ひょうちゅう》を立てた。

宣伝文は「山は富士、海は瀬戸内、湯は別府」とし、ツアーは梅田凡平《うめだぼんぺい》が率いて出かけた。これは新聞にも取り上げられて、なかなか効果があった。

いよいよ次は九州横断道路の実現に向かおうと、熊八は考えた。ただし由布院《ゆふいん》から阿蘇《あそ》にかけては、乱開発が起きないように、アメリカのイエローストーンのような国立公園にしたかった。

熊八の夢が広がる中、突然、世の中が暗転した。去年の十二月二十五日に、大正天皇が四十八歳で崩御《ほうぎょ》したのだ。新元号は昭和と発表された。

明治天皇の崩御の際には、報道は新聞が主だった。だが今回はラジオ放送が始まっており、しめやかな雰囲気が耳から入ったことで、華やかなことは自粛《じしゅく》という雰囲気が日本中に広がった。

年末年始の客を迎える矢先のことで、亀の井ホテルでは予約が次々とキャンセルされてしまった。そのまま例年の閑散期である二月に入り、三月になっても、まだ景気が回復しなかった。

新時代が来たというのに、亀の井ホテルだけでなく、別府中が沈んでいた。それどころか日本中、どこの観光地でも閑古鳥《かんこどり》が鳴いている。

熊八は何か対策がないか考え続けている。しかし別府の振興のためならアイディアが湧いてくるが、全国的な視点は持ったことがない。さすがにお手上げで、溜息が出るばかりだ。

その時、フロントにあった大阪毎日新聞に目が引かれた。「日本新八景募集」という大きな見出しが躍っていたのだ。

しばらく前に、義兄の薬師寺知曨《やくしじともひで》から手紙が届いた。薬師寺は朝鮮新報を辞して、すでに大阪に帰っている。

その手紙によると、大阪毎日新聞の編集局長である奥村信太郎《おくむらしんたろう》が、観光業の不況を重く見て、打開策を考えているという。

奥村は若い頃からアイディアマンの記者として知られ、古くは「鉄道五千マイル競争」という連載記事で、大人気を博したことがあった。

東京日日新聞の記者が東方、奥村が西方となり、ふたりで逆方向から日本中の鉄道を乗りまくった。毎日、道中記を紙面に載せながら、どちらが早く日本一周できるかを競ったのだ。

熊八が別府に来る少し前の連載で、その後もグラフ雑誌などでも紹介されたが、奥村は剽軽《ひょうきん》な顔立ちだった。年は熊八よりひとまわり下で、今は五十歳を超えたはずだ。

　その奥村信太郎が今回、考え出した観光不況の打開策が、「日本新八景募集」に違いなかった。記事によると、山岳、渓谷、瀑布《ばくふ》、温泉、湖沼《こしょう》、河川、海岸、平原の八部門で、昭和という新時代にふさわしい景勝地を選ぶという。

　主催は大阪毎日新聞と東京日日新聞で、後援が鉄道省だった。投票は官製葉書一枚に、推薦《すいせん》する一ヶ所を書いて、新聞社に送るというしくみになっていた。

　熊八は新聞を丸めてつかむなり、別府温泉宣伝協会の事務所に突っ走った。

　宣伝協会には梅田凡平が常駐《じょうちゅう》している。熊八が駆け込むと、ちょうど宇都宮則綱《うつのみやのりつな》と原北陽《はらほくよう》も来ていた。

　宇都宮はてぬぐいの本業がふるわず、ワニの鬼山《おにやま》地獄にも客が来ない。北陽は港で撮影する客が激減し、ふたりとも商売上がったりで、宣伝協会の事務所に、たむろしていたのだ。

　熊八は新聞を広げて、三人に見せた。

「この温泉部門で、何が何でも別府を日本一にしよう」

　走ってきた勢いのまま力説した。

「別府は湧き出す湯量が日本一や。それにふさわしい評価を得て、別府温泉の名を、全国に知らしめるんや」

　三人は記事に目を通してから聞いた。

「でも、どうやって？」

「それを今から、この四人で考えるんや」

　三人は戸惑い顔を見合わせる。熊八は紙面を指先でたたいた。

「日本新八景ゆうのは日本三景を真似《まね》たんやろ。確かに観光不況の対策には、うってつけや。これに乗らん手はない」

日本三景は松島、天橋立《あまのはしだて》、宮島のことで、江戸時代から、そう呼ばれている。三ヶ所とも海辺の景勝地だ。

すると北陽が意外なことを言い出した。

「そういえば耶馬渓《やばけい》って、日本新三景なんですよね。前に写真を撮りに行った時に、立派な石碑が建ってましたよ」

熊八も思い出した。

「そんな話があったな。ずいぶん前やけど」

宇都宮も筋肉質の腕を組んで言う。

「俺も聞いた憶えがありますよ。この辺じゃ、けっこう話題になりましたよね」

耶馬渓は別府から、直線距離で三十キロほど西にある川沿いの景勝地だ。川辺に奇岩が連なり、江戸時代に人がノミで手掘りしたトンネルもある。菊池寛《きくちかん》の小説『恩讐《おんしゅう》の彼方に』の舞台にもなって、全国的に名を知られるようになった。

それでも熊八は、日本新三景の話を耳にした時に、松島、天橋立、宮島に代わる景勝地としては、少しおとなしいかなという気がした。

「なんで耶馬渓が日本新三景になれたんやろ」

熊八は一瞬、首を傾《かし》げたが、すぐに両手を打った。

「とにかく今から見に行こ。その石碑を」

思い立ったら行動せずにはいられない。杉原時雄《すぎはらときお》のタクシーを呼んで、四人で出かけた。

行ってみると、目指す石碑は、すぐに見つかった。

「ほお、立派なもんやな」

碑文は東郷平八郎《とうごうへいはちろう》元帥の揮毫《きごう》で、石面の上の方に「耶馬溪」と横書きされ、その下に「新三景之碑」と縦に大書してある。

裏にまわると、漢字の多い文章が刻まれており、熊八が声に出して読んだ。

「実業之日本社発行、婦人世界創刊十周年の記念事業として、日本新三景の投票を広く全国に募《つの》り、耶馬溪および三保ノ松原、大沼公園、その選に当《あた》れり。よって、ここに碑を建て、もって永久の記念とす。大正五年五月、東京、実業之日本社」

宇都宮が文章を指でなぞりながら言う。

「『婦人世界』っていう雑誌の創刊十周年で、公募して決めたというわけですね」

「そういうこっちゃな」

「でも三保の松原はわかるけど、もうひとつの大沼公園ってのは、どこなんだろう」

するると北陽が答えた。

「北海道ですよ。函館《はこだて》近くの小さな湖」

熊八が振り返って聞いた。

「どんなとこや？」

「行ったことはないんですけど、絵葉書を見た限りでは、駒《こま》ケ岳《たけ》っていう山が見えて、綺麗なところみたいですよ。でも」

「でも？」

「三保の松原と並べたら、どうかなって気はしますね」

三保の松原といえば、近景に松の緑が連なり、その先に紺碧《こんぺき》の駿河《するが》湾が広がって、さらに向こうに雄大な富士山がそびえる。富士山が相手では、日本中どこの景勝地でも太刀《たち》打ちできない。

熊八は不思議でならなかった。

「公募で決めたゆうけど、なんで大沼や耶馬溪に、そないに票が集まったんやろ。菊池寛の小説の影響やろか」

すると凡平が首を横に振った。

「この石碑ができたのは大正五年五月ですよね。『恩讐の彼方に』が評判になったのは、もっと後で、たしか大正八年頃だったと思いますよ。僕が別府に来た年だから、よく覚えてるんです」

「そうか。いよいよ、わけがわからんな」

四人とも首を傾げるばかりだった。


それから数日後、宇都宮が意気揚々《ようよう》と宣伝協会に現れた。

「耶馬溪が日本新三景に決まった理由、だいたい見当がつきましたよ」

てぬぐいの営業に行った旅館で聞いたという。

「そこの女将《おかみ》さんが言うには、『婦人世界』の読者の女の人たちが声をかけ合って、たくさん葉書を出したらしいんです。ひとりで十枚は出そうと約束して」

耶馬渓の素晴らしさを、もっと知ってもらいたいという一心だったという。

「何人くらいが葉書を出したんやろ」

「わかりませんけど、二、三十人じゃないですか」

熊八には信じがたかった。

「ひとり十枚ずつ、三十人が出したとしたら、三百枚や。たったそれだけで決まったんか」

「それ以外にも、自主的に投票した人はいたでしょうけどね。とにかく募集自体が『婦人世界』の読者以外には、あまり知られてなかったらしいんで、ちょっと組織票が動いただけでも、影響が大きかったのかもしれません」

「組織票かァ」

熊八は腕組みをしてうなった。

「日本新八景は、かなり評判になるやろから、組織票で結果を出すとなると、そうとうな枚数の葉書を出さなあかんな」

主催する大阪毎日新聞は、近年、発行部数が百万部を突破しており、「婦人世界」とは比較にならない影響力がある。

「ひとりひとりに葉書を買《こ》うてもろうて、いちいち出してもらうには限度があるやろ。いっそ宣伝協会で大量に買うて配ったら、どうやろ。それに『温泉部門　別府温泉』て書いて、投函《とうかん》してもらうんや」

協会の会計を務める凡平が怪訝《けげん》そうに聞く。

「大量にって、何枚くらいですか」

「そうやな。別府市の人口が三万人やから、とりあえず三万票くらいかな」

ここ何年も別府市の人口は増えている。全員が一通ずつ出したとして、三万通が組織票として多いのか少ないのか見当もつかない。まして三万の中には、生まれたての赤ん坊も含まれる。

凡平は算盤《そろばん》を手にして珠を弾《はじ》いた。

「官製葉書は一枚一銭五厘で、三万枚だと四百五十円。協会じゃ、そんなに出せませんよ」

熊八は笑い飛ばした。

「そのくらい、わしが寄付したる。別府温泉を全国に知ってもらう何よりの機会やし、四百五十円くらい安いもんや」

「でも、気軽にもらえるような額じゃないし、いつもいつも熊八さんに、お世話になるのは」

「かまへん、かまへん」

何かというと、こうして熊八が金を出し、凡平が恐縮《きょうしゅく》する。熊八自身、いつも借金を抱えており、懐具合が潤沢《じゅんたく》なわけではない。

だが二千円の借金が片づいて以来、金に悩むのをやめた。先立つものを気にしていたら、何も始まらない。それに今、抱えている借金の額に比べたら、葉書代の四百五十円など微々《びび》たるものに思えてしまう。

すると宇都宮が両手を打った。

「それじゃ、こうしよう。熊八さんばかりに負担させないで、広く寄付を募って葉書を買おう。少しだけど、俺も出すから」

北陽も話に乗った。

「じゃ、僕も出しますよ。別府が日本一になったら、また写真を撮る人も増えて、すぐに取り戻せるでしょうし」

熊八も、なるほどと思った。

「わかった。そうしよ。今は景気が悪《わる》うて、みんな苦しいやろうけど、そういう時に身銭《みぜに》を切ってこそ真剣になれる。別府全体で盛り上げよう」

応募期間は四月十日から五月二十日までだという。その間に四人で走りまわって、別府温泉を日本一に押し上げようと誓った。


まずは熊八が趣意書《しゆいしよ》を書いた。

「別府の湯量は日本一であり、そこに地獄めぐりという唯一無二《ゆいいつむに》の観光資源や、海の幸山の幸の良好な食材が加わる。まさに日本一にふさわしい温泉場だが、残念なことに全国的には、あまり知られていない。そこで新聞社主催の日本新八景に応募し、日本一の栄誉を得て、一挙に知名度を高めたい。そのために、ここに広く寄付を募る」

交渉事に長《た》けた宇都宮が、それを印刷所に持っていった。

「別府の発展のためだと言って、儲《もう》けなしで引き受けさせましたよ」

趣意書が印刷されると、四人で手分けして配り歩いた。賛同してもらえれば、その場で寄付を受け取り、葉書を買いに行って、郵便局の領収書を渡した。

その葉書に「温泉部門　別府温泉」と書いて投函してもらった。書き込みを面倒がる場合は、葉書を預かって、あちこちで配った。

しかし、ほどなくして凡平が泣きそうな顔で言った。

「記入前の葉書を配るのは駄目《だめ》です。応募せずに、そのまま自分のものにする人がいるみたいなんです」

そこで、その場で書いてもらう形に変えた。署名活動をする時のように、各人が画板《がばん》を首から下げて、駅前や港で記入を呼びかけた。

旅館や会社には、まとまった枚数を持参して書いてもらった。その場で寄付も募った。寄付は無理だけれどと、無償《むしょう》で手伝ってくれる若者たちも現れ、しだいに活動は活気づいた。

熊八は大阪に住む義兄の薬師寺にも大量の葉書を送って、あちこちで記入を頼んだ。

折返し手紙で返事が来た。薬師寺は葉書の件は快諾《かいだく》し、そのうえ新聞記者当時からの人脈を活かして、投票状況を調べてくれた。それによると、ほかの温泉地でも組織的に投票しており、三万票では、とうてい足りないという。

熊八は、すぐさま義兄に電話をかけた。

「三万で足りんのやったら、ほかは、どれくらい投票してるんですか」

受話器を通して、薬師寺が答えた。

「その十倍は出している温泉地がある」

「十倍?」

驚くべき数字だった。

「どこですか。箱根か、それとも有馬《ありま》ですか」

箱根は東京から近いし、有馬温泉は大阪や京都から行きやすい。その辺りが対抗馬になりそうだと、熊八は当初から踏んでいた。

「いや、そういうところは反応が薄い。そんなことをしなくても、自分たちは有名だと自信があるのだ」

「そしたら、いったい、どこなんです?」

「花巻《はなまき》温泉だ」

熊八は耳を疑った。花巻といえば岩手県の内陸の町で、温泉があるなどとは聞いたことがない。全国的には別府よりも、なお無名なのは確かだった。

薬師寺は冷静な口調で続けた。

「花巻は大正十二年に開湯したばかりの新しい温泉場だ。だからこそ、ここで名を売りたいのだろう。凄まじい数の葉書が届いているらしい」

「けど、そんなことで日本一が決まってしもたら」

熊八は納得がいかない。内陸の温泉場には海の幸がない。負けるわけにはいかなかった。

「聞け、熊八くん。そこのところは新聞社も心得ている。あまりに組織票が多いんで、選考方法を一部、変えるらしい」

「どんなふうにです?」

「とりあえず投票で、上位十ヶ所を候補として決めて、その後で、文化人やら新聞社のお偉方やらが、現地に足を運んで審査するそうだ」

「そしたら十位以内に食い込んで、その人たちが来はったら全力でもてなしたらええんですね」

「いや、もてなしは受けないように、こっそり覆面《ふくめん》で行くらしい」

名乗って訪ねたら特別扱いされて、本来の姿が調査できない。

「それに十位以内に入るのも、なかなかたいへんだぞ。熱海《あたみ》や伊東《いとう》あたりにも、そうとう票が集まってるし」

熱海や伊東は東京から近いうえに、海辺の温泉地だけに海の幸は豊富で、手強《てごわ》い相手だった。

「わかりました。とにかく投票数を増やして、なんとしても十位以内に食い込みます」

熊八は受話器を置くなり、宣伝協会の三人と手伝いの若者たちを集めて、薬師寺から聞いた話を伝えた。

「いちど寄付してくれた人に、もういちど頼もう。そやないと今までの葉書が無駄になる。そう話して、なんとしても、もっと出してもらうんや」

二度目の寄付は難しいと覚悟したが、意外なことに盛り上がった。このままでは花巻が日本一になると聞くと、そんな歴史の浅い温泉場に負けてたまるかと、誰もが負けん気を出したのだ。

熊八は、たびたび義兄に電話した。薬師寺は、その都度《つど》、状況を教えてくれた。

「相変わらず花巻温泉がぶっちぎりだ。この調子だと百万票を超えるかもしれん」

「ひゃく、まん？」

考えられない得票数だった。そうとなれば一位は諦め、とにかく十位以内を目指すしかない。

「ほかは、どんなとこが上位に入りそうですか」

「熱海、伊東のほかに、日本海側の温泉地が票を伸ばしてる。石川県の山中温泉とか、福井県の芦原《あわら》温泉とか。九州では嬉野《うれしの》が健闘しているらしい。別府は遅れを取ってるぞ」

佐賀県の嬉野温泉も内陸だ。義兄の励ましを受け、いよいよ負けてならじという思いが増す。

熊八は昼間は別府中を駆けまわり、夜には寝る間も惜しんで、ユキといっしょに葉書を書きまくった。従業員たちも総動員し、眠いというのを叱咤激励《しったげきれい》して書かせた。かたわらで猫のトラが丸くなって寝ており、しきりに従業員がうらやむ。

「トラはいいよな。字が書けなくて」

四月、五月は気候がよくなって客足が戻りつつあり、従業員たちは昼間も忙しくなっていた。熊八は客たちにも協力してもらった。別府が気に入って、たいがいは何枚も書いてくれた。

そうして、とうとう締切の五月二十日を迎えた。投票規定は当日消印有効であり、夕方、郵便局が閉まるまで書きまくって投函した。そのまま熊八は自宅に帰り、ばったりと畳の上に倒れ込んで、こんこんと寝入った。

翌日、遅くに目を覚まし、宣伝協会に顔を出すと、凡平が笑顔で迎えた。

「葉書の総数を計算してみました。少なくとも四十万枚は出しています。ほかにも自分で葉書を買って投票してくれた人もいるだろうし、もしかしたら五十万票に近いかもしれません」

だが花巻温泉の百万票には遠く及ばない。なんとか上位に入るようにと、熊八は心底から祈った。


得票数の発表は六月十日の新聞紙上だった。やはり投票だけでは決定せず、上位十位を候補にしてから、覆面調査の結果で決めることになった。

発表当日の夜明け前、熊八は宣伝協会の三人とともに、別府駅の改札口で一番列車を待った。

梅雨《つゆ》の時期には珍しく、夜明け前の空は星がまたたいていた。六月の夜は短く、東の空が白み始め、たちまち星が消えていく。

新聞の販売店の人々が、空の大八車を引いて集まってきた。束ねられた新聞が一番列車で届く。それを店に持ち帰るのだ。

熊八が販売店の若者に頼んだ。

「届いたらすぐに一部、売ってくれんか」

新聞販売店の若者は目の前で片手を振った。

「売るだなんて、いいですよ。別府のために頑張ってくれた宣伝協会から、お代は取れません」

熊八たちの頑張りは周知《しゅうち》されていた。

周囲が明るくなり、初夏を思わせる朝が始まった。遠くから列車の音が、かすかに聞こえてきた。線路の彼方《かなた》に目をこらすと、先頭の蒸気機関車が見えた。

その姿が大きくなって、ぐんぐんと近づいてくる。そして駅の間近になって速度を落とし、轟《ごう》音《おん》と大量の蒸気とともに、ゆっくりとプラットホームに入線した。

停車するなり、先頭車両から新聞束が次々と放り出され、販売店の人々が駆け寄って、自分の店の分を担《かつ》ぎ上げる。

熊八たちは改札口の外で待ち受けた。

「どうか、どうか、十位までに入っとってくれ」

声に出し、両手をかたく組み合わせた。

さっきの若者が改札口から走り出てきて、束の中から、手早く一部を引き抜いて差し出す。

熊八は手をふるわせて受け取った。立ったまま急いで開いたが、目当ての記事が見つからない。もどかしくてコンクリートの地面に広げた。宇都宮も凡平も北陽も、周囲からのぞき込む。

熊八は一枚ずつめくって、とうとう記事を発見した。

「これやッ」

「日本新八景候補決定」と題があり、一位から順に地名と得票数が書かれていた。温泉部門の一位は予想通り岩手県の花巻温泉で、なんと二百万票を突破していた。二位は静岡県の熱海温泉で、花巻の半分の百万票だ。三位からは百万を割り、石川県の山中温泉、同じく和倉《わくら》温泉と続く。

熊八は、ふるえる指で文字をなぞりながら、別府温泉の文字を探した。だが五位、六位と進んでも見つからない。耳の奥で鼓動《こどう》が聞こえる。手のふるえが、いよいよ激しくなる。どうか出てきてくれと叫び出したい思いで、文字を追った。

そして、とうとう見つけた。

「あったッ」

大分県、別府温泉、間違いない。温泉地の名が並ぶ最後の行だった。

「何位ですかッ」

宇都宮たちが声を揃《そろ》える。

最後の行とはいえ、載っているのだから、十位には入ったに違いない。それでも確信はできず、熊八は花巻温泉から、もういちど指先で追って数えた。

「一、二、三、四、五、六」

だんだん先を数えるのが怖《こわ》くなってくる。

「七、八、九」

そこで熊八の指が止まった。

「十位ャッ」

そう言うなり、凡平が間髪《かんはつ》を入れずに叫んだ。

「間違いないですかッ」

自分で手を伸ばし、丸い目をいよいよ丸くして、丁寧《ていねい》に数え直した。そして別府温泉の文字まで指で追うと、ひとつ息をついてから言った。

「間違いありません。四十八万四千六百九十七票、十位です」

次の瞬間、宇都宮も北陽も、周囲にいた新聞販売店の若者たちも大歓声《だいかんせい》を上げた。

「やったーッ」

誰もが飛び跳《は》ねるようにして喜ぶ。

「十位に入ったーッ」

「候補になれたぞーッ」

「一位でも十位でも、候補は候補だッ」

くす玉が割れたような大騒ぎの中、凡平ひとり、その場に倒れ込むようにして、うずくまってしまった。両腕で抱えた膝に、顔を押し当てる。

「どないした？　凡平」

熊八が声をかけても、顔を上げない。浮かれていた宇都宮も北陽も気づいて、戸惑い顔で騒ぎをやめた。

「凡平、どうしたんだよ？」

北陽が肩をゆすった。

「喜べよ。どんじりの十位だけどさ、とにかく候補になったんだから」

だが、なおも膝から顔を離さない。いつも笑顔の凡平には珍しいことだった。宇都宮がかたわらにしゃがんだ。

「嬉《うれ》し泣きだろ。な、凡平」

すると、ようやく凡平は顔を上げた。目のまわりが赤くなっており、やはり泣いていた。

「嬉し泣きって、わけじゃないんです」

声も潤《うる》んでいる。

「ただ、ホッとして」

手のひらで目元をぬぐう。

「別府中の人に、お金を出してもらって、これで、もし駄目だったら、どうしようって、ずっと心配で心配で。だから、だから」

また膝に突っ伏して、そのまま号泣《ごうきゅう》した。宇都宮がしゃがんだまま、凡平の肩に手を当てた。

「凡平は前に銀行員してたからな。うちで、てぬぐいの売り子してた時も、金のことは人一倍きっちりしてた。だから今度のことも、責任を感じてたんだよな」

宇都宮が言うと、凡平は泣き顔を上げた。

「だって四十八万四千六百九十七票ですよ。いくらかかったと思ってるんですか」

指を動かして、算盤を弾く仕草《しぐさ》をした。

「ざっと計算して七千二百七十円。別府中の人たちが、そんな大金を出してまで協力してくれたんです。それで駄目だったらと思うと、申し訳なくて、申し訳なくて」

また声をあげて泣いた。

熊八は凡平の純粋さと責任感に頭が下がった。そして、あえて大声で言った。

「いや、まだ日本一になったわけと違う。どんじりの十位から一位に大逆転せなあかん」

これから覆面審査員による調査を受けるのだ。

「いつ調査に来るかわからんけど、別府のええとこを見せられたら、かならず逆転できる。そやから、いつにも増して、どのお客さんにも、きちんとおもてなししよな」

熊八の言葉に宣伝協会の三人も、新聞販売店の男たちも揃ってうなずいた。


審査員が泊まるとしたら、かならず亀の井ホテルだと、熊八は確信していた。別府一と評判のホテルに泊まらないわけがない。そこで、できるだけフロントに立つように心がけた。

梅雨のまっただなかの平日朝十時、フロントのベルがチリンと鳴り、熊八が出ていくと、男ふたり連れがチェックアウトのために立っていた。

熊八はピンと来た。まず梅雨時に観光客は来ないし、ふたりとも療養《りようよう》の湯治客にも見えない。それに片方の男の顔に、どこかで見覚えがあった。

記憶をたぐって思い出した。大阪毎日新聞の編集局長、奥村信太郎だ。今回の日本新八景の企画者と聞いている。若い頃に鉄道五千マイル競争で名を挙げ、グラフ雑誌に写真が載った。その時の剽軽な面影《おもかげ》が、今も残っている。もうひとりは上品な顔立ちで、最近、どこかで写真を見た覚えがあるが、思い出せない。

熊八は、そっと宿帳の記名を確認した。しかし奥村信太郎とは書かれていない。片割れも、やはり聞いたことのない名前だった。覆面調査だから、ふたりとも偽名に違いなかった。だが、ここで正体を暴《あば》けば、気分をそこねる。熊八は気づかないふりで、勘定書《かんじようがき》を差し出した。

奥村らしき方が勘定を済ませ、熊八は領収書を用意しながら聞いた。

「温泉は、お気に召しましたか」

機嫌のいい答えが返ってきた。

「ああ、ここの内湯もよかったが、町の温泉にも入ってみたんだよ。そしたら地元の人たちと裸で話ができて、とてもよかった。別府は、とんでもなく湯量が多くて、温泉として利用している湯はわずかで、ほとんどが海に流れてるんだってね」

熊八は、そこまで把握《はあく》してくれたのかと嬉しかった。そして領収書を差し出した。

「地獄めぐりは楽しまれましたか」

「ああ、あれも面白《おもしろ》かったよ。湯の色が実に鮮やかでね。ワニの餌《え》付けも迫力があった」

熊八は南の方向を手で示した。

「そこの高崎山《たかさきやま》には野生の猿がいまして、いずれ餌付けをして、お客さまに見て頂けるようにしたいのですが、まだまだ準備不足でして」

「野生の猿か。それも面白そうだな」

「それと、少し遠いのですが、西側の山の向こうに、由布院という隠れ里のような村がありま す。ひなびた中に、なんとはなしに気高《けだか》い雰囲気があって、都会からいらっしゃるお客さまには、きっと気に入って頂けると思います」

すでに由布院には亀の井ホテルの別邸のつもりで、凝《こ》った造りの旅館を建ててある。その名も亀の井別荘だ。

「もしよかったら、ぜひ、そちらにも」

「そうか。それは、またの機会だな。ちょっと時間がなくてね。でも由布院って、名前も悪くないね」

男は背広の内ポケットから、小さな手帳を取り出して書きつけた。

その時、熊八は奥村信太郎だと確信した。手帳の隅に、星の中に「毎」という新聞社章の刻印があったのだ。熊八は押しつけがましくならないように気をつけながら、なおも話を続けた。

「いずれは由布院から久住《くじゆう》高原を通って、阿蘇《あそ》山まで九州横断道路を通したいと思っています。でも乱開発が始まると困るので、国立公園の策定も考えなければならないと、地元で話しています」

熊八は少し話を盛った。九州横断道路も国立公園も、熊八ひとりの考えだ。日本のどこにもない公園だし、まず理解してもらえないだろうと、周囲には話すのを控えている。でも奥村ならと期待した。

案の定、奥村の表情が変わった。

「もうちょっと話を聞かせてくれないかな」

熊八は、今が勝負時と確信し、ロビーのソファを勧めた。奥村は腰を落ち着けるなり、また手帳を開いて言った。

「国立公園って、外国にはあるらしいね」

熊八は、世界で初めて国立公園になったアメリカのイエローストーンを例にして、熱く語った。国立公園に指定されれば、かけがえのない環境が保全され、魅力的な観光地が生まれると。

「まだまだ実現は先になるかもしれませんけど、いつかは九州でもと考えています」

奥村は片端《かたはし》から手帳に書きつけて聞いた。

「つまりは別府は歴史もあるが、将来性もある温泉地だということだな」

熊八は思わず破顔《はがん》した。

「ほんまに、その通りです」

奥村が少し眉を上げた。

「ご主人、関西の人？」

客には共通語で話すように心がけているが、つい関西弁が出たらしい。

「もともとは愛媛《えひめ》の宇和島《うわじま》の出ですが、大阪が長かったので」

「へえ。ちょっと名刺《めいし》をもらえるかな」

熊八はポケットから名刺入れを取り出して、株式会社亀の井ホテル、油屋《あぶらや》熊八という名刺を、奥村と片割れの両方に渡した。

「油屋さん、珍しい名前だね」

奥村は熊八よりも、ひとまわり年下だ。熊八が三十代前半で油屋将軍と呼ばれた頃は、まだ学生だったはずだ。

片割れの上品な男も、奥村と同年輩だ。ふたりとも知らなくて当然だった。むしろ知らない方が、説明する手間が要らない。熊八の中で油屋将軍の称号は、完全に過去のものになっていた。

話が終わると、奥村は立ち上がった。

「立派な宿は、どこでも、いくらでも建てられる。でも歴史は作れないし、先見性のある人物も、なかなか育つもんじゃない。別府温泉、予想以上に、いいところだったな」

そう言い置いて帰っていった。

ふたりが帰るなり、熊八はホテルの倉庫にしまってあったグラフ雑誌を、片端から開いて見た。そして奥村ではない方の写真を見つけた。

「高浜虚子《たかはまきよし》だったのか」

俳人であり小説家でもある。審査員は新聞社のお偉方や文化人だと、以前、薬師寺から聞いていたが、その通りだったのだ。

文学者を相手に、しゃべりすぎた気がした。奥村は面白がってくれたが、熊八が話している間中、高浜虚子は黙っていた。俳句や小説を書くような人物は、繊細《せんさい》な感性を持っているに違いない。もしかして国立公園だの九州横断道路だのという話を、疎《うと》ましく感じはしなかったか。

熊八は豪放磊落《ごうほうらいらく》な反面、妙に気に病むことがある。まして凡平が泣くほどのめり込んできたことに、自分が邪魔《じゃま》立《だ》てしたのではないかと、心が痛んだ。

夜遅くなると、いよいよ気が重くなり、何度も溜息が出た。ユキが気づいて聞いてきた。

「何か、あったのですか」

「いや、別に」

いったん否定したものの、すぐに、また溜息が出る。頭を抱えて叫びだしたくもなる。

「実はな」

熊八は包み隠さずに打ち明けた。するとユキは、あっさりと否定した。

「あなたの心配はもっともだけれど、そういう繊細な方こそ、別府の本来のよさに気づいてくださるんじゃないですか。あなたが、どうこうしようと、別府温泉の力は揺るぎませんでしょう」

そう言われると、そんな気もしないではないが、いまだ不安は払拭《ふっしょく》できない。

「なんでおまえは、いっつも、そうやって落ち着いてられるんや」

「だって審査員の方々は、もう帰ってしまわれたんだし、今になって悩んだって、しかたないじゃありませんか」

「それもそうやけど」

「別府ホテルを再開した時に、泊まられた西洋の軍人さんたち、本当に喜んでくださいましたよね。それからイギリスの軍艦も来てくれたし、スウェーデンの皇太子ご夫妻も、ご満足してお帰りになりました。別府温泉は世界に誇る温泉でしょう」

確かにユキの言う通りだった。

「そこまでにしたのは、あなたじゃありませんか。あの別府ホテル再開の時、ずいぶん頑張りましたよね」

そう言い切ると、ユキは新八景の候補が発表された新聞記事を手に取った。

「この十位の中で、強敵はどこですか」

差し出された記事を見直した。有馬温泉も箱根も草津も入っていない。そういった有名どころは、やはり投票に熱心ではなかったのだ。

「競い合うとしたら、熱海やろな」

二位に入った熱海は、古くから開かれた温泉場であり、海の幸が豊富だし、小説『金色夜叉《こんじきやしゃ》』の舞台でもある。

「でも熱海には、地獄めぐりはありませんよね」

「けど東京に近いで」

「東京に近いかどうかって、そんなことが審査に関わるんですか」

熊八は、はっとした。新八景の主催は新聞社だが、鉄道省が後援している。大勢が鉄道に乗って遠くまで出かけるのが、鉄道省の狙いに違いない。だとすれば、東京に近いかどうかは問題にはならないはずだった。

熊八は記事を読み直して、ふと気づいた。

「この新八景制定は景気対策にもなってるんやな」

ユキが怪訝そうに聞き返した。

「景気対策ですか」

「そうや。考えてみい。投票の応募総数は千百九十一万票やで」

熊八は紙面の数字を指で示した。

「おおむね千二百万やろ。一枚一銭五厘の葉書が、千二百万枚も売れたゆうことは、日本中で、それだけの金が動いたんや。鉄道省だけやのうて、大蔵省や郵便局にも後援してもらいたいとこやな」

応募は官製葉書に限られていた。そのために増税したわけでもないのに、とてつもない金額が国庫に入ったのだ。

　さらに投票のお祭り騒ぎによって、不景気の雰囲気も打開できる。新八景が決まって、観光客が押しかければ、まさに景気の起爆剤になる。新たな公共事業が立ち上がったも同然だった。それでいて主催した新聞社は、たいして費用はかかっていない。覆面審査員への謝礼と、彼らを各地に派遣《はけん》した旅費と滞在費くらいだ。

　熊八は、しみじみと言った。

「これは、たいした企画や。やっぱりアイディアやな」


　七月五日が日本新八景の最終発表だった。同時に全国で二十五勝、百景も決まるという。それは候補にもれた各地への配慮だった。

　熊八は前夜から一睡もできなかった。夜半過ぎに宣伝協会の三人が迎えに来たが、仮病を使って、家に閉じこもった。落選が怖かったのだ。

　横になる気にもなれず、トラを抱き上げてノミ取りをした。

「なあ、トラ、新聞社の奥村さんが、あれほど熱心に、わしの話を聞いてくれたんや。きっと推《お》してくれる。新八景の温泉部門は別府で間違いない」

　そうつぶやく端から「落選、落選」という言葉が、心の中で繰り返される。落ち着こうと目を閉じると、まだ見ぬ新聞記事が、まぶたの裏にちらつく。そこには「日本新八景、温泉部門、熱海温泉」と大書《たいしょ》してある。幻影を押しのけて、またトラに話しかけた。

「新八景に選ばれたら、派手《はで》にお祝いしよな。不景気が吹き飛ぶようなことをやろか。何がええかな」

祝賀といえば提灯《ちょうちん》行列だが、いまだ大正天皇の喪中であり、さすがに市民総出の提灯行列は遠慮すべきだった。

「なんか、新しいことがええな。今までに前例がなくて、遠慮せんでもええことで」

何度も柱時計が時を打つ。まだ一番列車到着には間があると思った時、凡平が駆け込んできた。

「熊八さん、駅に来てください。駅前に大勢が集まって、熊八さんを待ってるんですよ。油屋熊八が来なけりゃ、始まらないって言って」

「いや、頭が痛いんや」

もういちど断ったが、寝ていたはずのユキが寝室から出てきた。

「きっと、いい知らせが来ますよ。私も駅で待ちたいし、いっしょに行きましょう」

腕をつかまれて引っ張られ、熊八はしぶしぶ、立ち上がった。トラが膝から飛びすさる。

ホテルに改築して以来、熊八は宿と自宅は別にしている。どちらも駅から近い。熊八は玄関で下駄《げた》をつっかけて外に出た。

夜半から小雨が続いており、玄関先で傘を開いた。凡平も傘をさして前を行き、後ろからはユキがついてくる。

駅に近づくと、雨にもかかわらず、駅舎の軒下に大勢の人影が見えた。熊八に気づいて、大声が飛び交う。

「来たぞ、油屋熊八のお出ましだッ」

「待ってました、油屋将軍ッ」

だが熊八の心の中で、また自虐《じぎゃく》の声が聞こえる。

「こんな大騒ぎして、もし落選してたら、みんな、どんなにがっかりするやろか」

駅前に近づくと、大勢が駆け寄ってきて、熊八を取り囲んだ。笛や太鼓《たいこ》を持ち出しており、まさに鳴り物入りの大騒ぎだった。

そこからは候補に決まった朝と、同じ光景が繰り返された。夏の早朝、遠くから蒸気機関車が近づく。熊八の耳の奥で、自分の鼓動が、どんどん大きくなる。

それが耐えられないほどになった時、列車がプラットホームに入ってきた。太鼓が打ち鳴らされ、笛が駅前広場に甲高《かんだか》く響き渡る。

先頭車両から新聞束が、どさどさと投げられ、待ちかまえていた販売店の若者が飛びつく。若者は束をひとつ持ち上げるなり、こちらに向かって突進してきた。

そして改札口から出るなり、小刀を握って、束ねていた紐《ひも》を断ち切った。四方八方から手が伸びて、次々と新聞を奪っていく。

その中から宇都宮が一部を手にして、熊八に駆け寄った。差し出された一面トップに「日本新八景決定」という大きな見出しが躍っている。

小見出しの中に、待ちに待った文字が見えた。「温泉部門、大分県別府温泉」。それを読み取った時には、すでに周囲から大歓声がわいていた。

熊八は立っていられなくなって、その場でよろけ、ユキが支えてくれた。それでいて心の中では喜びが爆発した。口から雄叫《おたけ》びがもれる。

宇都宮も凡平も北陽も泣いていた。熊八は両腕を広げて三人に近づき、その肩をいちどに抱き寄せた。そして泣いた。

「とうとう、やったな。別府温泉日本一や」

宇都宮たちも夢見心地で繰り返す。

「別府温泉、日本一。日本一ですよ、俺たちの別府が」

ひとしきり感涙にむせんでいると、ふいに背後でユキが言った。

「あッ、虹」

その声に誘われて、熊八が天を仰ぐと、いつのまにか小雨が晴れて、夏空が広がり、大きな虹がかかっていた。周囲から明るい声があがる。

「本当だ、虹だ」

「虹だ、虹だ」

「天が、お祝いしてくれてるんだ」

さらに虹を横切るようにして、飛行機が一機、飛んでいくのが見えた。

また思いついた。

「そうや、飛行機や、飛行機がええ」

熊八のつぶやきに、三人が何ごとかと身を離す。

「なんですか、急に飛行機って」

「飛行機をチャーターして、ビラを撒《ま》いたらどうや」

自分の思いつきに、やおら心がわき立つ。

「大阪の新聞社まで、飛行機に乗ってお礼に行こう。それで別府温泉、祝日本一ゆうビラを撒くんや。そしたら新聞も派手に書いてくれるやろし、ビラを拾った人にも別府のことを知ってもらえる。これは最高の宣伝になるで」

宇都宮が呆《あき》れ顔で言った。

「もう次の手を考えているんですか。とにかく今は日本一を喜びましょうよ」

凡平は、いよいよ泣き顔になる。

「飛行機のチャーターって、また、お金がかかるんですかァ」

それが子供のようで妙に可愛《かわい》くて、熊八も宇都宮も北陽も爆笑した。


翌日から宣伝協会は大忙しになった。

まずは熊八が「日本新八景　当選御礼　大分県別府温泉」という題で、当選を知らせる短文を書いた。それを宇都宮が、また印刷所に持ち込んで、大量のビラを大急ぎで刷ってもらった。

その一方で飛行機を探した。数年前に民間の航空会社が、大阪と別府の間に水上飛行艇を定期運行させたことがあった。しかし運べる人数が少なすぎて、あまりに効率が悪く運休中だった。それを復活させてもらえないかと問い合わせたが、今は別の航路を飛んでいて無理だと断られてしまった。

さらに探してみると、陸軍の飛行場が大刀洗《たちあらい》という地にあった。博多の南、佐賀平野から筑《ちく》後《ご》川をさかのぼったあたりだ。別府からはかなり遠いが、とにかく、そこしか飛行場はなかった。

四年前に外国人武官を別府ホテルでもてなした功績があるのだし、なんとか軍用機に乗せてもらえないかと電話した。しかし四年の間に異動があり、当時を知る軍人がほとんどいなくなっていた。

そのため私用で軍用機など使えないと、突っぱねられてしまった。熊八は私用ではないと粘ったが、どうしても駄目の一点張りだった。こうなったら大刀洗に乗り込んで直談判《じかだんぱん》しようと決意し、とりあえず宣伝協会に出かけた。

だが扉を開けて驚いた。協会の狭い部屋に、大量の紙包みが積み上げられていたのだ。

「なんや、これは？」

紙包みの向こうから、凡平が顔を出した。

「ビラですよ。さんざん急がしたから、もう届けてくれたんです。今日にでも列車貨物で大阪に送っておきます」

以前、水上飛行艇を飛ばしていた航空会社に問い合わせた時に、長距離飛行には重量制限があると聞いた。そのためにビラは大阪で積み込むしかない。

宇都宮も来ていて、熊八に聞いた。

「どうでした？　大刀洗の件は」

「あかん、軍用機は出さんゆうてる」

「ええっ？　じゃあ、このビラ、どうするんですか。いっそ飛行機は大阪で借りますか」

「いや、別府から飛んでってこそ話題になる。大阪の上を、うろつくだけやったら面白ない」

その時、宣伝協会の扉が開いた。息せき切って現れたのは原北陽だった。

「熊八さん、耳寄りな話を、写真の仲間から聞いたんです。友達の友達に芦屋《あしや》の御曹司《おんぞうし》がいるんですけど、ふたり乗りの水上飛行艇を持ってて、別府までなら往復してもいいっていうんです」

「ほんまかッ」

水上飛行艇なら、飛行場がなくても離着陸できる。

「連絡先を聞いたから、電話してみますか」

宣伝協会には電話はない。急いで四人で亀の井ホテルに移動し、熊八が壁掛け電話のダイヤルをまわした。

すると慇懃《いんぎん》な男の声がして「お待ちください」と言う。どうやら執事らしい。しばらくして甲高い声が受話器から飛び出した。

「ハーイ、話は聞いたよ。僕の愛機で別府まで行けばいいんだろ？　オーライ、オーライ。明日、天気がよかったら飛んでくよ」

「別府のどこに来るんでっか」

「別府湾さ。空を見てれば、飛んでくのが見えるから、着水したら迎えの小船を出してくれよ」

それで電話は切れた。さすがの熊八も呆然《ぼうぜん》と立ちつくした。北陽が心配そうに聞く。

「どうでした？」

熊八は気を取り直して受話器を置いた。

「オーライだそうだ」

「オーライ？　引き受けたってことですか」

「明日、晴れたら、飛んでくるらしい」

「そうでしたか。よかった。これで予定通り、飛行機で大阪に乗り込めますね」

凡平も宇都宮も大喜びだ。ただ、あまりに軽い口調が、熊八には気になってしかたなかった。

翌日、夏の空は晴れ渡っていた。熊八は落ち着かず、早朝から大阪商船の別府支社で双眼鏡を借り、桟橋に立って東方を見つめた。電話で頼まれた小船も、早々《そうそう》に手配した。

ほかの三人も同様で、宣伝協会の四人が桟橋に並んだ。時々、双眼鏡をまわしては、のぞいてみる。だが東の空は青いばかりだ。

そこに杉原時雄《すぎはらときお》がタクシーを横づけして、運転席から降りてきた。

「まだ来ないんですか」

「朝、神戸の港を出たとして、まだ、しばらくはかかるやろう」

「昼過ぎくらいには着くんでしょうかね」

熊八は首を横に振った。

「わからん」

「飛行艇って、時速何キロくらい出るんでしょう」

「わからん。何もかも見当がつかん」

時雄も桟橋に並んだ。熊八の趣味が伝染して、今や時雄も乗り物なら何でも好きだ。

大の男が五人、炎天下に並んだ。誰もが汗をにじませ、双眼鏡が手から手へと行き来する。

正午が過ぎ、陽が傾き始めても、まだ水上飛行艇は見えてこない。さすがに熊八が亀の井ホテルに走って戻り、昨日の電話番号にかけてみた。すると、また執事らしき男が出た。

「おぼっちゃまでしたら、今朝、早くに、お出かけになりました」

　桟橋に戻って、その通りに伝えると、北陽が不安そうにつぶやく。

「どうしちゃったんだろう。もしかして」

　手のひらを下に向け、ゆらゆらと揺らして、急に指先を下にしてストンと落とした。墜落《ついらく》したのではないかという仕草だ。

「飛行機と掛けて」の答えは「石鹸《せっけん》」と決まっている。そのこころは「よくおちる」だ。しかし今は、そんな冗談が事実になりそうで、怖くて口にできない。

　西の山並みの向こうに陽が落ちて、影が広がる。夕凪《ゆうなぎ》の海は風ひとつなく、暑さがひかない。

　また北陽が言った。

「夜になって、陸地が見えなくなっても、行先が、わかるんでしょうかね」

　誰もが同じ心配をしており、誰も答えられない。

　薄暗さが増す中、沖に小さな灯《あか》りがまたたき始めた。行き交う船が灯りをともしたのだ。対岸の四国の山並みも、かすみ始める。

　その時だった。凡平が金切《かなき》り声をあげた。

「来たーッ」

「どこだッ」

　双眼鏡が奪い合いになる。熊八は思わず自分の丸眼鏡《まるめがね》をずりあげた。東の空の彼方《かなた》に、小さく光るものが見えたのだ。

「あれか」

誰かが双眼鏡を手に押しつける。熊八は急いで眼鏡に当てた。丸く切り取られた夕空に、はっきりと飛行機の形が認められた。

「来たぞ、間違いない」

「船だ。迎えの船を出そう。エンジンをかけろ」

「待て、下手《へた》に港に出たら、着水の邪魔になる。激突したら、飛行艇も船も沈没だぞ」

「じゃあ、着水してからでいいのか。それで間に合うのか。迎えに行くのが遅くて沈まないか」

「沈むものか。水上艇は浮かぶようにできてるんだ」

男たちが怒鳴り合う。

熊八が、ようやく冷静になって言った。

「とにかく、もう少し様子を見よう」

もういちど双眼鏡をのぞくと、機影が大きくなっていた。だが両翼が揺れており、いかにも不安定だ。

周囲が息を呑む。ふいに双眼鏡の視界から消えた。熊八が急いで双眼鏡を目元から外すと、機体は急降下していた。

男たちが絶叫する。

「ああああッ、落ちるぞッ」

次の瞬間、機体は一転、急上昇を始めた。ぐんぐんと上空に向かう。まるで着水する気配はない。

あれよという間に、機体は男たちの頭上を通り越して、轟音《ごうおん》を引きずりながら西の山の方に飛んでいった。

だが、そこで旋回《せんかい》し、高崎山の南を大まわりして、また東に戻ってきた。さっきよりも、ずっと低い位置を飛んでいる。旋回して高度を下げたらしい。

そこからは、また両翼を振りながら、こちらに向かってきた。少しずつ、少しずつ、海面に近づく。すでに別府湾の中ほどまで到達していた。

急激に機体が大きくなる。着水が近いのに、まだまだ速度は落ちていない。誰かがつぶやいた。

「このままだと」

続く言葉は、誰もが想像できた。このまま突っ込んできたら、停止できずに岸壁に激突する。

熊八が叫んだ。

「逃げろッ」

男たちはいっせいに桟橋を離れ、流川《ながれがわ》通りに向かって突っ走った。

背後から爆発音のような音が響く。振り返ると、巨大な水飛沫《しぶき》が高々とあがっていた。

「海に突っ込んだかッ」

真っ白い飛沫の塊は一ヶ所に留まらず、こちらに向かって、凄まじい速度で移動してくる。逃げなければと思うのに、足がすくんで動けない。

だが気がつけば速度は落ちており、盛り上がる水の量も、たちまち減っていく。いつしか水飛沫は二方向の波のようになって分かれ、その間から機首が見えた。

ふたつの波が、ゆっくりと収まっていき、少しずつ機体が姿を現す。波が消えた時には、美しい機体が、薄闇の港に浮かんでいた。

「着水、できた、のか」

熊八は気が抜けたようにつぶやき、すぐに気を取り直して叫んだ。

「船に乗り込めッ。迎えに行くぞッ」

男たちが次々と小船に飛び移る。五人全員が乗り込んだところで、小船は離岸した。

北陽がカメラを飛行艇に向け、何度もシャッターを切る。隣では時雄が溜息まじりに言う。

「かっこいいなァ。自動車よりも、すごいなァ」

小船が横づけし、飛行艇の上窓が開いた。操縦席の男が、座ったまま革製のヘルメットとゴーグルを外し、乱れた長髪をかきあげて言った。

「いやあ、まいったな。こんなに長距離を飛ぶのは初めてなんで、さすがに疲れたよ」

熊八は耳を疑った。

「初めて？　じゃあ、今までは」

「まあ、大阪湾の上空は、何度か旋回してるけどね。とにかくアメリカから帰ってきたばかりだから、日本の空には馴染《なじ》みがなくってねえ」

男は両肩にかかる座席ベルトを外して立ち上がり、軽々と船に飛び移った。大きく船体が揺れて、凡平が転びそうになる。

男は革手袋を脱ぎ、熊八に向かって右手を差し出した。

「おじさんが油屋さん？」

熊八も度肝《どぎも》を抜かれっぱなしだったが、かろうじて握手に応じた。

「油屋熊八や、よろしゅう頼む」

かつて北陽が初めて熊八に会った時に、おじさん呼ばわりして、いきなり宇都宮にどやされたことがあった。だが今回は、さすがの宇都宮も呆気にとられて言葉がない。

男は革ヘルメットとゴーグルを持ったまま、自己紹介した。

「僕、丸山《まるやま》サトル。御曹司って呼ぶやつもいるけど」

「そうか。そんなら御曹司くん」

言葉が関西弁ではないのが気になって、熊八が聞いた。

「あんた、ほんまに関西の人か」

「家は芦屋だけどね。母が東京の人で、関西弁を嫌がって、僕は小学校から東京の私立に入れられたんだ。だから、こんなしゃべり方なのさ」

それからサトルは周囲に向かって言った。

「僕の愛機の先っぽにフックがついているから、船の麻綱を引っかけて牽引《けんいん》してもらえないかな。岸壁《がんぺき》に係留《けいりゅう》しておかないと、流されちゃうんでね」

すぐさま時雄が動いた。水上飛行艇に触れられるのが、いかにも嬉しそうだ。

宇都宮が気を取り直した様子で、一歩前に出て低い声で聞いた。

「ずいぶん遅かったが、何かあったのか」

「ああ、女に泣かれちゃってね。遠くまで飛ぶのは心配だって。落ちないって言い聞かせるのに手間取ってさ。出るのが昼過ぎになっちゃったんだよ」

「何だとお？」

いきなり衿首《えりくび》をつかんだ。

「さんざん待たせやがって、女に泣かれただと？　ふざけるなッ」

宇都宮は武術の心得があるだけに迫力がある。サトルは手のひらを前に向けて顔をそむけた。

「乱暴は、やめてくれたまえ」

熊八が割って入った。

「うーさん、やめろ。とにかく上陸や」

小船が桟橋に向かって動き出した。太い麻綱でつないだ巨大な機体が、後ろから引かれてくる。時雄が目を輝かせて言う。

「かっこいいですね。どこで手に入れたんですか」

サトルは、また髪をかきあげた。

「アメリカだよ。日本じゃ売ってないだろう？」

「操縦の免許も向こうで取ったんですか」

「免許？　そんなもの持ってないよ。先月、これを帰国前に買って、その時に動かし方を習ったんだ」

飛行艇を目で示す。

「先月？」

時雄以外の男たちの顔色が変わった。

北陽が手早くカメラを革ケースにしまい、熊八の袖を引っ張って、小船の隅に寄った。そしてサトルに聞こえないように小声で言った。

「すみません。変なやつを紹介しちゃって。僕の仲間には変なのが多いんですけど、あいつは変すぎます。あの飛行機に乗るのは、やめましょう」

凡平も宇都宮も後を追ってきて、声をひそめた。

「先月、買ったばかりで、さほど操縦もしてないみたいじゃないですか。とても無理ですよ」

熊八は首を傾《かし》げた。

「けど、ちゃんと着水できたで」

凡平が童顔をしかめる。

「それは、たまたまですよ。あんな危なっかしい飛行機に、熊八さんを乗せられません」

熊八は、ふたりをなだめた。

「まあ、とにかく上陸しよ。長い飛行で疲れてるやろ。ホテルに入ってもらうのが先や」


その夜、サトルは亀の井ホテルに泊まり、温泉も料理も満喫《まんきつ》し、夜がふけると神戸に長電話をした。高額な長距離料金もかまわず、泣いて引き止めた恋人と長々と話し込んでいた。

おかげで朝になっても起きてこない。港に出てみると白波が立っており、海上は風が強かった。とても飛べそうになく、そのまま寝かせておいた。

熊八が宣伝協会の事務所に行ってみると、いつもの三人が揃っていた。だが開け放った窓から蝉の声が聞こえるばかりで、全員、不機嫌そうに黙り込んでいる。

「どうした？」

熊八が聞くと、北陽が口を開いた。

「明日、風が収まったら、あいつにはひとりで帰ってもらいましょう。少しばかりガソリン代を包めば、追い返せますよ」

宇都宮も凡平も同調する。しかし熊八は首を横に振った。

「ビラ、どうするんや。もう大阪に届いてる頃やで」

「片っ端から手渡しましょう」

「手渡しできる枚数やないやろ」

「じゃあ、もういちど大阪で、飛行機を探し直しましょう」

「いや、見つかるかどうかわからん。それに探すとしても時間がかかる。新八景に決まった今すぐ動いてこそ、新聞も書いてくれるし、宣伝になる。わしは、あの飛行機で大阪に行く」

三人がいっせいに熊八を引き止めた時、事務所の扉がたたかれた。振り返ってみると、現れたのはサトルだった。

「ここだって、聞いてきたんだけど」

革ヘルメットとゴーグルを手にしており、平然と言う。

「おじさん、そろそろ行きましょう。向こうに着くのが夜になると、着水が厄介《やっかい》になるし」

とたんに宇都宮が食ってかかった。

「海を見たか。あの白波の中を、飛べるはずがないだろうッ。まして、あんたの腕じゃ」

サトルは肩をすくめた。

「あのくらいなら大丈夫ですよ」

また宇都宮がつかみかかり、熊八が押し留めた。

「まあ、今日は止めとこ。明日の天気次第や」

だが北陽が強い口調で言った。

「とにかく明日、風がやんでたら、君はひとりで帰ってくれ。ガソリン代くらいは包むから」

サトルが、むっとした。

「金なんか要らないよ。僕は頼まれたから来たんだ。それを、ひとりで帰れって、いくらなんでも失敬じゃないか」

すると宇都宮が事務所の机を、思い切り拳《こぶし》でたたいて、声を荒《あら》らげた。

「飛べるかどうかの判断もできない素人《しろうと》に、大事な熊八さんを預けるわけにはいかねえんだよッ」

サトルは黙り込んだ。さっきの蟬は飛んでいったのか、もう鳴き声は聞こえない。

熊八が口を開いた。

「いや、わしは、この人の飛行機に乗って、大阪に行く。明日、天気がよかったら、ぜひ乗せてくれ」

サトルに向かって頭を下げた。すぐさま凡平が熊八の腕にすがった。

「それはやめてください。どうか、どうか、考え直してください」

もう涙目になっている。熊八は笑顔で言った。

「心配するな。昨日、この人は着水できないと見て、いったん高崎山の向こうをまわって、着水し直した。その判断は、それほど無謀《むぼう》やない。わしは、この人の腕を信じる」

するとサトルも頰を緩《ゆる》めた。

「おじさん、話がわかるじゃないか」

「その代わり、ちゃんと明日の朝は起きて、出発しような」

「オーライ。任せてくれ」

翌朝は快晴で、別府湾は鏡のように凪《な》いでいた。一昨日の着水で噂が広まり、盛大な見送りが集まった。

熊八はサトルとふたりで小船に乗り込んだ。小舟は飛行艇を牽引しながら離岸する。

大歓声がわき、見送りがいっせいに手を振る。その人垣の中にユキの姿があった。緊張の面持ちで、胸元で小さく手を振っている。

熊八の心の中で、嫌な声が聞こえた。

「女房とは、これが今生《こんじょう》の別れかもしれん。降りるんなら今やで」

だが、すぐに突っぱねた。

「やかましわ。わしは行くんじゃ」

小船が港の中ほどまで進むと、サトルが言った。

「この辺でいいよ」

停船するなり、サトルが軽い身のこなしで飛行艇に乗り移った。熊八が後に続くと、陸上から喝采《かっさい》の声が聞こえた。振り返って、もういちど大きく手を振った。

狭い後部座席に乗り込む。前の操縦席に座ったサトルが、振り返って言う。

「足元にゴーグル付きのヘルメットがあるから、かぶって」

言われた通りに革製のヘルメットを拾い上げた。まだ英語の値札がついている。

「まっさらやな。人を乗せたことはあるんか」

「ない。初めてだ」

だが熊八は、もはや覚悟を決めており、すっぽりと頭にかぶって、ゴーグルを目元までおろした。両肩からかける座席ベルトも、きっちりと締めた。

「じゃあ、おじさん、後ろから上窓を引いてくれる？」

これも言われた通りに、開け放っていた上窓を前に引っ張った。逆Uの字形の上窓が頭上をおおう。頑丈《がんじょう》な鉄枠で、細かくガラスが仕切られており、外がよく見えた。

サトルが上窓を固定した。

「話は伝声管でできるから」

目の前に、真鍮製《しんちゅうせい》のラッパのようなものがあり、それを通して会話できるようになっていた。

口を近づけて大声で言った。

「御曹司、聞こえるか」

笑い声が返ってくる。

「そんな大声を出さなくても、ちゃんと聞こえるよ」

「ほんまや、よう聞こえる」

やり取りしているうちに、熊八の不安が縮んでいき、わくわくし始めた。根っからの乗り物好きで、いつのまにか恐怖を忘れた。

すでに牽引用の麻綱は外され、小船は飛行艇から離れている。また伝声管から声が聞こえた。

「エンジンがかかったら離水するよ。ちょっと揺れるから、しっかりつかまっててね」

熊八は目の前にある真鍮製のつかまり棒を、両手でしっかりと握った。さすがに緊張が高まる。ブルルンと大きなエンジン音がして、ゆっくりと機体が動き出した。方向を定めているらしい。

サトルが声を張った。

「じゃあ、飛ぶよッ」

エンジン音とともに速度が高まる。機体の左右が波立って、白い水飛沫が飛び始めた。速くなるにつれ、飛沫は上窓にまで襲いかかった。機体は上下に激しく揺れ、上を見ても横を見ても白一色だ。

あまりの揺れに、このまま海に沈むかと思った瞬間、ふわりと浮く感覚があった。たちまち視界が開け、上窓から太陽光が射し込む。背中に圧力がかかって、ぐんぐん上昇しているのがわかった。

伝声管から明るい声が聞こえた。

「へーい、やったぜい」

熊八もホッとした。サトルは楽しそうに言う。

「ちょっと別府の上を旋回してみるね」

機体が斜めになって、眼下に青い海が見えた。その先に陸地が見える。別府湾の一部に違いなかった。港の桟橋も、はっきりと見えた。

「おー、桟橋や」

熊八も楽しくなってきた。

「おじさん、気持ちいいだろう」

「気持ちええ。こんなに飛行機が面白いとは思わんかった」

飛行艇は、なおも機体を斜めにして飛ぶ。ずいぶん斜めになっても、大丈夫なのだなと思った時だった。すっと落ちていく感覚がした。それが止まらない。高い崖から突き落とされたかのように落下していく。

窓から見下ろすと、どんどん海面が近づいていた。思わず目を閉じて、つかまり棒にしがみついた。もう駄目だ、落ちると覚悟した。

まぶたの裏に、慈愛《じあい》に満ちたキリストの姿が浮かんだ。熊八は必死に祈った。どうか天国に、お導きくださいと。

次の瞬間、激しくでんぐり返しをしたような感覚が、全身を襲った。いよいよ海に突入かと総《そう》毛《け》立ったが、また機体が浮く感じに戻った。

ふたたび背中に圧力がかかり、上昇し始めた。しばらくして水平飛行に移ったらしく、機体が落ち着いた。

「ふうッ、ちょっと肝を冷やしたぜい」

熊八は、ふるえながら伝声管に向かって聞いた。

「何が起きたんや？」

「落ちかかったんで、思い切り操縦桿《かん》を切ったら、くるっと一回転しちゃったんだ。下で見てた連中は、きっと大騒ぎだな」

熊八にも想像できた。宇都宮は怒っているに違いない。北陽は嘆いている。凡平は泣いているに決まっている。つい笑ってしまった。

だがユキが悲鳴をあげただろうと思うと、とたんに心が痛んだ。

しばらくして気がつくと、雲の上を飛んでいた。真っ白い雲は綿菓子のようで、これも楽しい光景だった。ただ行けども行けども雲ばかりで、熊八は少々、退屈になってきた。そこで伝声管を通して聞いてみた。

「なんで、飛行艇に乗る気になったんや」

少し間があってから、サトルは話し始めた。

「留学するつもりでアメリカに行ったんだ。でも英語ができなくて大学に入れなかった」

日本でも学校の成績は悪かったし、とうてい無理だったという。

「でも大学も出ないで、手ぶらで帰るわけにはいかないし、あっちでブラブラしてたら、この飛行艇を売るって、新聞の三行広告に出てたんだ」

「金は、どうしたんや」

「マフィアに脅《おど》されて大金が要るって、親を騙して送金させたのさ」

「とんでもない息子やな」

「そうだね。僕はろくでなしさ」

「帰ってきたら、大目玉やろ」

「まあ叱られはしたけど、耳にふたをしときゃ、それでおしまいさ」

「飛行機を売って、金返せとは言われへんかったのか。親は何の商売してるんや」

「不動産屋。大阪や神戸の一等地に土地やらビルやら、いくつも持ってる。親父は怒鳴ってばっかりで、おふくろは心配ばっかりさ」

「御曹司自身は、今、何してる?」

「何も。たまに、これを乗りまわしてるだけだよ」

「飛行機、怖ないんか」

「平気さ。いつ死んだって、いいんだから」

「なんで、そないに投げやりなんや」

「僕は何をやっても駄目なやつだからさ」

「わしの若い頃と、ちょっと似てるな。わしもアメリカへ行ったけど、大学には入れんかった」

「へえ、おじさんも?」

「御曹司と違うのは、金がなかったことや。御曹司と同じなんは、英語ができんかった。ただ、むこうで原書は山ほど読んだ」

　サトルが笑う。

「わしもな、日本に帰ってきてから、何年もあかんかった。株で何もかもなくなって、別府で宿屋を始めたんは、五十近くなってからや。けど、そこからでも挽回《ばんかい》できたんやで」

　熊八は励ますつもりで言ったが、サトルは声の調子を落とした。

「おじさんと僕には、もうひとつ大きな違いがある。おじさんは人気者で、僕は誰からも相手にされない」

「そう見えるか」

「だって、みんな、おじさんを大事にしてる」

「宣伝協会の三人には、少しは大事にしてもろてるけどな。町の人たちに認めてもらえたんは、つい最近やで。別府が新八景に決まってからや」

そこで会話が途切れた。エンジン音が耳につく。

「僕さ」

サトルが、またしゃべり出した。

「何や？」

「僕、おじさんが乗ってくれて嬉しかったんだ。僕を信用してくれて、すごく嬉しかった」

言葉尻が潤んでいる。本当は素直《すなお》な若者だったのだ。熊八は思わず笑顔になった。

「そしたら、もっと信用してもらえるようになろ。このフライトが成功したら、きっと大勢から信用してもらえる。そやから頑張れ」

「わかった。頑張る」

サトルは力いっぱい答えた。


「おじさん、見てごらん。小豆島《しょうどしま》が見えるよ」

いつのまにか雲が晴れて、眼下に青い海が広がり、大きな島影が見えていた。

「あれが小豆島か」

「その先の陸地みたいに見えるのが淡路島《あわじしま》だよ。あれを越えたら、もう大阪湾さ。この辺は何度か飛んでるから、わかるんだ」

「瀬戸内海を過ぎて、もう大阪か。えらい早いな」

「ね、飛行機って、いいでしょう」

「ほんまや。なあ、御曹司、本気で飛行機乗りになれ。これからは飛行機の時代がくるぞ。忙しい人を運んだり、急ぎの荷物を運んだり。仕事の依頼が、どんどん舞い込むぞ」

またサトルが笑った。

小豆島が背後に消えていき、淡路島の上空も飛び越えた。

「おじさん、そろそろ高度を下げるからね。ちょっと揺れるよ」

そう言う端から揺れ始めた。サトルはひとり言のようにつぶやく。

「くそッ。大阪は船が多いな。邪魔だッ」

熊八は慌てた。船に激突されてはたまらない。

「御曹司、大阪港に着水したこと、あるんか」

「ない。いつもは神戸だから」

いよいよ背筋が寒くなる。

「なあ、いっぺんで上手くいかんでもええぞ。こないだみたいに繰り返してもええから、確実に着水してくれ」

「いや、そういうわけにはいかないんだ」

「なんでや？」

「ふたり乗ったせいだと思うんだけど、燃料の減りが早くて、もうタンクが空なんだ」

熊八の背筋は寒いどころか、凍りついた。

「なんで神戸で降りんかった?」

「だって大阪までって注文じゃないか」

「けど大阪に行かれへんで、行き先が天国に変わってまうのは、願い下げやで」

「大丈夫。頑張るから」

だがサトルの声は切羽詰《せっぱつ》まっている。

どんどん揺れがひどくなっていく。機体が急下降しているのも、はっきりと体感できた。

熊八は目の前のつかまり棒を、渾身《こんしん》の力を込めて握りしめ、かたく目をつぶった。鼓動が早鐘《はやがね》のように打つ。

バランスを崩すか、燃料切れで失速するか、海中に突っ込むか。それとも行き交う船に激突するか、はたまた無事に着水できるのか。まだ海面は遠いのか。まだか、まだなのか。

突然、機体の下に大きな衝撃を受けた。はずみで体が持ち上がり、座席ベルトが肩に食い込む。

とてつもない水音と激震の中、目を開けると、上窓の外側が水飛沫で真っ白だった。機体が急に減速し、今度は体が前のめりになって、顔が操縦席の背に強く押しつけられる。

着水はしたらしい。だが、まだ、かなりな速度で動いている。もし今、船が前方を横切ったら、激突はまぬがれない。どうか、どうか、無事に止まってくれと祈った。

また、まぶたの裏にキリストが現れた。別府湾から飛び立った時には、自分が天国に行かれるようにと祈った。だが今は自分のことよりも、サトルのために無事を願った。彼に成功体験を積ませたかった。なんとしても自信を持たせたい。

気がつくと、前のめりになる圧力が弱まり、上窓をおおっていた水飛沫は、左右に盛り上がる波に変わっていた。上窓から陽光が射し込み、波の高さが、どんどん低くなっていく。

ゆっくりと機体が停止した。大きく息をはいて周囲を見まわすと、白く泡立つ海面のただ中に、飛行艇はゆらゆらと浮いていた。

こわばった全身から力が抜けていく。伝声管からは息も絶え絶えの声が聞こえた。

「着いた」

熊八は、かすれ声で答えた。

「御曹司、頑張ったな。よう頑張った」

答えはない。ただ、すすり泣きが聞こえた。


着水に気づいて、タグボートが近づいてきた。そのまま牽引を頼み、大阪港の岸壁に着岸した時には、もう新聞記者が駆けつけていた。野次馬も集まってくる。

新聞記者に取材され、水上飛行艇の前で写真を撮られた。かたわらに立つサトルも取材を受けた。

大阪毎日新聞の社屋におもむくと、応接室に通され、見知った顔が現れた。編集局長の奥村信太郎だ。

「油屋さん、いつぞやは名乗らずに、失礼しました」

熊八は笑顔を返した。

「いいえ、あの時は名乗るわけには、いかんかったでしょう」

「その通りなんですが、それに、もともと油屋さんが大阪で有名人だったことも知らずに、その点も失敬しました」

「いや、昔のことですわ」

奥村が言った。

「私はね、あなたの国立公園や九州横断道路の構想に、すっかり魅入《みい》られたんですよ。それで新八景の温泉部門は別府以外にないと確信したんです」

いっしょに行った高浜虚子も同意見だったという。

「あれから高浜さんは、もういちど別府に行って、由布院の亀の井別荘に泊まって、その後、久住《くじゅう》高原まで足を延ばしたのです。あなたが言った通り、素晴らしかったそうです」

そこまでして決めたのかと、熊八は感激した。ちょうどヒメユリの時期だったという。

「油屋さん、国立公園も横断道路も、ぜひとも実現させましょう。新聞社としても応援します」

日本新八景の山岳部門は、長崎県の雲仙《うんぜん》に決まった。別府と雲仙を結ぶ自動車道路ができたら、さらに新八景制定の意義が増すと、奥村は力説した。


その日は薬師寺と喜久《きく》の家に泊めてもらった。翌朝、大阪毎日新聞に、さっそく記事が載った。薬師寺夫妻は義弟の活躍を、心から喜んでくれた。

大量のビラは薬師寺の家に送ってあった。それをタクシーに積み込んで大阪港に向かった。そして飛行艇に載せた。

熊八はサトルに肩を寄せて小声で聞いた。

「こんな重いものを載せるのも初めてか」

「まあ、そうだけど。短いフライトだし、大丈夫だと思うよ」

ビラは大阪と神戸の上空で撒く。最終的には神戸港に着水して、熊八は別府へ大阪商船で帰る予定だ。

大勢の見物人が見守る中、熊八とサトルは飛行艇に乗り込んだ。

「ここは特に、上手いこと飛んでくれよ。みんなが見てるからな」

サトルは親指を立てて答えた。

「オーライ、かならず、上手くやるよ」

その約束通り、今度の離水は順調だった。熊八も馴れて、もう肝を冷やすこともない。大阪の港と町が、たちまち眼下で小さくなっていく。

機体は街の上空を飛び、熊八はビラの紙包みを開いて、上窓を少しだけ開けた。凄まじい風が吹き込み、機体の中でビラが舞い上がる。熊八は慌ててビラを両手足で、必死に押さえた。そして両手に持てるだけつかみ直すと、伝声管に向かって叫んだ。

「投げるぞッ」

熊八は風圧に逆らい、なんとか上窓の隙間から両手を突き出して、そのまま手を開いた。一瞬でビラは散らばり、機体から離れていく。

次々と撒いた。紙包みごとに色の違うビラが入っている。最初に破いた包みが水色で、次がピンク。黄色も、うすい橙《だいだい》色もあった。投げるにつれ、色とりどりのビラが青空高く舞い上がり、それから、ゆっくりと地上へと向かう。ほれぼれするほど美しい光景だった。

「まるで花咲爺《はなさかじじい》になった気分やな」

伝声管を通して、サトルが答えた。

「撒くのは灰じゃないけど、花は咲くよ。別府温泉大盛況っていう花がね」

「御曹司、上手いこと言うやないか」

ふたりで声を合わせて笑った。

大阪郊外まで一巡してから、神戸方面に向かった。その途中でもビラを撒き続けた。そして神戸上空で、最後の一枚まで撒ききった。落ちていく無数のビラを眺めて、熊八が言った。

「御曹司の家の人も拾うてくれるやろか」

「さあ、どうかな」

あいまいに答えて、サトルは高度を下げ始めた。

神戸港では着水点を見定めてから、着水態勢に入った。馴れた場所であり、前よりは揺れが少なく、安定した状態で下降して、見事に着水した。

熊八は後部座席から手を伸ばして、サトルの肩をたたいた。

「御曹司、乗せてもろて、ほんまに助かった。おかげで何よりの宣伝ができた。おおきに、ありがとう」

それから熊八は列車で、いったん大阪に戻った。そして別府宣伝協会として大阪毎日新聞に全面広告を発注した。内容は単なる温泉の宣伝ではなく、日本初の国立公園構想の意見広告だ。

日本で公園といえば、遊具のある身近な広場か、別府公園のように広く開放された場所という印象しかなく、国立公園がどんなものか想像しにくい。

そこで熊八は、国が広大な地域を指定することで、自然環境を保護しつつ、人々が楽しめるよう配慮するという意図を、わかりやすく説いた。

全面広告は八月十四日の朝刊に載った。すでに別府に帰っていた熊八に、薬師寺から長距離電話がかかってきた。

「熊八くん、素晴らしいよ。僕は君がいつか、こういう成功を収めると信じていた」

義兄に褒められたのが、ことのほか嬉しかった。

6　発車オーライ！

新八景に選ばれたことで、別府《べっぷ》温泉の客が急増した。それにともない地獄めぐりの人気も爆発した。タクシーは乗り合いで、港や駅と地獄との間を、休む間もなく行き来し始めた。

そんな時に、市議会議長の山田耕平《やまだこうへい》が、また熊八《くまはち》を訪ねてきた。

「日本新八景の件、たいへん、ありがたかった。ついては別府市としても、何かやりたいという意見が出て、来年、博覧会《はくらんかい》を開くことになった」

博覧会といえば、明治維新前から幕府や薩摩《さつま》藩などがパリ万博に出展し、その効果が認識されていた。

明治維新以降は国内向けとして、京都の西本願寺で京都博覧会が開かれたのが最初だ。京都は首都としての地位を失って不況にあえいでおり、その打開策だった。

その後、新政府が内国勧業《ないこくかんぎょう》博覧会と銘打って、上野公園で物品の展示会を、大々的に開催して大成功を収めた。以来、地方都市でも、さまざまな博覧会が開かれてきている。

「別府も市になって三年だし、観光客の増加で税収も増えている。次なる飛躍を狙って、思いきり派手《はで》にやりたい」

　時期は来年四月一日から五月二十日までの五十日間で、別府公園を会場にするという。かつて一時再開した別府ホテルの坂下の隣地だ。

「何か、いいアイディアがあったら教えてくれ」

　山田に聞かれて即座に思いついた。

「温泉の大滝なんか、どうですか。あの辺は坂やし、段差を利用したら、すぐできるでしょう」

「温泉瀑布《ばくふ》か。そりゃいい。湯気が立って、ほかにない見ものになる。さっそく提案しよう」

　熊八は、ふと気になった。

「五十日間で、どれくらい人が集まるんですか」

「できれば一日につき一万人。五十日で五十万人くらいは集めたい」

「五十万人、ですか」

　前代未聞《ぜんだいみもん》の人数であり、どこの宿も満室になって、いよいよ別府中が活気づくはずだ。

　ただ熊八は地獄めぐりが気になった。今のタクシー輸送ではさばききれない。乗れない客が続出するに違いなかった。そうなると、たちまち不満が高じて、温泉地としての評判が落ちる。

　熊八は一計を案じて、山田が帰ってから、杉原時雄《すぎはらときお》に頼んだ。

「時雄、大阪に行って、バスを探してきてくれんか」

　いよいよ念願のかなえ時だった。

「新品でも中古でもええ。大阪になかったら、東京まで探しに行ってくれ。運転の仕方も習ってきて欲しい。博覧会が始まる前から走らせたいんや」

四年前に関東大震災が起きた時に、東京では路面電車の線路が分断されて、人々の移動手段が失われた。それを機に、バスが輸入されて路線が広がり、今や車両の国産も始まっている。

「わかりました。任せてください」

時雄は大張り切りで出かけていった。

数日後、亀《かめ》の井《い》ホテルに電話がかかってきた。熊八が電話口に呼ばれて急いで出てみると、時雄の興奮気味《ぎみ》の声が耳に飛び込んできた。

「横浜に大型バスが四台、輸入されてきて、買い手がつかなくて、港に放っておかれているらしいんですけれど、見に行ってもいいですか」

「もちろんや」

言う端から、自分でも見たくなった。

「わしも行く。横浜港やな」

すぐさま用意をして、その日のうちに出発した。


横浜駅に着くと、時雄が改札口で待ちかまえていて、珍しく早口でまくしたてる。

「さっき見てきたんですけど、すごいバスです。国産だと、定員は運転手を含めて十一人なんですけど、輸入されてきたのは二十五人乗りです」

熊八は早く見たくて、わくわくしてしまう。駅から港までタクシーを飛ばし、海辺の煉瓦《れんが》倉庫の手前で降りた。

「こっちです」

時雄の案内で、何棟もの煉瓦倉庫を早足で行き過ぎ、しまいには、ほとんど走った。

「もう、すぐそこです」

時雄に言われるまま、倉庫の角を曲がるなり、息を呑んで立ち尽くした。そこには見たこともないほど大型の美しいバスが、倉庫に沿って四台、縦に並んでいたのだ。

先頭のバスに、ゆっくりと近づいた。ボンネット型の車体はクリーム色で、緑のラインが洒落《しやれ》ている。塗装が輝いており、見るからに新品だった。

さらに近づいて大きな手を開き、十本の指で車体に触れてみた。鉄板にペンキが塗ってあるだけなのに、しなやかで優しい感触が伝わってくる。

熊八は、うっとりと車体を見つめた。

「ええなァ、これ」

フロントガラスもヘッドライトもバンパーもタイヤも、何もかもが愛《いと》おしい。時雄が、わがことのように誇らしげに言う。

「きっと気に入ると思ってましたよ」

熊八は四台とも、なでまわしながら見て歩き、時雄を振り返った。

「なんで、こんなところに放ったらかしにされとるんや？　こんなええバスが」

「この四台、どこかの観光地で走らせる予定で、輸入されたらしいんです。でも届いてみたら、そこの道幅よりも大きすぎて走れないとわかって、断られちゃったらしいんです」

「それで行き場がなくなったんか」

「そういうことです」

「地獄めぐりの道路なら走れるやろか」

「このバス同士が向かいから鉢合わせした時は、行き交うのが難しいかもしれません。ところど
ころ、道幅を広げてもらわないと」

「わかった。それくらいは山田さんに頼も」

熊八は、ほれぼれと車体を眺めた。見れば見るほど愛しくて、もはや四台が自分の恋人である
かのような気がした。こんな海辺で雨ざらしにされているのが、かわいそうでたまらない。

「すぐに連れて帰ろ。四台とも、別府に」

するとと時雄は心配顔に変わった。

「でも、大丈夫ですか。断られたやつだから、その分、安くさせるとしても、それでも、かなり
高額ですよ。まして四台も。博覧会まで、ずいぶん間があるし」

「予定より早いけど、ほかに買われたら嫌やし、いずれは必要になるんや。二十五人乗りが四台
あったら、百人は乗れる。それが一日、三往復してみ。毎日、三百人が地獄めぐりできるで」

「三百人も見に行きますかね」

「博覧会の最中は、毎日一万人が別府に押しかける。そのうちの三百人なら少ないくらいや」

「でも、博覧会が終わったら」

「時雄、三百人が五十日間、乗ったとしよう。博覧会が終わるまでに、一万五千人が地獄見物す
ることになる。その人たちが帰った先で宣伝してくれたら、新しい客が来てくれるはずや」

「そんなに上手《うま》くいくかなァ」

「来んかったら、呼べるようにするだけや」

「でも、お金は大丈夫ですか。四台の代金」

熊八は、きっぱりと言い切った。

「銀行で借りる。さっき五十日間で一万五千人てゆうたやろ。その人たちから、ひとり運賃一円ずつ取ったら、博覧会が終わる五月二十日までに、一万五千円が入ってくる。二円に設定したら三万円、三円なら四万五千円や。銀行が貸さんはずがない」

ようやく時雄が納得顔に変わった。

すぐに熊八は輸入元と交渉し、さんざん値切った挙げ句に、別府に帰って銀行を口説《くど》き落とした。そして代金を横浜に送った。


昭和二年（一九二七）十一月の秋晴れの日、四台のバスが別府にやってきた。

当初の予定では、横浜からできる限り運転して走り、関門《かんもん》海峡を船で渡ろうと計画した。ところが関門海峡の船賃が、かなり高くつくことがわかった。そのため自走は大阪までで、そこからは大阪商船の定期船に載せて、瀬戸内海を海上輸送したのだ。

大型貨物の搬出口から、船のクレーンで桟橋へと降ろされた。最初の一台が姿を現した時には、桟橋にいた人々から驚きの声がもれた。

それからは一台、また一台と降ろされるたびに、見物人が増え、驚嘆は大歓声に変わった。

四台が揃《そろ》ったところで、熊八は時雄たちに頼んで、桟橋前の広場に、バスを斜め平行に並べた。四台のバスは秋の陽光を受けて、いよいよ輝き、見物人たちも、その勇姿に見惚《みと》れた。

だが、その晩、タクシー会社の社長が、血相《けっそう》を変えて怒鳴り込んできた。

「油屋さん、あのバスで地獄めぐりをするって、本当かッ」

以前は個人タクシーが多かったが、今では何台もの車を所有するタクシー会社が、いくつも営業している。どこも地獄めぐりで稼いでいた。

「それも、ひとり一円で乗せるらしいじゃないか。そんなことをされたら、こっちの商売は上がったりだッ」

熊八は首を横に振った。

「まだ料金は決めとらん。それにタクシーだけやったら、今度の博覧会は乗り切れん」

「それなら博覧会が終わったら、あのバスを手放すのかッ」

「いいや、手放す気はない」

「だったらタクシー会社は軒並み倒産だ。油屋さんには、ずいぶん儲《もう》けさせてもらったが、今度ばかりは困る。バスはやめてくれ」

社長は泣かんばかりの様相だ。熊八は溜息をついた。

「とにかく、いっぺんタクシー会社の人たち、みんなに集まってもろて、話し合お」

その夜は、なんとか引き取ってもらった。

話し合いは三日後、場所は大阪商船別府支社の会議室と決まった。すると宇都宮則綱《うつのみやのりつな》が宣伝協会に現れて言った。

「タクシー会社の連中は、ドライバーまで引き連れて、大人数で圧倒するつもりですよ」

怒り心頭《しんとう》という顔で話す。

「それならこっちだって、地獄のやつらを連れてくる。バスが走って入場者が増えるのは、地獄としては大歓迎で、みんな熊八さんの味方なんだからな。なんだったらワニも連れてきて脅《おど》かしてやるッ」

バスの導入に賛成派と反対派で、別府の町が二分しそうな勢いだった。そんなことは熊八の望むところではない。まずは宇都宮をなだめた。

「そういきり立つな。大阪商船の会議室には大人数が入れるわけやないし、わしの加勢はええ。タクシー会社の社長やドライバーたちが、納得してくれるまで話すだけや」

「そんなこと言ってたら、熊八さんが吊るし上げを食う。ぜったいに駄目《だめ》ですよ」

「そんならドライバーには遠慮してもらうか」

「当たり前です。それに誰か中立の人が立ち会わなけりゃ、話し合いにならない。俺は今から船会社に行って、仲立ちしてもらうように頼んできます」

宇都宮は協会の事務所から、大きな足音を立てて出ていった。熊八は厄介《やっかい》なことになったなと、いよいよ深い溜息をついた。

話し合い当日、熊八が家から出ようとすると、前庭の紅葉《もみじ》が真っ赤に色づいていた。

もう秋は深まっており、博覧会が始まるまで、あと半年だ。その間、タクシーの客がバスに流れるのは否めない。それを、どう納得してもらうかが問題だった。

洋館の船会社に出向くと、玄関扉の前に大勢の男たちが待ちかまえていた。熊八に気づくと、いっせいに大声で叫んだ。

「バス導入反対ッ」

「バスは走らせないぞーッ」

「地獄めぐりはタクシーだッ」

タクシーのドライバーたちが鉢巻《はちまき》姿で「地獄めぐりバス導入反対」と書かれた横断幕を掲げ、熊八に向かって拳《こぶし》を振りかざす。会議室に入れないことになったので、外で待ちかまえていたらしい。熊八が玄関に近づこうとすると、いっせいに取り囲んで、行く手をはばむ。

船会社の社員たちが気づいて飛び出してきた。そして玄関前を空けさせて、熊八を社屋内に招き入れた。するとドライバーたちから怒声があがった。

「船会社は亀の井の味方かよッ」

関わっている余裕はない。そのまま会議室に向かった。

扉を開けると、タクシー会社の社長たちだけでなく、主だった旅館の主人たちまで居並んでいた。熊八は意外に思って聞いた。

「みんなもバスには反対か」

すると、ひとりが答えた。

「油屋さんが大型バスを四台も走らせたら、客はバスに乗りたくて、亀の井ホテルに泊まるだろう。ほかの宿は空になる」

熊八は首を横に振った。

「うちのお客さんやなかったら、バスに乗せんわけやない。誰でも乗ってもらうつもりや」

「でも亀の井ホテルから出発するなら、ホテルのお客が優先になるのは目に見えている」

「そんならホテル出発ではなく、桟橋前から乗ってもらって、駅にも寄って、それで地獄めぐりに向かうようにしよか」

「それでも亀の井ホテルのバスなのだから、お客は亀の井に泊まるだろうよ」

何を言っても、聞く耳を持たない。タクシー会社の社長たちも不満を口にした。

「博覧会の期間中はいい。問題は博覧会が終わって、客が減った時だ。タクシーに乗る客がいなくなる」

熊八は首を横に振った。

「いや、タクシーとバスの客層は別や。東京や大阪じゃバスは庶民の足やし。特に温泉旅行みたいに贅沢《ぜいたく》する時は、奮発してタクシーに乗る人は、かならずいる。そのためにタクシーは高級路線でいってもらいたい」

「高級路線って何だ？」

「シートに白カバーを掛けて、運転手は制帽と白手袋を、きちんとつけて、お客さんが乗る時には、外に立ってドアを開ける。毎日、洗車して、ワックスでピカピカに磨き上げ、高級な羽根はたきで常に埃《ほこり》をはらう。ぶつけて凹《へこ》んだら、すぐに直す。そうすれば、金のあるお客さんは、かならずタクシーに乗る」

「そんな面倒なことを、なんでバスのためにしなけりゃならないんだ？」

「バスのためとは違う。お客さんのためや」

「いや、バスのせいで、みんなが迷惑するって話だ」

いっせいに怒鳴り始め、収拾《しゅうしゅう》がつかなくなった。

その時、会議室の扉が、大きな音を立てて開いた。全員が驚いて振り返ると、山田耕平だった。熊八の方に向かって歩きながら、大きく手を上げて、よく通る声で言う。

「ちょっと聞いてくれ」

誰もが口を閉じて注目した。市議会議長だけに、紛糾《ふんきゅう》した話し合いを収めるのは上手い。

「今度の博覧会の名称は、中外《ちゅうがい》産業博覧会と決まった。国の中だけでなく、国の外からも展示を集めるという意味だ」

別府公園だけでなく、新しい埋立地である浜脇《はまわき》公園を第二会場にして、本館と温泉館を中心に、満蒙《まんもう》館、朝鮮館、台湾館、南洋館などを、国際的に誘致《ゆうち》するという。

「展示館の数は、おそらく百を超えるだろう。海外の珍品を見るために、来場者も五十日間で百万近くまで伸びるかもしれない」

とてつもない数字に、誰もが度肝《どぎも》を抜かれた。だがタクシー会社の社長が言った。

「会期中は、いいんですよ。私らが気にしてるのは、博覧会が終わってからです」

山田は胸を張った。

「海外の展示館ができるのだから、お客も海外各地から来る。彼らに別府を気に入ってもらえれば、新しい客層が開拓される。別府は大陸にも南洋にも近いのが強みのひとつだ。終わってからだって、今よりずっと来客数は増える。タクシー業界が心配することはない」

市議会議長の論理的な説明に、誰も言い返せなくなった。だからといって納得したわけではない。ひとりが投げやりに言った。

「結局、山田議長は、亀の井の味方か」

そして熊八に向かって怒鳴る。

「こんな味方を呼んできて、汚いぞッ」

「そうだ、やり方が汚いッ」

口々に言い立てる。熊八は、さすがに腹が立って声を張り上げた。

「わしは呼んでないッ」

山田が、また大声で言った。

「私は油屋《あぶらや》さんに呼ばれてきたわけではない。ただ船会社から、こういう会合があると聞いて、別府市としての説明が必要だと思って来ただけだッ」

「やっぱり船会社も、亀の井の味方だったんだなッ」

また紛糾し始め、山田が制した。

「船会社は中立だ。ここに役員もいるのだぞッ」

船会社の役員は会議室の隅で、ずっと黙って聞いていた。タクシー側が、あおるように言う。

「いや、亀の井の味方に決まってる。とにかく客が増えれば、船会社は儲かるんだから」

別の男も言い立てる。

「もしも中立なら、意見を聞こうじゃないか。本音《ほんね》のところを聞かせてもらいたい」

あちこちからうながされ、役員は初めて口を開いた。

「うちの会社としては、乗船客が増えるのはありがたいのだが、それよりも油屋さんがバスの件で、賭《か》けに出るのは好ましくない。きっと博覧会は成功するし、その後も盛況は続くと思う。でも観光には波がつきものだ。思いもかけないことが起きて、客が激減することだってある。その時に油屋さんが大きなバスを持て余して、ホテルまで巻き添えにならないか、私個人としては心配している」

役員は真摯《しんし》な口調で続けた。

「今や油屋熊八は別府観光にとって、かけがえのない人だ。港の桟橋建設のきっかけを作ってくれたし、流川《ながれがわ》通りも地獄めぐりの道路も、油屋さんの働きかけがなかったら始まらなかった。これからも油屋さんには別府のために働いてもらいたい。みんなにも油屋さんを支えてもらいたい。だからこそ、これほど反対意見が強いバスには、個人的に不安を感じる」

役員の話は熊八の心を打ち、おのずから頭が下がった。ほかの宿の主人たちからも、同調する意見が出た。熊八は礼を言った。

「わしのことを、そんなに心配してもろて、ほんまにありがたいと思う」

そして顔を上げて、新しい案を口にした。

「そんならバスはホテルとは別会社にする。ホテルは、うちの女房を社長にして、バスはわしがやる。バスの乗車はホテルのお客さんも、ほかの宿のお客さんも、きちんと平等に扱う。それでどうやろ」

できれば来年早々、博覧会の三ヶ月前には、バスの地獄めぐりを始めたいと打ち明けた。

「博覧会が始まるまでは慣らし運行や。その間の料金は、お客さんひとり一円にしたい」

またタクシー会社の社長たちが「安すぎる」と、どよめく。それを制して言った。

「もし博覧会後に、お客さんがタクシーに乗らんかったら、バス料金を上げる。それは約束や」

山田も言葉を添えた。

「みんな、ここは納得してくれ。長い目で見れば、きっと別府中が潤《うるお》う。信じて欲しい」

なお不満は残ったが、もはや反対意見を出せない雰囲気になり、とりあえず散会となった。

翌昭和三年（一九二八）一月十日、熊八はみずからが社長、杉原時雄が専務という体制で、亀の井自動車を創業した。

時雄は荷が重すぎると、しきりに遠慮したが、熊八が説き伏せた。そして亀の井ホテルの近くに事務所を構え、ドライバーの確保やバスの運行間隔《かんかく》などを、時雄に任せた。

その一方で山田耕平を通じて、バス同士がすれ違えるように、道幅の一部拡幅《かくふく》を陳情した。だが土木行政は決定までに時間がかかり、とうてい四月の博覧会開催までに間に合わない。

すると山田がタクシー会社を駆けまわり、当面、地獄めぐりは一方通行にしようと説得した。

今までは一組の客に、タクシーの運転手が最初から最後まで同行して、ガイド役も務めた。しかし各地獄に停留所を設け、客は居合わせたタクシーに乗ったり降りたりしながら、一方通行で地獄をまわり、最後は駅か港で降りるという行程だ。

「その方が効率がいいし、料金も一律でわかりやすい。当然、バスも一方通行だ。博覧会が終わったら、できるだけ早く道路幅を広げて対面通行に戻すから、それまでは一方通行で頼む」

タクシー会社の社長たちは、不承不承《ふしょうぶしょう》ながらもうなずいた。

熊八には、もうひとつアイディアがあった。バスには車掌《しゃしょう》が必要だ。特に大型バスだけに、後退する際には、車外に降りて誘導《ゆうどう》しなければならない。どこの停留所に着いたかを乗客に知らせて、乗り降りをうながす必要もある。その車掌を若い女性にしようと考えたのだ。

欧米では民間の飛行機に、若くて美人の乗務員を乗せているとと聞いたことがある。彼女たちは非常時の避難誘導役だが、普段は乗客に茶菓や食事のサービスをするという。そこからヒントを得た。

熊八は少女車掌と銘打ち、思い切って高額の給金を示して募集した。すると小町《こまち》と呼ばれそうな美少女たちが集まった。熊八は揃いの華やかな着物を誂《あつら》えて、いよいよ運行が始まった。

ところが片端から辞めてしまう。時雄に理由を聞くと、溜息まじりに言った。

「ちょっと乗ってみてください。女の子たちが辞めたくなる理由がわかります」

熊八は客のふりをして乗り込んでみた。すると朝から酒を呑んで酔っ払った客が、少女車掌の尻を触ったり、手を握ったりしていたのだ。

熊八は見ていられず、酔っぱらいの腕をつかんで制止した。

「やめなさい。嫌がってるやないですか」

だが酔っ払いは平然と言う。

「この子は芸者と違うのか」

「車掌ですよ」

「けッ、女の車掌だ？　わけのわからんことを言いおって。だいいち、あんたは誰だ？」

「わしはな」

一瞬、考えて、ほらを吹いた。

「この子の父親や。娘の晴れ姿を見に来たんや。あんたには娘はおらんのかッ」

酔っ払いは目を丸くし、何度も頭を下げて、慌ててバスから降りていった。

熊八は少女車掌に謝った。

「悪かったな。嫌な思いをさせて」

だが、その後も客の乗り降りをうながす際にも、少女車掌は嫌な思いをした。客から罵声《ばせい》を浴びせられてしまうのだ。

「ねえちゃん、何を言ってるのか、ちっとも聞こえねえよッ。もっと大きな声が出ねえのかッ」

若い娘たちは、人前で大声など出したことがない。「まもなく海地獄に到着です」のひと言ですら、恥ずかしがって蚊の鳴くような声にしかならない。さんざん野次《やじ》を飛ばされて、しまいには泣き出してしまう。バスを後退させる時にももじもじして、いいのか悪いのか運転席まで伝わらず、ドライバーも苛立《いらだ》つ。

熊八は急いで笛を買い与え、単音の連続と長音の組み合わせで、意志を伝えさせた。だが、その笛さえ、力いっぱい吹けない。

熊八は女性のことだけに、妻に相談してみた。するとユキが言った。

「笛は、そのうち馴れるでしょう。それより、お客さまに馴れ馴れしくされるのが困りますよね。いっそ着物をやめて、洋装にしたらどうかしら」

「なるほど」

「女学生みたいな制服がいいかもしれない。おいそれと手なんか握れないように、近寄りがたいような雰囲気にすれば」

「それ、ええな。おまえ、どんな服にしたらええか、ちょっと考えてくれんか」

「それなら義兄《にい》さんに頼んだらどう？　お洒落だし、大阪にテイラーの知り合いもいるし」

確かに薬師寺《やくしじ》なら適任に違いなかった。

大阪に連絡すると、すぐに別府まで来てくれた。そして大型バスと少女車掌たちを見るなり、薬師寺は目を輝かせた。

「上手くやれば、これは人気が出るぞ」

すぐに大阪から女性テイラーを呼んで、車掌たちの採寸をした。その場でテイラーがスタイル画を描いてみせると、少女車掌たちは大喜びした。

ただし車内で声が通らないのが問題だった。その点も義兄に相談したところ、思いがけない助言が飛び出した。

「宝塚の少女歌劇団から、発声指導の人を呼んだら、どうだろう」

熊八は手を打った。

「ああ、それなら、地元にもありますよ」

別府には三年前から、鶴見園《つるみえん》という大きな遊園地が営業している。その中に六百席の大劇場があり、若い女優ばかりの歌劇が人気で、九州の宝塚と呼ばれていた。

「さっそく話してみます。きっと引き受けてくれますよ」

少女歌劇と聞いて、熊八は、またアイディアがひらめいた。

「発声指導するんやったら、台詞《せりふ》ゆうか口上《こうじょう》を決めたらどうやろ。客の乗り降りの誘導だけやなくて、車掌に町のガイドもさせるんや。たとえば流川通りを走っている時に、通りの由来《ゆらい》とか繁盛ぶりとかを、歌でも歌うように語らせたら、きっと面白《おもろ》なるで」

どこかの老舗《しにせ》旅館で、番頭が独特な口調でガイドをしていた記憶があり、それを真似《まね》ようと思いついたのだ。薬師寺も話に乗った。

「そんなら僕が、おおまかな台詞を考えて、東京の偉い先生に見てもらおう。そうすれば何々先生監修ということで、新聞も記事にしてくれるだろうし」

「それ、やりましょ。ええ宣伝になりそうや」


二月に入って、梅の香りが漂い始めた頃、時雄が一通の履歴書《りれきしょ》を差し出した。

「今日、こういう子が車掌に応募してきたんですけれど、どうでしょうかね」

熊八が開いてみると、名前は村上アヤメ、十九歳で、大分県立森女学校卒と書いてある。

「へえ、女学校出か。優秀やな」

それも開校から、わずか三期生めだという。大分県内では女学校自体が新しく、まだまだ卒業生も珍しい。

豊後森《ぶんごもり》と呼ばれる地域の出身で、お伽倶楽部《とぎくらぶ》の久留島武彦《くるしまたけひこ》の故郷にも近い。だが今は別府市内が住所だった。

熊八は時雄に履歴書を返した。

「どうでしょうって、何か問題でもあるんか」

「いいえ、とても綺麗な顔立ちで、性格もよさそうなんですけれど、女学校出のお嬢さんじゃ、長く勤まらないんじゃないかと思いまして」

洋装の制服を作るという話で、いったん車掌たちは盛り上がり、採寸まで済ませたものの、やはり辞めていく者がいる。若い娘たちの気持ちを、熊八は推《お》し量《はか》りかねていた。

「まあ応募してきたんやから、とりあえず雇ってみたらどうや。人手も足らんのやし」

バスは四台で、昼食や休憩を取る時間も必要であり、最低でも五人はいなければ、予定通りの運行はできない。できれば六人は欲しい。なのに、ひとり辞めてしまい、今は四人しかいない。

その夜、熊八が自宅に帰ると、ちょうど大阪のテイラーから少女車掌たちの制服が五箱、届いていた。ユキが一枚ずつ広げては、楽しそうに言う。

「とっても、お洒落にできてきたわ。明日の朝一番に事務所に届けてやりましょうね。きっと、みんな大喜びするわ」

翌朝、熊八も車掌たちの笑顔が見たくて、亀の井自動車の事務所まで、ユキといっしょに制服を届けた。

座敷の控室で箱を広げると、たちまち車掌たちは自分の寸法の制服を見つけて、上着を胸に当てたり、スカートを腰に当てたり、大はしゃぎになった。

ふと気づくと部屋の隅に、背の高い娘が手持ち無沙汰《ぶさた》で立っていた。縞木綿《しまもめん》の小袖《こそで》姿だが、西洋人の血でも混じっているのかと思うほど、色白で目鼻立ちが際立《きわだ》っている。

熊八は昨日の履歴書を思い出した。

「あんた、村上アヤメさんか」

「はい、村上です。よろしく、お願いします」

両手を前に揃えて、きちんと挨拶《あいさつ》する。名前の通り、すらりとして、アヤメの花のような雰囲気だった。声の通りも悪くない。熊八は瞬時に、この子には長く勤めてもらいたいと思った。

ユキが残っていた制服を、アヤメに差し出した。

「この間、辞めた人の寸法だから、あなたには、ちょっと袖と裾が短いかもしれないけれど、いちおう着てみる？」

アヤメは嬉《うれ》しそうな顔をした。その笑顔が、また可愛《かわい》らしかった。

着替える間、熊八が遠慮して外に出ていると、しばらくしてユキが呼んだ。

「みんな、着替えましたよ。見てくださいな」

控室の襖《ふすま》を開けると、殺風景な座敷に、突然、大輪の花が五輪、咲き揃ったかのようだった。

男仕立ての白シャツに、朱色のネクタイを締め、テイラーカラーの上着は紺色で、上衿《うわえり》とカフスだけが別布だ。上着の上から、太めの革ベルトを締める。そこに特注のがま口型小鞄《こかばん》を、鎖で提《さ》げる。乗車券や釣り銭の入れものだ。

追いかけひだのスカートは、上衿とカフスと共布で、車掌たちがくるりと回転すると、裾がひらりと舞う。帽子《ぼうし》はモガたちに好まれそうな、縁が狭い形で、頭をすっぽりとおおう。それがアヤメには、ひときわよく似合った。

熊八は思わず見惚《みと》れた。

「ええなァ。モダンで、華やかで、新鮮で」

車掌たちは顔を見合わせて笑う。何もかも新品を身につけた車掌たちが、全員、笑顔なのも、また可愛らしかった。

ユキがアヤメの上着の袖を引っ張りながら言う。

「この子は背が高いし、手足も長いから、やっぱり袖が短いわね。スカートの丈も足りないし」

長く勤めてほしいという思いは、ますます熊八の中で強くなった。

「そしたら採寸して、新しいのを注文したらええ」

だがアヤメは首を横に振った。

「私、これで大丈夫です。今晩、預からせてもらえたら、自分で直してきますから」

ユキが心配顔で言う。

「でも、夜は発声のお稽古《けいこ》があって、帰りが遅くなるのよ」

「大丈夫です。私、家で、お針子をしてたんです。急ぎの仕立ても年中ありましたし。ひと晩やふた晩、寝なくても平気です」

熊八は意外だった。女学校出で、夜なべの針仕事をしていたとは。もしかしたら、お嬢さん育ちどころか、むしろ苦労人なのかもしれなかった。

夜の発声の稽古が気になって、事務所に出向いてみると、美声が部屋の外までもれ聞こえていた。もしやと思い、わずかに襖を開いて中をのぞくと、案の定、アヤメだった。

「ここは名高い流れ川、情けのあつい湯の町を、まっすぐに通る大通り、旅館商店軒並び、夜は不夜城でございます」

口上は、あれから薬師寺が原案を作り、人気作家の菊池寛《きくちかん》と久米正雄《くめまさお》が、少し手を入れて完成させた。

さらに鶴見園の劇場から、特に声の通りのいい女優を呼んで、毎晩のように車掌たちに稽古をつけてもらっている。それでも、なかなか声は出ないし、台詞の覚えが悪い車掌もいて、女優が怒り出すこともある。なのにアヤメの口上には、女優がベタ褒《ぼ》めした。

「アヤメさん、とってもいいわ。あなた、声はいいし、美人だし、憶えもいいし。いっそ鶴見園で舞台に立たない？　すぐに、いい役をもらえるわよ」

熊八は引き抜かれてはならじとばかりに、襖を開けて顔を出し、冗談めかして言った。

「先生、引き抜きは困りますよ」

「あら、ご覧になってたの。冗談よ、冗談」

女優は笑ってごまかした。

それでも、ほかから欲しがられるほど、いい人材が入社してくれたことで、熊八は、ひと安心だった。これで車掌の定着率も上がりそうな気もした。


アヤメは働き始めると、たちまち人気車掌になった。評判を聞いて、わざわざアヤメを指名して、バスに乗り込む客まで現れた。

だが杉原時雄が困り顔で、熊八に言った。

「村上アヤメのことなんですけれど」

「どうした？」

「見た目に似合わず、うっかり者なのか、乗車するのに帽子を忘れたり、この間なんか、発車時刻に遅れてきて、理由を聞いたら、靴が見つからなかったって言うんです。前日に使い終わったら、ちゃんとしまっておくようにと、きつく言ったんですけどね」

時雄は首を傾《かし》げる。

「なのに今日も遅刻なんですよ。今度は乗車券用の鞄を探してたって、言い訳するんです。せっかく口上も上手《じょうず》だし、バスの誘導もきびきびしてて、いい子なんですけどね」

だからこそ下手《へた》に叱ると、辞めてしまうのではと気が気ではないという。

「僕だって、バスや自動車の運転やエンジンのことなら自信はあるんですけれど、若い女の子の扱いには、ほとほと参りますよ」

すっかりお手上げという様子だ。熊八は放っておけないと感じた。

「わかった。明日は、ちょうど給料日やし、わしから話してみる」

翌二月二十五日の夕方、熊八は、ユキが揃えた給料袋を携えて、亀の井自動車の事務所に向かった。

四台のバスのうち三台は、もう車庫に戻っており、車掌もアヤメ以外は控室の座敷にいた。四人で座卓《ざたく》に肘をついたり、脚を投げ出したりして、お菓子を頬張っている。

「さて、今日は給料日やで」

熊八が告げると、四人が甲高《かんだか》い声で迎えた。

「キャー、うれしい」

「これで欲しかったハンドバッグが買えるわ」

「あたしは帯と帯揚げ。呉服屋に、綺麗な色のがあるのよ」

熊八は微笑《ほほえ》ましい思いで、車掌ひとりひとりに、給料袋を手渡しした。もらった者から跳《は》ねるような足取りで帰っていく。給料日には口上の稽古はない。

若い車掌たちがいなくなった控室は、天井から下がる裸電球が急に寒々しくなった。最後の一台はまだかと待っていると、事務所前にバスが停まる音がした。

それから短い笛の音が響く。最後に長音になって、笛は聞こえなくなった。どうやらバスが隣の車庫に納まったらしい。

　また、しばしして事務所の玄関が開き、ようやくアヤメが戻ってきた。熊八は立ち上がって、控室から出て迎えた。

　アヤメが慌《あわ》てて謝る。

「すみません。遅くなって」

「いや、かまわん」

　そして給料袋から明細を取り出し、それを袋の上に載せて差し出した。

「今月は途中からやったから少ないけど、来月からは全額、出るし、頑張って働いてな」

「はい」

　アヤメは目を伏せて受け取った。

「ただ、忘れ物とか、遅刻とか、たまにあるみたいやけど、それは気をつけな、あかんで」

　すると、きゅっと口元を引き締めて、勢いよく頭を下げた。

「すみません。気をつけます。二度とないようにしますから、来月も働かせてください」

「もちろん、そのつもりや。頑張ってな」

　アヤメは給料明細に目を落とした。

「こんなに頂けて」

　声が潤んでいる。

「本当に、ありがとうございます」

「泣くほど喜んでもらえて、わしも嬉しいわ」

するとと泣き笑いの顔になった。

「きっと母も泣いて喜ぶと思います」

そして、もういちど深々と頭を下げた。

「本当に、ありがとうございます」

その態度に熊八は、やはり、この娘は苦労人なのだと感じた。


翌朝、熊八が家を出て、宣伝協会に向かおうとしていたところ、先に出かけていたユキが、血相を変えて駆け戻ってきた。

「あなた、すぐに来てくださいッ。バスの事務所で、たいへんなことが」

何ごとかと走っていってみると、時雄が車庫前と事務所を、行ったり来たりしている。

「どうしたんや?」

「僕も何が起きたんだか、さっぱりわからないんですよ」

熊八が事務所に入ると、控室の襖が開いており、縞の小袖姿のアヤメが、ひとりで正座していた。うつむいた肩が小刻みにふるえている。泣いているらしい。その前には制服のスカートが広げてあった。

「どうか、したんか」

熊八が声をかけても、アヤメはうつむいたまま、首を横に振るばかりだ。

「黙っとったら、わからんがな」

少し苛立つと、背後にいたユキが前に出て、勢いよくスカートを手に取って広げた。

「見てください。こんなひどいことを」

驚いたことにスカートには、何ヶ所も縦に切れ目が入っていた。はさみで切られたらしい。

「どうしたんや？」

熊八は愕然《がくぜん》として、妻の顔を見た。

「誰か忍び込んだんか、泥棒とか」

ユキは硬《かた》い表情で答えた。

「ほかの車掌たちの仕業《しわざ》でしょう」

「車掌たちの？　まさか」

熊八は信じがたく、思わず笑い出した。

「何ゆうてんねん。あの子たちが、こんなことをするわけがないやろ」

だがユキは冷ややかに言った。

「男の人にはわからないでしょうけど、若い女の子って、こんなことをしでかすんです」

なおも信じられない。

「証拠があるんか、あの子たちがやったゆう」

「今まで何度も、靴や小鞄を隠されたんですよ。アヤメは何も言わないけれど、私は気づいていました。ほかの子たちが、この子の才能や人気をねたんで、陰で意地悪をしてたんです」

するとアヤメが慌てて否定した。

「違うんです。みんな私の不注意で」

ユキは眉をひそめた。

「それじゃあ、このスカートも、あなたの不注意だったとでも言うの？」

「これは」

アヤメは泣きながら答えた。

「社長のおっしゃる通り、きっと昨夜、泥棒が入ったんだと思います」

「なぜ？」

ユキは訳がわからないと言った様子で聞く。

「なぜ、意地悪をされているのに、かばうの？　何か弱みでも握られているの？」

「違います。弱みなんか何も」

それきりアヤメは口を閉ざしてしまった。

熊八は両膝をたたいた。

「わかった。今夜、車掌全員を集めて話をしよう」

アヤメには、今日は普段着でかまわないから乗車するようにと言い置いて、事務所から出た。

博覧会開催まで、あと一ヶ月あまり。こんな事態が待っていようとは、予想だにしなかった。


その夜、裂けたスカートを前に、最年長の美津《みつ》が形のいい口元をゆがめて言い放った。

「私たちを犯人扱いしないでくださいッ」

アヤメにも増して、綺麗な顔立ちの車掌だ。熊八は内心、ホッとした。こんな美人同士で陰湿《いんしつ》な仕打ちなど、事実であって欲しくなかった。

だがユキが淡々とした口調で語り始めた。

「私はね、前から気づいていたのよ。みんなでアヤメの持ち物を隠していたのを」

「女将《おかみ》さん、言いがかりはよしてください」

熊八も美津たちの肩を持った。

「ユキ、おまえ、証拠があるんか」

「実は私、見たんです。この四人が、アヤメの靴を隠すところを」

四人の顔色が変わった。ユキは強気だ。

「今になって思えば、その時、しっかり叱っておけばよかったんです。でも下手に叱って、四人揃って辞められたらって、正直、それが怖《こわ》くって。黙って靴を元に戻したんです」

それで美津たちが気づいてくれたらと、内心、期待したという。

「本当に、あの時、叱っておくべきでした」

熊八は落胆した。こんな話は聞きたくない。深い溜息をついて、美津にたずねた。

「なんで、靴なんか隠したりしたんや」

突然、美津が開き直った。

「だって、この人、気取ってるんですもん」

アヤメを指さし、熊八に鋭い声を浴びせた。

「社長、私たち四人か、アヤメひとりか、どっちかを選んでください。この人といっしょになんか、もう働きたくありません」

熊八は驚いた。どちらかを選ぶなどできない。

すると美津が直接、アヤメに言った。

「あなた、早く辞めなさいって、前から言ってるでしょう。そうじゃなければ、私たちが辞めるしかなくなるのよ」

アヤメはうつむいたまま答えた。

「至らないことは直します。気取っていたつもりはないけれど、一生懸命、直します。だから」

美津は、ぷいと横を向いた。とうとうユキが納得顔で言った。

「そういうことだったのね」

熊八は妻の言葉の意味がわからない。

「そういうことって、何や?」

「アヤメとしては、四人に辞められても困るし、自分も辞められないから、ことを荒立てたくなかったのでしょう」

それが弱みといえば弱みだったのだ。だが美津は、なおも不機嫌そうに言う。

「女将さんも社長も、えこ贔屓ですよね。アヤメのことばっかり」

さすがに熊八は腹が立った。

「いつ、わしが、えこ贔屓した?」

「しましたよッ。初めて制服が届いた時、アヤメのために新しいのを注文しろって言ったり、その晩に限って、発声の稽古をのぞきに来たり」

「発声の稽古を見に行ったら、あかんのか」

「あれはアヤメが気になってたから、見に来たんでしょう。それまで稽古なんか見に来たことなかったのに。どうせ私たちは、社長の気にもかからない存在なんですよ」

熊八は頭を抱えた。そんな些細《ささい》なことを言い立てられようとは、思いもよらなかった。

話が途切れ、誰もが黙り込んだ。熊八はしかたなく、最初の話題に戻した。

「それで、このスカートは、どういうことなんや」

即座に美津が答えた。

「これは私じゃありません」

また誰もが黙り込んだ。もう、これで話は終わりにしようと、熊八が言いかけた時に、ひとりの車掌が声をあげて泣き出した。

「私がやったんです。私が」

芦辺《あしべ》シズ子という最年少の車掌だった。いちばん声も出なければ、バスの誘導の要領も悪い。

美津が厳《きび》しく言い放った。

「シズは黙ってればいいのよッ」

だがシズは、いよいよ泣きじゃくる。

「私、美津さんに言われたんです。アヤメさんのスカートを切らなきゃ、仲間外れにするって。それで嫌だったけれど、昨日、はさみで」

熊八は耳をふさぎたかった。

「もう、いいッ」

思わず大声が出た。自分は年を経て、ずいぶん温和《おんわ》になったと思っていた。だが今度ばかりは耐えられない。そのまま立ち上がって、大股で控室を出た。

その夜、ユキが寝室で言った。

「あれからアヤメが辞めるって言い出したんです。自分が辞めて、ほかの四人に残って欲しいって。でも引き止めました。あの子、お金の苦労をしているんですよ」

アヤメは女学校を終えた直後、父が人の借金の保証人になり、多額の負債をかぶったという。

「その後、父親は母親と離婚して、行方《ゆくえ》をくらましたらしいんです」

それから母と別府に出てきたが、女所帯では針仕事くらいしか仕事が見つからない。女学校出の学歴など、何の評価も得られなかった。暮らしが立ち行かず、あとは身売りでもするしかないと覚悟した時に、少女車掌の募集を知って、渡りに船とばかりに応募してきたのだという。

「だから、あの子は辞めるわけにはいかないんですよ。えこ贔屓って言われても、そんな事情があるんじゃ、かばってやらないわけには、いかないじゃありませんか」

熊八は疲れ切って布団《ふとん》に横になり、妻に背中を向けて言った。

「ユキ、この件は、おまえに任す。わしには、もう、お手上げや」

「でも車掌がいなくなったら、どうするんですか」

「まあ、その時は、男の車掌でも乗せる」

「案内の口上は?」

「そんなものはナシや。とにかくバスの誘導だけさせたらええ」

これ以上、女たちの争いに、わずらわされたくなかった。しかし放り出したからといって、何かが好転するはずもない。

翌日、ユキが疲れ切った様子で言った。

「今朝、美津たち四人が辞表を出しました。引き止めましたが、どうしても辞めるって言い張って」

「そうか」

「ただ、シズだけは後で戻ってきて、もし許してもらえるなら働き続けたいって。私としては迷ったけれど、あの子はスカートを切ったことを本気で反省している様子だし。アヤメに聞いたら、もちろんいっしょに働きたいって言うので、シズの辞表だけは破って捨てました」

「そうか」

「これでバス二台は動かせますから、最低、あとふたり探しましょう」

「けど博覧会まで、あとひと月やで」

「それでも、やるしかないでしょう。残ってくれたアヤメとシズのためにも」

それから熊八は給金を二十円に上げ、別府中を走りまわって探した。だが車掌が居つかないと知れ渡っており、どれほどひどい職場かと恐れられて、まったく応募がない。

なんとか宇都宮が遠縁の娘を、ひとり連れてきてくれた。さらに鶴見園に入ったばかりの女優見習いが、人前での度胸づけにと、博覧会終了までの助っ人に入って、なんとか四人が揃った。

しばらくすると時雄が明るく言った。

「よかったら、シズが乗車するバスに乗ってみてください。とても上手になったんです」

熊八は言われた通りに乗ってみた。帽子をかぶって、さっさと二十五人乗りのバスの後ろの席に乗ったので、シズは社長がいることに気づかない。

発車前に、シズはバスの周囲を、あちこち指さしながら、きびきびと点検する。それから軽やかな足取りで乗り込んで、客の人数を確かめてから、乗車口のドアを閉め、はっきりとドライバーに言った。

「大丈夫です。発車してください」

それから客に向かって声を張った。

「お待たせしました。これから地獄めぐりに、ご案内いたします」

何をやっても要領の悪かったシズが、別人のようだった。以前はバスが後退する時にも、息が抜けたようだった笛を、力いっぱい吹いて、大きな手招きでバスを誘導する。

熊八は降車する時に、シズに声をかけた。

「シズ、上手になったやないか」

シズは初めて熊八に気づいて目を丸くし、それから満面の笑みになった。

事務所に戻ってから、時雄に言った。

「シズは、ようやく一人前になったな」

「実は、ほかのふたりも上達が早いんですよ」

「そうか。いい子たちが揃ったんやな」

「それもありますけれど、アヤメの力が大きいんです。あの子が、ほかの三人を引っ張ってるんですよ。細かいことまで気がついて、あれこれ教えるし。もともとアヤメは、そういう立場に向く子だったんですね」

四人で博覧会を乗り越えようと、かたく約束し合っているという。

翌朝、熊八は四人が出社してくる頃に、事務所に出向いて褒めた。

「四人で頑張ってるんやってな。もうじき博覧会が始まるし、この調子で頑張ってくれ」

四人とも嬉しそうに声を揃えた。

「はいッ」

熊八は一点だけ助言した。

「発車する時にな、ドライバーに『大丈夫です』て言う代わりに、『発車、オーライ』ゆうてみ。バスが後ろに下がる時は『バック、オーライ』や」

アヤメが不審《ふしん》顔で聞く。

「オーライって、英語でですか」

「そうや。『大丈夫です』より『オーライ』の方が、かっこええやろ」

その日の一番バスの車掌はアヤメだった。バスが車庫から出る時に流川通りに立ち、ほかの車が来ないか確かめて笛で誘導する。そして周囲の確認を終えて乗り込む際に、車外にまで聞こえるほど高らかに言った。

「発車、オーライ」

熊八は口元に大きな手を当てて、バスに向かって声をかけた。

「ええぞッ、その調子、オーライやッ」

車庫前に立っていた三人の車掌たちも、笑顔で手を振る。

「アヤメさん、オーライッ」

もう博覧会は間近に迫っていた。

昭和三年（一九二八）四月一日、中外産業博覧会は開催初日に、いきなり来場者が一万人を超えた。市議会議長の山田耕平は、ほくほく顔だ。

「これから評判になって、いよいよ増えるぞ」

だが時雄が、また困り顔で言う。

「社長、地獄めぐりの道路が穴だらけになって、バスが傾いて危険です」

慌てて見に行ってみると、バスもタクシーも一方通行で、どんどん走るために、タイヤで土が掘られてしまい、あちこちが陥没《かんぼつ》していた。

すぐさま熊八は時雄を振り返って言った。

「福岡あたりで、トラックを一台、買《こ》うてきてくれ。砂利も大量に要る」

時雄は、陸軍が払い下げたポンコツを手に入れてきて、手早くエンジンを修理した。

その一方で、熊八は力自慢の男たちを雇い入れた。そして夕方、各地獄が営業を終えるのを待って、彼らをバスに乗せた。

砂利を満載《まんさい》したトラックが先導し、陥没箇所に着くなり、男たちがバスから降りて、片端から穴を砂利で埋めた。路肩が崩れているところがあれば、それも直した。

毎晩、バスの中は、泥だらけになったが、朝早くからアヤメたちが出勤してきて、文句ひとつ言わずに掃除した。

博覧会会場で病人や怪我人が出たといえば、すぐに亀の井ホテルに連絡が来た。熊八は看護師の安武ノブを駆けつけさせた。その後は会場内に仮設の救護室を設けて、ノブを常駐《じょうちゅう》させた。

そのほかにも熊八は欧米人との通訳を頼まれたり、ありとあらゆる雑事が持ち込まれて大忙しになった。

　博覧会の来場者は、うなぎのぼりに増え続け、五月一日の段階で目標だった五十万人を突破した。それから二十日間は駆け込みで増加し、とうとう八十万人に達した。

　五月二十日の最終日、博覧会会場の門が閉じられると、あちこちで、すすり泣く者が続出した。熊八は大きな達成感と、一抹《いちまつ》の寂しさを感じた。

　その夜、亀の井自動車では社員全員を集めて、ひとりひとりにボーナスを手渡した。皆、嬉しそうに受け取ったが、車掌たちは四人とも泣いた。

「休みもなしで、ほんまに、よう頑張ってくれた。四人とも、ありがとう」

　あれからも車掌の募集を続けたが、博覧会に人手を取られ、どうしても人数を増やせなかったのだ。アヤメは涙で頬をぬらして言った。

「これで、借金が返せます。母が、どれほど喜ぶか。親孝行ができて、本当に嬉しいです」

　それを聞いた熊八もユキも、そして社員たちも、もらい泣きをした。

　その後、地獄めぐりの道路が広がり、対面通行に戻って、バスとタクシーは共存できた。タクシーは高級路線に進み、バスとの差別化に成功したのだ。

　少女車掌の口上は、年を追うごとに評判になり、昭和八年（一九三三）にポリドールレコードからレコード化の申し出があった。

　熊八はアヤメとシズを東京に送って録音させ、できたレコードを大量に買い込んだ。そして、あちこちに配った。少女車掌たちの活躍が、誇らしくてたまらなかった。

後に、熊八は別府の駅前で、美津の姿を見かけた。赤ん坊をおぶい紐で背負って、片手に買い物かごを提げ、もう片方で幼い男の子の手を引いていた。少し所帯じみてはいたが、あの頃の美《び》貌《ぼう》の片鱗《へんりん》は残っていた。

可愛らしい男の子が跳ねるような足取りで、かたわらを歩く。その声が聞こえた。

「おかあちゃん、今日のおかずは何？」

「今日はね、鶏の天ぷらだよ」

「わーい、僕、とり天、大好き」

男の子が、いかにも嬉しそうに言う。

熊八の心に温かいものが広がった。嫁いで幸せになったと知って、あの時の後味の悪さが消えていく。歳月が何もかも和《なご》ませてくれていた。

とり天の考案者、宮本四郎《みやもとしろう》は亀の井ホテル開業から二年間、料理長を務めた。そして後輩が育ってきたのを見計らって、自分のレストランを開店した。最初に東京三田《みた》で修業した店名をもらい、東洋軒と名乗った。

場所は流川通りから少し北に入った一角で、三角の敷地に三階建ての洋館を建てた。通りに面した一階は、ガラス窓を大きく取り、扉のガラスには「東洋軒」の金文字が浮かぶ。二階と三階は下見板張りの外壁に、縦長の上げ下げ窓が並んでいた。

洒落た外観と、やはり目玉料理のとり天が人気で、温泉客のみならず、地元の人々も着飾って出かける有名レストランになった。

とり天は家庭でも、真似して作り始めている。味は本家には及ばないものの、地元の名物になりつつあった。

　何もかもが、いい方向に転がっていた。熊八は美津と息子の後ろ姿を見送ると、両拳をかため、力を込めて背伸びをした。

「さあて、次は何をするかな」


　しばらく前、中外産業博覧会の開催が決まった頃のことだった。凡平《ぼんぺい》が通う聖公会《せいこうかい》の牧師が、亀の井ホテルを訪ねてきた。

「梅田《うめだ》凡平くんのことなんですが、宣伝協会を三ヶ月ほど、休ませて頂けませんか」

　熊八は聞き返した。

「教会のご用ですか」

「教会の用といえば、そうなんですけれど、アメリカに行かせたいんです。世界日曜学校大会という国際的な催《もよお》しが、ロサンゼルスで開かれるので」

　国際大会としては十回めであり、日本から百五十人ほどが使節団として渡米するので、その一員に凡平をという話だった。

「でも凡平くん本人は、宣伝協会の仕事があるからと、遠慮《えんりょ》しているのです」

　熊八は驚いた。

「そういうことでしたか。それなら、ぜひとも行かしたってください。宣伝協会は三ヶ月くらい休んでも、かまいませんし」

　時期は昭和三年（一九二八）六月の出発だという。中外産業博覧会は五月二十日までだから、ちょうど終了後になり、なおさら好都合《こうつごう》だった。

牧師が帰ってから、熊八は宣伝協会に走っていき、息を弾ませて凡平に言った。

「凡平、水くさいやないか。アメリカ行きの件、黙っとって」

凡平は笑って相手にしない。

「行かないんですから、わざわざ話すこともないじゃないですか」

熊八は椅子に腰かけた。

「いや、行け。願ってもない機会や。おまえは、まだ四十前やし、見聞を広めておけ。金のことなら心配すな。わしがなんとかする」

「そう言うと思ったから、余計に嫌なんです。これ以上、熊八さんの世話にはなれません」

ほどなくして宇都宮と北陽《ほくよう》も顔を出した。熊八が渡米の件を話すと、ふたりとも口を揃えた。

「凡平、行けよ。おまえは行くべきだ」

「おまえがいない間、宣伝協会は俺たちに任せろ」

凡平は苦笑《くしょう》した。

「任せられないから、行かないと言ってるんじゃないですか」

熊八が口を挟んだ。

「心配やったら、三ヶ月、宣伝協会を閉めてもええ。ちょうど博覧会の後やし、しばらくは宣伝せんでもええやろ。それよりアメリカで別府温泉を宣伝してきてくれ」

さんざんあおった結果、ようやく凡平は渡米を決意したのだった。

渡航費は熊八が教会に献金し、教会が送り出すという形になった。宇都宮は桃太郎の半纏《はんてん》を新調してやった。

それを羽織《はお》った姿を北陽が撮影し、写真を何枚も焼いた。その裏に「JAPAN BEPPU HOT SPRING」と、一枚ずつ手書きした。日本別府温泉という意味で、アメリカで宣伝用に配ることにしたのだ。

博覧会の熱気も冷めやらぬ五月下旬、凡平は新品の半纏を着て別府を離れた。六月二日には横浜から乗船して、アメリカ西海岸に向かった。

そして秋口に、すっかり日焼けして、元気に帰ってきた。

「行ってよかったです。世界中の日曜学校のやり方がわかって、学ぶところがありました」

ロサンゼルスだけでなく、行き帰りに寄ったハワイの観光のあり方も参考になったという。

凡平が帰国してほどなく、今度は熊八に渡米の話が舞い込んだ。翌年春に、アメリカ西海岸のシアトルで、ホテル業界の世界大会が催されるので、日本ホテル協会の代表として参加しないかというのだ。日本ホテル協会は、二十年ほど前に創設された団体だ。

アメリカへは鉄道省の役人たちも同行するという。近々、鉄道省は国際観光局を立ち上げて、日本各地に国際観光ホテルを建てる計画があり、その準備として、アメリカのホテル業界を視察したいというのだ。

熊八は迷った。三十年以上前に渡米した際に、最初の上陸地になったのがシアトルだ。つらかった思い出の方が多い。鉄道省の役人との旅行も、ちょっと窮屈《きゆうくつ》そうな気がした。

すると今度は凡平があおる番だった。

「熊八さんらしくないですよ。僕の時には、行け行けって勧めたのに。それに別府の宣伝にもなるし。英語が上手な熊八さんが行かなくて、誰が行くんですか」

熊八は、凡平の言う通りだと思い直し、渡米を決めたのだった。

昭和四年（一九二九）二月下旬、水仙の花が咲き揃う頃に、別府から横浜に向けて出発することになった。

当日は二月とは思えない暖かさで、誰もがオーバーコートを脱いで薄着になっていた。大勢の見送りと言葉を交わし、凡平の番になった時、首の後ろに茶色いあざが見えた。かなり大きい。

「凡平、そこ、どうしたんや？　火傷《やけど》でもしたんか」

凡平は首筋に軽く手を当てた。

「ああ、これですか。去年、ロサンゼルスで日焼けしたのがシミになっちゃったみたいで。もう三十八歳だし、僕もシミができる歳なんですよ」

「そうか。おまえは子供みたいな顔やから、いつまでも若い気がしてたけどな」

隣りにいたユキが口を挟んだ。

「うちの人だって、もう六十六なんですよ」

「熊八さんも若いですよ。六十代には見えません」

ユキと三人で笑った。

最後は見送り全員で万歳三唱をしてくれて、熊八は就航したばかりの大阪商船の快速船、菫《すみれ》丸《まる》に乗り込んだ。色とりどりのテープが舞う中を、快速船は離岸した。

二月二十七日に横浜港で、鉄道省の役人たちといっしょに東洋汽船のコレヤ号に乗った。そして太平洋を横断し、懐《なつ》かしのサンフランシスコに入港した。

丘の斜面に家々が連なる風景は、三十年前と変わらない。だが上陸してみると、町の雰囲気は記憶とは異なっていた。

昔は煉瓦《れんが》造りのビルが多かったが、熊八が帰国して数年後に大地震に見舞われ、多くが崩壊したという。以来、サンフランシスコでは、煉瓦は使われなくなっていた。

あの頃、世話になった赤羽忠右衛門《あかばねちゆうえもん》のセイラーズ・ホテルを、ひとりで探した。あのホテルこそが、清潔な寝具にこだわる熊八の原点だった。しかし、もはやホテルは影もなく、赤羽を知る者もいない。おぼろげな記憶をたどって、洗礼を受けた教会も探したが、それも、わからなくなっていた。

その代わり、地元のホテル協会が、ホテル・ウィットコムという市庁舎の近くの一流ホテルで、日本人一行の歓迎朝食会を盛大に開いてくれた。ホテル・ウィットコムは、熊八がいた頃にはなかったが、たとえ、あったとしても、とうてい足を踏み入れられない格式だった。

その後、一行はシアトルまで飛行機で北上して、予定通り、ホテル業者の世界大会に参加した。シアトルからはロサンゼルスへと南下し、三月二十二日には、やはり最高級ホテルであるアンバサダー・ホテルで、全員タキシード姿の歓迎晩餐会《ばんさんかい》が開かれた。

さらにメキシコまで南下してカジノを見学した。熊八は感無量だった。かつてはメキシコまでヒッチハイクで来たのに、今は飛行機で飛びまわれる。

鉄道省の役人たちとの旅も、予想していた窮屈さはなかった。むしろ今後、日本で、どんなホテルを建てるかを、毎晩、夢中で語り合った。

熊八は三十年前の情けなさを思い出す。大学にも行かれず、下働きと図書館通いで過ぎた日々だった。でも今になって思えば、いろいろなことをアメリカは教えてくれた。国立公園のあり方も、観光のあり方も。そんな知識と経験が、別府で活きたのだ。

あの時、帰国を悩む熊八に、牧師が言った。

「万事オーライになりますよ」

あの言葉は正しかったのだ。

一行はメキシコのカジノ見学を最後に帰路につき、四月五日には横浜港に入港した。熊八は無事な帰国を、早くユキに知らせたくて、横浜から長距離電話をかけた。

交換手がつなぐ雑音に続いて、亀の井ホテルの従業員が出た。高額な電話料金を気にして、熊八は早口で告げた。

「わしや。横浜に着いた。明後日《あさって》か、明々後日《しあさって》には帰れると思う。そうユキに伝えてくれ」

横浜から大阪までは夜行列車で行って、大阪から快速船に乗り継げれば、最短で四月七日には別府に着く。だが従業員は慌てて言った。

「ちょっと待ってください。今、女将さんを呼んできますので」

「ああ、いらん。伝えてくれたらええ」

「いや、切らないで、待っててください」

明後日には会えるし、わざわざ電話口まで呼ぶことはないのにと、少し苛立った。

しばらくしてユキが出た。息が荒い。走ってきたらしい。

「あなた、落ち着いて聞いてください」

何ごとかと身構えた。しかし想像だにしなかった言葉が続いた。

「梅田凡平さんが」

ユキは短い息をついてから続けた。

「亡くなったんです」

「えッ？」

回線に少し雑音が混じり、声が聞き取りにくい。聞き間違いだと思った。

「なんやて？」

ユキの方も雑音が邪魔しているらしい。

「あなた、聞こえますか。聞こえてますかッ」

熊八は気を取り直して答えた。

「ああ、聞こえてる。もういちど言ってくれ」

「凡平さんが」

もう涙声になっている。

「亡くなったんです」

ユキは、はっきりと言葉をついだ。

「首のところに悪い出来物ができて、あなたが出発した後に、急に具合が悪くなって入院して。四月一日に息を引き取ったんです」

目の前が暗くなり、受話器が手から滑り落ちた。コードでぶら下がる受話器から、ユキの動揺した声が、かすかに響く。

「あなた、どうなさったの？　大丈夫ですかッ。あなた、あなたッ」

あまりに呆然《ぼうぜん》としてしまい、受話器を引き上げることさえできなかった。


凡平の家の床《とこ》の間には、小さな十字架のついた白い布包みが置いてあった。中に入っているのは骨壺だ。それが凡平のものだとは、熊八には、どうしても信じられない。

「なんで、こんなことになってしもうたんや」

小声でつぶやくと、凡平の妻、ソメがかたわらに座って、とつとつと話し始めた。

「首の出来物は、私も前から気になってはいたんです。具合も悪そうだったし」

ソメは助産師をしていて医療に通じており、何度も医者に行けと勧めたという。だが凡平は、特に熊八の留守中に、自分が宣伝協会を休むわけにはいかないと言い張って、行こうとしなかったのだ。

「でも北陽さんが顔色が普通じゃないって、無理やり病院に連れてってくれたんです」

すると即座に入院が決まったという。

「急いで駆けつけたら、お医者さんに私だけ呼ばれて、命取りになるかもしれないって」

ソメは着物の胸元から、てぬぐいを取り出して、そっと目元をぬぐった。

「うちの人、もともと痛いとか苦しいとか言わないんです。でも、お医者さんの診立てでは、そうとう痛いはずだと言われました」

熊八は聞くに堪《た》えない思いがして、つい問い詰めるような口調になった。

「なんで、わしに知らせへんかった？」

「うちの人が、けっして知らせてくれるなって言ったんです」

ユキが病院に見舞いに行った時に、熊八の泊まっているホテルに国際電報を打つと言ったが、凡平自身が承知《しょうち》しなかったという。

「本人は、さほど重病だと思ってなかったのかもしれませんが、とにかく知らせないでくださいって、その一点張りで」

ソメはてぬぐいを目に押し当て、くぐもった声で言う。

「うちの人、自分がアメリカに行けたことを、本当に喜んでいたんです。だから熊八さんにもアメリカ旅行を楽しんでもらいたいって、そればっかり言って。自分の病気なんかで、水を差したくなかったんです」

それから病状は急速に悪化し、次にユキが見舞った時には、もう起き上がれなかったという。

「それでもユキさんに向かって、熊八さんには知らせないで、知らせないでって、かすれ声で、拝むような仕草で言うんです」

自分でも死期を悟っていたという。

「私には、別府に来てよかった、宣伝の仕事、楽しかったって、それが」

涙で詰まりながら、ソメは言った。

「それが最後の言葉でした。それも微笑みながら言ったんです。宣伝の仕事、楽しかったって」

凡平は、いつもニコニコしていた。その笑顔で子供にも好かれた。だが死の間際まで微笑んでいたとは。

「凡平らしいって言えば」

熊八も涙声になった。

「凡平らしいな」

ポケットからハンカチを出した。

「けど、なんで」

丸眼鏡《まるめがね》を外して涙をぬぐった。

「なんで、あんなええやつが、こんな早くに死ぬんや。まだ四十前やのに」

梅田家には三人の子供たちが残された。上ふたりは女児で、末息子の平八《へいはち》は小学校に入ったばかりだ。凡平の平と熊八の八から名づけた愛息だった。

これからはソメの助産師の収入で、暮らしは立ち行くかもしれないが、大黒柱を失った心細さは、どうしようもない。

ソメは、きちんとたたんだ半纏を差し出した。

「これは宣伝協会にお返しします」

桃太郎の半纏だ。熊八は首を横に振った。

「これは宇都宮が凡平にやったもんや。宣伝協会のものとは違う」

「でも、できれば事務所の壁にでも、かけてやってください。あの人、大好きだった仕事場に、いつまでも居たいでしょうし」

ソメが風呂敷に包んだ半纏を、熊八は受け取った。さらにソメは小さな鍵も手渡した。

「これは事務所の鍵です。ずっと主人がお預かりしていたので」

そういえば熊八は宣伝協会の鍵など、今まで持っていなかった。かならず凡平が先に来て、開けてくれていたのだ。

もういちど熊八は洟《はな》をすすった。

「納骨の時には、立ち会わせてくれ。立派な墓を建ててやりたいし」

凡平の功績を、どうしても後世に伝えたかった。


その足で宣伝協会の事務所に向かった。途中で小雨が降り出したが、かまわずに歩いた。

事務所の扉前に立ち、初めて鍵穴に鍵を差し入れて、ガチャリとまわした。ドアを開けると、カーテンを閉め切った室内は薄暗く、空気が淀《よど》んで静まり返っていた。

昼間、カーテンが閉まっていることなど、今までにいちどもなかった。鍵だけでなく、朝一番にカーテンを開けるのも、凡平の仕事だったのだ。

熊八は風呂敷包みを机の上に置くと、大股で窓際まで進んで、手荒くカーテンを開いた。窓枠に取りつけられた真鍮製《しんちゆうせい》のネジ鍵を、ぐるぐるとまわして外し、木枠の窓を音を立てて開けた。

空は雨雲が垂れ込め、ぬれ始めた窓の外枠に、どこから飛んできたのか、桜の花びらが貼りついていた。熊八は桜の時期だったのかと、初めて気づいた。

横浜で上陸して、ユキに電話をかけて以来、列車の沿線などで、何度も満開の桜が目の前を横切ったはずだ。なのに心ここにあらずで、まったく目に入っていなかった。

窓を開けたまま、室内を振り返った。机の前の椅子に、凡平が座って、算盤《そろばん》を弾《はじ》いていそうな気がした。いないことに大きな違和感がある。

以前なら宇都宮や北陽も集まってきて、すぐに賑《にぎ》やかになったものだ。でも今は、ただただ静まりかえっている。今までに経験したことのない孤独感だった。

机の上は、几帳面《きちょうめん》な凡平らしく、きちんと片づいている。熊八は近づいて引き出しを開けてみた。中にはペンとインク壺、金銭出納帳《すいとうちょう》、黒光りするほど使い込んだ算盤などが並んでいた。

出納帳を開くと、熊八がアメリカに向けて出発した数日後で、記入が途切れていた。それが凡平が、ここに来た最後の日だったのかもしれない。それきり戻ってこないとは、よもや本人も知るよしもなかったはずだ。

脇の小引き出しを開けると、凡平の写真が出てきた。凡平が世界日曜学校大会で渡米する前に、北陽が撮影して、大量に紙焼きした宣伝用の一枚だ。桃太郎の半纏を誇らしげに着ている。

凡平の家から、その半纏を持ってきたことを思い出し、風呂敷包みを机の上で開いた。きちんとたたまれた半纏を手に取り、板壁の釘にかかっていた衣紋《えもん》かけにかぶせた。

一歩、二歩と後退《あとずさ》りして半纏を眺め、机の上に残った写真と見比べた。凡平が写真のように、この半纏を着ることは永遠にない。今まで、つらかったことや、情けなかったこと、悔しかったことは山ほどある。だが、これほど哀《かな》しいことは初めてだった。

「凡平、なんで死んだんや」

また涙がこぼれた。

その時、ドアノブがガチャガチャと音を立てた。外から鍵を開けようとしている。

反射的に熊八はノブに飛びついた。ドアの向こうに立っているのは凡平だと、とっさに思い込んでしまったのだ。いったん閉まってしまった鍵を、内側から開けて、強く手前に引いた。

　そこにいたのは、当然ながら凡平ではなかった。北陽が意外そうな顔で立っていたのだ。

「おまえか」

　落胆の声が出た。北陽はぬれたこうもり傘を、かたわらのバケツに放り込むと、不機嫌そうに聞き返した。

「僕じゃ、いけませんでしたか」

「いや、そういうわけやない」

「熊八さんこそ、いつ帰ってきたんですか」

「昨日や」

「聞きましたか。凡平のこと」

「横浜から電話して、女房から聞かされた。凡平の家には、さっき行ってきたとこや」

　北陽は事務所に入り、応接用のソファに、身を投げ出すように座った。

「いい気なもんですよね。あれやこれや雑事は凡平に任せっきりで、外遊ですもんね。葬式にも出ないで、呑気《のんき》にご帰還ですか」

　癇《かん》に障《さわ》る言い方だった。

「何が言いたい？」

「別に。ただ」

「ただ？」

「熊八さんがアメリカで浮かれていた間に、凡平は首の痛みに耐え続けて、悪い出来物が体中に広がって、それで死んでいったんですよ。三十八歳の若さでね。そう思うと、腹が立ってたまらないんです」

熊八に渡米を勧めたのは凡平だ。それに首の出来物が、それほど苦痛をともなったというのは、ついさっきソメから聞くまで知らなかった。

それでも熊八は言い訳できなかった。自分がアメリカ旅行を楽しんでいた間に、凡平が病気と闘っていたのは事実なのだ。

「僕は医者に聞いたんですよ。なんで三十八歳で、こんな死ぬような病気になったのかって」

北陽はソファに腰かけたまま、高々と脚を組んだ。

「医者はね、体質もあるけれど、長い間、何かを気に病み続けたり、溜め込んだりするのも、よくないって言ってました。それを聞いて、僕は思い当たりましたよ」

天井を仰ぎ見て言う。

「凡平って、まさに溜め込むたちだったなって。悩みがあっても、あのニコニコ顔で隠していたんですよ。酒も呑まないから、呑んだくれて管巻《くだま》いて、それで終わりにもできなかったし」

北陽の言いように、熊八は納得がいかなかった。

「凡平が、何を溜め込んだて言うんや」

すると北陽は片頬で笑った。

「やっぱり熊八さんは気づいてなかったんですね」

しだいに腹が立ってきた。

「なんや、さっきから、そのまわりくどい言い方は。はっきり言え」

すると北陽はソファから立ち上がり、大股で凡平の机に近づいた。そして音を立てて引き出しを開け、出納帳を取り出して机の上に放り投げた。

「これですよ、これ」

「これが何やねん」

「凡平が毎日、きっちりつけていた帳簿《ちょうぼ》ですよ」

「見たらわかる。帳簿と病気とが、どう繋がるか、わしは聞いてるんや」

「凡平はね、宣伝協会が、しょっちゅう熊八さんから、お金を出してもらっているのが耐えられなかったんですよ」

「何を言うてる？　わしが出すのは当たり前やないか」

確かに熊八が不足金を出してやるたびに、凡平は必要以上に恐縮した。そのたびに笑い飛ばしたものだった。

「ええねん、ええねん。気にせんでくれ」

そう言って、凡平の肩をたたいたのだ。

北陽は出納帳を、もういちど手に取った。

「熊八さんには当たり前でも、凡平には不安でたまらなかったんです。熊八さんには大きな借金があって、それを、どう返していくか考えるだけで空恐《そら》ろしくなるって、僕に何度も相談してきたんです」

熊八は、いよいよ腹が立った。

「わしが、どれほど借金をしようと、わしのことや。人に心配される筋合いはない」

かつては借金が重荷だったこともある。しかし今や何かに踏み出す際に、金が足りなければ借りることにためらいはない。常に返済し続けているし、かならず返せるという自信もある。それが熊八のやり方だ。

「僕だって、あいつに言ってやりましたよ。おまえが気に病むことはないって。でも駄目なんです。凡平は金のことには生真面目《きまじめ》で。それに、特に熊八さんのことだし、見ないふりはできないって。あいつは熊八さんのことを尊敬していたし、大好きだった。だからこそ、熊八さんの借金を、すごく気に病んでたんです」

「そんなら、何か？　わしの懐具合のせいで、凡平が病気になったとでも言うんか」

「その通りですよ」

北陽の声が高まる。

「そうじゃなかったら、なんで、あの若さで、あんな病気になったんですかッ」

熊八は深い溜息をつくしかない。

以前から北陽は熊八に対して、凡平や宇都宮ほどは親密ではない。凡平は、まさに宣伝協会の片腕だったし、宇都宮は熊八と似たようなアイディアマンの経営者で、何かと相談し合う仲だ。

彼らから比べると、北陽との間には距離がある。北陽は凡平や宇都宮とは親密で、いわば彼らを介して熊八と繋がってきた。まして北陽は、凡平の死が哀しくて哀しくて、それを誰かのせいにしなければいられない。その誰かが熊八だった。

北陽は、なおも言いつのる。

「熊八さんは見ていない。凡平が衰弱していく姿を。見ている僕らもつらかったけど、本人は何倍もつらかったはずだ」

声が潤み始めた。

「それなのに凡平は、熊八さんのアメリカ旅行を邪魔したくないから、知らせてくれるなって。どれほど人が好《い》いんだ。あいつは馬鹿だ。大馬鹿野郎だ」

北陽は凡平の人柄のよさを愛しく思うからこそ、なおさら苛立つ。まして、その負の感情の持って行き場がない。

熊八は、ぽつりと言った。

「凡平は悪うない。わしを恨《うら》んで、それで気が済むんやったら、いくらでも恨め」

すると北陽は力いっぱい机の脚を蹴った。そして壁にかかった半纏を見つめて怒鳴った。

「凡平、なんで死んだッ」

顔をそむけるようにして、事務所のドアに突進し、傘をつかむと、そのまま外に飛び出していった。荒々しい足音が遠のいていく。

熊八は理解した。本当は誰も悪くないことが、北陽にもわかっているのだと。そして半纏を見つめて、もういちど言った。

「凡平、なんで死んだんや」


北陽の言葉を聞いた当初は、言いがかりとしか思えなかった。しかし日が経つにつれて、しだいに心がざわめくようになった。

確かに凡平は金にきちんとしており、だからこそ宣伝協会の会計を任せておけた。だが、その誠実さは熊八のどんぶり勘定《かんじょう》とは相容《あいい》れない。

熊八は「ええねん、ええねん」で押し通し、凡平は押し返せなかった。それが積もり積もって、あんな病気になったのか。自分のせいで凡平は、若くして世を去ったのか。

自宅の縁側で思い悩んでいると、ユキが気づいて言った。

「凡平さんが亡くなったことで、北陽さんから何か言われたのですか」

ユキも北陽の態度には気づいているらしい。熊八は目を伏せて答えた。

「凡平の病気は、わしの借金のせいやて」

ユキは首を横に振った。

「あなたのせいじゃありません。ただ北陽さんは、あなたがアメリカに行っていて、凡平さんの最期に立ち会えなかったことが、悔やまれてならないんですよ」

凡平は知らせてくれるなと言いつつも、本心は、ひと目でも会いたかったに違いない。それを北陽は見抜いており、熊八が居ないことが許せなかったのだと、ユキは言う。

翌日、宣伝協会の事務所に行くと、宇都宮が来ていた。そして壁にかかった半纏を見上げて、洟をすすった。

「凡平、やっぱり、この部屋が、おまえの居場所だ」

宇都宮も北陽の不満は察知しており、涙声で熊八の肩を持った。

「要するに、北陽は妬《や》いているんですよ。あまりに凡平が、熊八さんのことを心配してたから。それに腹を立ててるだけなんです。熊八さんの問題じゃないんです」

ユキの言うことも、宇都宮の言うことも納得はいく。それでも心のざわめきは収まらない。

いい人は若くして亡くなるといわれる。人々に愛されるだけでなく、神にも愛されて、早くそばに召されるというのだ。まさに梅田凡平はそれだと、熊八は結論づけるしかなかった。

それから二ヶ月ほどした昭和四年（一九二九）の梅雨《つゆ》時、山崎《やまざき》権市という鉱山師が、傘をさして亀の井ホテルに熊八を訪ねてきた。

「とうとう再来月、ケーブルカーの敷設《ふせつ》工事が終わります。ここまで来られたのは、熊八さんのおかげです」

すでに権市とは面識がある。初対面の時には、山師《やまし》と聞いて向こう見ずな野心家かと思った。しかし実際に話してみると、けっして押しの強い感じはしなかった。細面《ほそおもて》に下がり眉が目立ち、とつとつとした口調が誠実そうで、つい引き込まれてしまう。熊八よりも十数歳下で、年齢差があるとはいえ、いつも謙虚《けんきょ》すぎるほど謙虚だ。

その日も丁寧《ていねい》に礼を言われて、熊八は笑って否定した。

「いやいや、わしはケーブルカーのことは何にもしとらん。何もかも権市さんの力や」

「いいえ、熊八さんが、何か新しい乗り物でも考えたらどうかと助言してくれたことで、私は考えが金山からケーブルカーへと切り替わったのです」

かつて別府には金山があった。熊八が大阪から別府に移ってくる前、明治三十六年（一九〇三）に、乙原《おとばる》という高台の地に開かれたのだ。

開山したのは木村《きむら》久太郎といって、いかにも山師といった面構《つらがま》えの人物だった。東京に本社を置いて、北海道の炭鉱や台湾の鉱山など、手広く事業を展開していた。

だが木村は台湾の鉱山で、落盤に巻き込まれて怪我を負ったことがあった。そのため別府温泉で長期療養し、乙原に金の埋蔵《まいぞう》があると気づいたのだ。

掘り始めてみると、確かに金銀は採れたものの、温泉の影響で地熱が高く、採掘には常に困難がともなった。深く掘るに従って、とうとう高熱の水蒸気が噴き出し、手がつけられなくなって、大正五年（一九一六）には閉山を余儀なくされた。それでも十三年間の総産出量は、金が百四十三キロ、銀二百五十七キロに至った。

木村久太郎は、なんとか再開できないかと考え、大正十二年（一九二三）になって、優秀な社員を別府に派遣してきた。それが山崎権市だったのだ。

権市は再開の道を探り、新しい採掘計画を立てた。しかし実現できなかった。新計画は温泉の枯渇《こかつ》に繋がりかねないと、地元の猛反対を招いてしまったのだ。

当時、熊八は、ちょうどヨーロッパからの武官を受け入れるために、閉館していた別府ホテルを一時開業しようと、大奮闘していた。そのため手いっぱいで、反対運動どころではなかった。

武官一行が帰って、熊八がホッとしていたところで、山崎権市と初めて会ったのだった。反対運動に加わらなかった熊八が、金山再開に味方してくれるのではと期待してきたらしい。

だが熊八は話を聞いて無理だと判断した。

「いっそ採掘は諦めて、金山の敷地を使って、何か楽しいことでも始めたらどうや？」

権市は気乗りしない様子だった。

「楽しいことですか」

「たとえば、新しい乗り物とか」

やはり乗り物好きの発想だった。

「乗り物ですか」

いよいよ権市は眉を下げる。あまりに鉱山からかけ離れた話だけに、ピンと来ないのは致し方なかった。だが、ふいに権市が眉を上げた。

「乗り物っていえば、神戸の街の近くなんですけれど、六甲山《ろっこうざん》のふもとあたりにケーブルカーができるらしいんです。そういうの、どうでしょう」

すぐさま熊八は手を打った。

「ケーブルカーか。ええやないか」

頭に浮かんだのは、サンフランシスコのケーブルカーだった。

サンフランシスコは岬に開けた街だ。港からすぐに上り坂が始まり、丘を越えないと、どこにも行かれない。そんな急勾配《きゅうこうばい》の移動に適しているのがケーブルカーだ。

熊八が三十代で初めてサンフランシスコに行った時には、ケーブルカーは主に市民の足だった。だが二度目に訪れた時には、観光の目玉にもなっていた。

別府は日豊《にっぽう》線の線路の西側が、山に向かって上り勾配になっている。そこにケーブルカーが走る様子を思い描いて、たちまち熊八は心が弾んだ。

「ケーブルカー、素晴らしいやないか。きっと実現してくれ」

だが権市は首を横に振った。

「でも、やっぱり畑が違い過ぎます。この歳まで、私は鉱山しか知らないし」

熊八は思わず身を乗り出した。

「権市さん、わしが別府に来たのは四十八の時や。それまで温泉にも宿屋にも無縁やった。けど縁あって、今の商売を始めたんや。知らないことに踏み出すのも、案外、悪ないで」

そう説得はしたものの、権市は中途半端な表情のまま帰っていった。

だが、その後、熊八は噂を聞いた。権市が社長の木村久太郎を説得して金山を諦めさせ、ケーブルカーの敷設に向かったという。熊八は心の中で喝采《かっさい》を送った。

今年に入ってからは、いよいよ竣工《しゅんこう》も近いと耳にしていた。すると、また権市がやってきて、図面を広げたのだ。

「港から流川通りをまっすぐに登っていくと、雲泉寺《うんせんじ》の駐車場に突き当たります。ここから金山のあった高台の乙原まで、線路を敷きます」

流川通りの延長線上に、ケーブルカーが直線的に延びるという。流川通りを登っていくと、ケーブルカーの起点から終点までが、真正面に見通せる狙いだった。

熊八の胸が高なった。

「こらええな。ケーブルカーからの眺めも、よさそうやし。きっと、お客さん、喜ぶで」

すると権市は下がり眉を、いよいよ下げて、嬉しそうな顔になった。

「前に話した神戸の近くのケーブルカーのほかに、奈良の生駒山《いこまやま》に二本あって、その片方が日本で最初のものだそうです。あと箱根とか、あちこちにできているようです」

「九州じゃ最初か?」

「そうです」

権市は、また嬉しそうに笑う。

「ケーブルカーが完成したら、次は頂上に遊園地を造ります。そこで熊八さんにも出資して頂けないかと思って、今日は参上しました」

「そうか、金かァ」

熊八が珍しくためらうと、権市は慌てて言い直した。

「資金に困って、お願いしに来たわけではないのです。もちろん最初の資金集めは、少し苦労しましたけれど、ケーブルカーは、かならず成功すると確信しています」

むしろケーブルカーが完成したら評判になって、遊園地の資金は充分に集まるという。

「でも今、出資して頂ければ、きっと、ご恩返しができると思うのです」

熊八は権市の意図を察した。つまり以前「新しい乗り物を」と助言したことの見返りとして、手堅い儲け話を持ちかけてくれているのだ。そうと気づいて、あえて熊八は首を横に振った。

「そういうことやったら、ほかの者に儲けさせたってくれ。気を悪くせんで聞いて欲しいんやけど、わしは儲けること自体には興味がないんや」

それは正直な気持ちだった。

「それに、ここのところ、身のほどに合った金の使い方をしょうかと、思うところもあったし」

凡平の死を機に、そんなふうに考え始めていた。

「ましてケーブルカーは、あんた自身のアイディアで、わしは、さほどのことをしたわけでもないし。恩に着てもらうほどのことやない」

熊八は明るく言った。

「ケーブルカーができたら乗せてくれ。それで充分や。わしは三度の飯より乗り物が好きやし」

すると、ようやく権市に笑顔が戻った。

「わかりました。八月には完成予定です。誰よりも先に、お招きしますので待っててください」

「そしたら宣伝協会でも、気合入れて宣伝さしてもらうわ」

熊八も笑顔で約束した。


山崎権市は約束通り、試運転の段階で呼んでくれた。熊八は宇都宮と北陽を連れて行った。

ふもとの雲泉寺駅の前で、北陽は言った。

「僕は下で待ってますよ。ケーブルカーが動くのを、下から写真に撮りますから」

熊八は、まだ北陽がすねており、自分といっしょに小さな車両に乗りたくないのだなと感じたが、鷹揚《おうよう》な素振りを装って言った。

「下から撮るのは、いつでもできる。せっかく乗せてくれるんやから、いっしょに乗ろ。ケーブルカーからの眺めの写真も、宣伝に使えるやろ」

北陽はしぶしぶついてきた。

駅の乗り場に行ってみて驚いた。サンフランシスコのケーブルカーは平地から発車する。そのため車両は普通の電車と同じだ。だが別府のケーブルカーは乗り場からして、ずいぶん違った。乗り場が階段状になっていたのだ。その脇に停車しているケーブルカーも、車両自体が斜めにできており、内部も座席が階段状に配置されていた。

「へえ、こないになってるんか」

熊八が感心すると、権市が不思議がった。

「神戸のケーブルカーも、こんな感じでしたが。たぶん箱根や生駒山でも同じだと思います」

「そうか。初めて見たけど、この方がええな。普通と違うところがええ」

温泉場に来て観光するのだから、こんな非日常な空間こそが面白く思えた。

権市が扉を閉めて外に合図すると、がたんと揺れて、それから轟音《ごうおん》とともに、坂上の乙原駅に向かって動き始めた。斜めに移動するのは、生まれて初めての感覚だ。

「おおーッ」

宇都宮と顔を見合わせて歓声をあげた。そのかたわらで北陽がカメラのシャッターを切る。

前面のガラス窓の先に目をやると、上に向かって銀色の線路が、まっすぐに延びている。その両側は、ちょっとした土手になっており、さらに外側には雑木林が広がっていた。轟音に負けじと、ツクツクホーシがやかましく鳴き立てる。

宇都宮が車両後面のガラス窓を振り返って、興奮気味に言う。

「熊八さん、後ろもすごいですよ」

ふたりで先を争うようにして、後面窓に駆け寄った。ついさっきまで立っていた雲泉寺駅の乗り場が、眼下に遠のいていく。

「おー、速いな」

「駅の先に町が見えますよ。あ、海も。あそこが港だ」

眺めが刻々と変化していく。いまだに経験したことのない光景だった。

「うちのホテルも見えるやろか」

「見えますよ。あそこです。あそこ」

宇都宮が指をさす。目を凝《こ》らすと、ほかよりも大きな建物が見えた。

「わかった。あれやな」

そうしているうちに権市が上を指さした。

「ちょうど中間点で、上からくるケーブルカーと、すれ違います」

ケーブルカーの線路は大部分が単線だが、中間地点だけは複線になっている。その左側の線路に入ると、別の車両が上から降ってきて、右の線路に入る。そしてすれ違って、それぞれが単線に戻り、また上下に進んでいくしかけだった。

権市が山頂の乙原駅を指さした。

「あそこにモーターがあって、長いループ状のケーブルを回転させて、一台は引っ張り上げて、もう一台は降ろして、別方向に進ませるわけです」

下の雲泉寺駅は海抜五十メートルで、上の乙原は海抜百八十メートル弱。その高低差は百三十メートル弱で、線路の長さは二百六十五メートルだという。

「それを三分で登り切ります。料金は大人往復で三十銭、子供は半額の予定です」

かなり高くまで進んでから、もういちど後部窓から見下ろすと、まっすぐな線路の延長線上に、これまたまっすぐな流川通りが見通せた。その先には紺碧《こんぺき》の別府湾が広がる。大人も子供も心躍らせる眺めに違いなかった。

乙原駅に着き、北陽がカメラをしまいながらつぶやいた。

「どうせなら凡平も乗せたかったたな。凡平のいない三人で乗ったたって」

言い終わらないうちに、宇都宮の手が北陽の胸ぐらに伸びた。衿元をつかむなり、一気に引っ張って、顔を間近で突き合わせた。

「いい加減にしろよッ。いつまでもグズグズ言ってて、凡平が喜ぶとでも思ってるのかッ」

もはや北陽は言い返せず、熊八が割って入った。

「うーさん、喧嘩《けんか》も、凡平は喜ばんぞ」

宇都宮が胸ぐらを突き放すと、北陽は、その場に転がった。熊八が手を差し伸べたが、北陽はそっぽを向いて、ひとりで立ち上がった。さっきまでの高揚《こうよう》した気分は、すっかりしぼんでしまった。

帰りがけに、熊八は山崎権市に頼んだ。

「もうひと組だけ、乗せたい者がおるんやけど、開業前に乗せてもらえんやろか」

権市は気軽に承知《しょうち》した。

「いいですよ。明日も試運転がありますから、よかったら、それに乗ってください」

翌日、熊八が連れてきたのは、ソメと凡平の三人の遺児たちだった。熊八と権市を含めて六人で乗り込み、子供たちは大はしゃぎだった。

権市がいぶかしんで、小声で聞く。

「熊八さんの、お子さんですか？」

妾腹《しょうふく》の子かと勘違いしたらしい。熊八は笑って否定した。

「ちゃう、ちゃう。宣伝協会で働いてくれた男の家族や。そいつが今年四月に死んだんでな」

権市が青くなって恐縮する。

「それは失礼しました。熊八さんは、とてもお元気なので、てっきり」

ケーブルカーが乙原駅に着いてから、遊園地の予定地に出た。すでに整地されて、草原が広がっており、揃って敷地の端まで進んだ。夏の青空に入道雲が湧き立ち、眼下には、まぶしいほどの別府の町と、遠景に紺碧の別府湾が広がっている。

凡平によく似た丸顔の長女が、崖際の手すりまで駆け寄り、大空に向かって叫んだ。

「おとうちゃーん、見てるう?」

妹や小さい弟も真似《まね》して声を揃えた。

「おとうちゃーん、見てるう?」

長女が両手を口元に当てて、もういちど声をからした。

「おとうちゃん、あたしたち、元気だから」

ひと呼吸、置いて続けた。

「だから、心配しないでねーッ」

弟妹が最後だけを真似る。

「心配しないでねーッ」

子供たちの背後で、ソメが両手で顔をおおって泣き出した。子供たちの健気《けなげ》さに、熊八も涙を禁じ得ない。

振り返った長女の頰もぬれていた。そしてソメに向かって駆け寄った。

「泣かないって決めたのに。もう泣かないって、おとうちゃんに約束したのに」

涙声で言うなり、母親の胸にしがみついて号泣した。妹も弟も母の袖に、腕に、それぞれ顔を埋《うず》めて泣いた。

ソメは三人を抱きしめて言った。

「今度こそ最後にしようね。泣くのは、これきりで。明日からは、おとうちゃんみたいな笑顔で、おかあちゃんも頑張るから」

子供たちが泣きながらうなずく。

熊八は、この家族に幸あれと祈るばかりだった。


九月三日の午前中にケーブルカーの開通式が行われ、午後からは別府市公会堂に移って、五百人を集めた祝賀会が大々的に開かれた。

晴れやかな場で、熊八は思い返していた。この公会堂も、もともとは凡平が欲しいと言い出したのだ。お伽倶楽部《とぎくらぶ》の劇や、語り聞かせを披露するのに、夏休みの学校を借りるのではなく、きちんとした場所でと望んだのが最初だった。

以来、熊八も、ことあるごとに行政に建設を陳情した。その結果、中外産業博覧会を機に、内外装ともアールデコ調の美しい建物が完成したのだった。

ふと振り返ると、祝賀会の人混みの中に、あの桃太郎の半纏を着た凡平が、笑顔で紛れているような気がした。

7 なおも夢は果てなし

ケーブルカー開業の翌月末のことだった。熊八《くまはち》は新聞を開いて、経済欄の小さな記事に目を留めた。見出しには「ニューヨーク株価、大暴落」とある。

記事を読んでみると、九月四日に大暴落があり、アメリカの経済界は混乱に陥ったという。なんとか持ち直すかという矢先、十月二十四日に、二度めの大暴落が起きたのだった。

熊八は不審に思った。七ヶ月前に渡米した際には、アメリカは好景気にわいていた。それが突然の大暴落で、まして二度もとは理解に苦しむ。

思い返せば、熊八が別府に移ってきたのは明治の末だった。ほどなくして大正年間に入ると、日本の景気は激しく上下した。特に大正三年（一九一四）にヨーロッパで世界大戦が始まると、日本中が未曾有《みぞう》の好景気にわいた。

世界大戦はヨーロッパが戦場になり、敵味方で双方の工業地帯を攻撃し合って、あらゆる生産が停まった。するとヨーロッパ各国がアジアに持っていた植民地に、工業製品が届かなくなった。衣服から日用品まで払底《ふってい》した。その需要に日本が応じたのだ。とにかく何でも作れば売れた。

ヨーロッパでは敵に戦艦を造らせまいと、特に造船所を破壊し合った。これにも日本は取って代わり、造船関係が急成長して、成金が続出した。ただ、ちょっとしたきっかけで不況も到来した。大正年間は好景気と不景気の振れ幅が、極端な時代だった。

アメリカも世界大戦で大儲けした。日本と同様、戦場にならずにすんだために、工業製品を作っては売り、作っては売りを繰り返した。これによってアメリカは世界の経済を牽引《けんいん》するようになった。

そんな状況で株価大暴落が起きたのだ。日本に影響しないはずがない。熊八は嫌な予感を抱いて新聞をたたんだ。


ほどなくして大暴落の原因が、新聞の経済欄に載った。

世界大戦が終わって十一年が経ち、ヨーロッパ各国は、すっかり戦災の痛手から立ち直っていた。造船所や工場も復興し、工業製品の生産が順調に進んだ。

それでもアメリカは大量生産を続けた。商品がだぶついていても、売れなくなっていても、それを顧みる者がいなかった。その結果、株価の急落を招いたのだった。

たちまち不景気はヨーロッパを巻き込み、さらにアフリカ、アジア、南米と世界中に広がった。日本も影響を受けて、ものが売れなくなり、人も金も動かなくなった。まさしく世界恐慌《きょうこう》だった。

別府《べっぷ》も直撃を受けた。熊八は二度の渡米以外に、朝鮮半島や中国各地にも、別府を宣伝しに出かけたことがある。別府から上海《シャンハイ》までの距離は、別府から東京までと、たいして変わらない。また朝鮮半島へは大阪に行くよりも近い。そんな利点を宣伝して、アジア各地から外国人客を招き入れた。

それが世界恐慌のために、ぱたりと客足が途絶えてしまったのだ。国内の不況も追い打ちとなり、日本人客も激減。大阪からの高速船も西日本各地からの列車も、がら空きになった。

旅館のみならず、別府中が影響を受けた。仕出し屋も食堂も開店休業状態となり、宇都宮《うつのみや》のような、てぬぐいの染め物業はもちろん、タクシーも、熊八自慢の地獄めぐりバスも空席ばかりになった。別府中の商売は温泉が頼りであり、あらゆる業種が滞《とどこお》った。

これほどの世界規模の不況は前代未聞《ぜんだいみもん》であり、いつまで待てば好転するのか予測がつかない。先の見えない不安で、いよいよ活気は失われていく。

不況の中で、昭和五年（一九三〇）の正月を迎えた。年始の挨拶《あいさつ》に来た宇都宮と差し向かいで、おせち料理をつつきながら、熊八が言った。

「年も改まったことやし、何か新しいことをやれんかなあ」

宇都宮は箸《はし》を止めて聞いた。

「そうですね。何がいいでしょうね」

「こんな時勢やし、体を動かすようなことがええな。たとえばスポーツとか」

とにかく不況打開の糸口を探したかった。

「スポーツねえ」

宇都宮は黒豆を口に放り込み、ふと思い出したように言った。

「ゴルフなんか、どうですか」

「ゴルフ？　何か心当たりがあるんか」

「豊岡町《とよおかまち》から少し山の方に行った南端《みなみはた》というところに、ゴルフ場にしたらよさそうな土地があるんですよ」

「それ、ええな」

熊八は箸を置いた。

「そんなら今から見に行こか」

いつもながら、すぐに、ふたりとも立ち上がった。

旅館やホテルには暮れや正月の休みはない。いつでも営業している。ちょうど杉原時雄《すぎはらときお》が出勤していたので、車を出してもらい、三人で南端に向かった。

宇都宮の指示通りに車を走らせて、着いた場所に、熊八は目を見張った。

「こら、ええな。このままゴルフ場になりそうや」

そこは広大な草原だった。わずかに起伏があり、冬枯れの薄茶色が、どこまでも続いている。

遠景には由布岳《ゆふだけ》や鶴見岳《つるみだけ》、伽藍岳《がらんだけ》などの山並みが美しい。久住《くじゅう》の草原には力強さを感じるが、それとは少し異なって、どことなく優しい印象があった。

熊八は草原のただ中に立った。

「綺麗な野原やな、毎年、野焼きをしてるんかな」

「そうだと思います」

日本人が造った最初のゴルフ場は、東京の駒沢《こまざわ》にある東京ゴルフ倶楽部《くらぶ》だ。大正年間に皇太子が、英国王室の皇太子を招いて、ふたりでゴルフを楽しんだ。それによってゴルフという球技が、上流階級のたしなみとして、日本で認知されるようになっていた。

「ここで昼間、ゴルフを楽しんで、夜は由布院に泊まるゆうのは、どうやろ」

由布院を乱開発から守りたかった熊八は、亀の井別荘のほかにも、東京や大阪の資産家から資金を集め、広大な土地を買い取って、ゆったりとした別荘を何棟も建てた。

材木などを吟味《ぎんみ》し、さりげない意匠《いしょう》ながら、とことん凝《こ》った建物ばかりだ。別荘番が常駐しており、管理もきちんとしている。出資者たちが使わない間は、素性《すじょう》のよさそうな客だけに宿として提供する。土地を細切《こまぎ》れにしないことで、別府のにぎわいとは対象的に、静かな桃源郷《とうげんきょう》を守っている。

かつて油屋《あぶらや》将軍と呼ばれた頃、熊八は女遊びもしたし、あちこち温泉旅行にも行った。楽しくはあったが、いつもせわしなかった。常に何かに追い立てられるように行動していた。

あの頃の熊八は余裕というものを失っていた。本来は日頃、夢中になって金を稼いだら、それを使って、ゆっくりと過ごす時間が必要だったのだ。そうして自分を見つめ直して、また日常に戻ればいい。そんな優雅な過ごし方を、熊八は由布院で提供するつもりだった。

ゴルフはせわしないスポーツではない。周囲の環境を楽しみながら、ゆったりコースをまわる。由布院には似合いの娯楽だった。

熊八は草原を見まわして、つぶやいた。

「この場所にふさわしいクラブハウスが欲しいな」

すると宇都宮が胸を張った。

「任せてください。また大阪商船に掛け合って、建ててもらいますよ」

宇都宮も凡平《ぼんぺい》の死以来、できるだけ熊八に金を出させないように気を使っている。

「そんなら頼む。コースは、有名な専門家に来てもらって、ええのを造ってくれ」

熊八は四十八歳で別府に来て以来、六十六歳の今まで十八年間、先頭に立って全力疾走してきた。その結果、別府温泉を日本一にまで押し上げることができた。

今は熊八自身が走りまわらなくても、ケーブルカーは開業したし、立派なゴルフ場もできるに違いない。鶴見園《つるみえん》の少女歌劇は続いているし、別府の町中には大仏までできた。

今は不況だが、終わらない不況はない。きっと客は別府に戻ってくる。そう信じて、南端の草原のただ中で、熊八は大きく息を吸った。


その年、不況の打開策として、別府八景が制定された。別府市内だけでなく、近郊も含んだ名所八ヶ所だ。ケーブルカーが敷かれた乙原《おとばる》や、由布院、高崎山《たかさきやま》まで含まれた。

熊八は別府八景の絵葉書を作ることにした。そのために久しぶりに北陽《ほくよう》の写真館を訪ねた。

ケーブルカーにいっしょに乗って以来、北陽は宣伝協会にも顔を出さなくなった。完全に距離を置いている。熊八としては今度の絵葉書作成を機に、和解したかった。

だが、すりガラスに金文字の入った扉を開けて驚いた。いつもなら撮影用の椅子や小道具、ライトなどが置いてあるスタジオが、すっかり空になっていたのだ。奥に向かって声をかけた。

「おーい、北陽、おるか？」

すると奥から北陽が現れた。いつもの洒落《しゃれ》た格好《かっこう》ではなく、珍しくてぬぐいを頭に巻き、軍手をはめている。

熊八は空のスタジオを見まわして聞いた。

「こんな時期に、大掃除か」

北陽は軍手を外して答えた。

「いや、ここ、引き払うことにしたんです」

「引っ越しか。どこに移るんや」

近所だと思って聞いたが、思いがけない答えが返ってきた。

「とりあえず大阪に」

熊八は、いっそう驚いた。

「別府を離れるんか」

北陽は平然と答えた。

「そうです。こんなに不景気じゃ、商売にならないんでね」

桟橋での撮影は、まったく振るわなくなっていた。乗船客の激減だけでなく、金を出して写真を撮るという勢いが、社会全体から失せてしまったのだ。

「別府八景の写真、撮ってもらおうと思って来たんやけどな」

「それなら撮ったのがあるから、提供しますよ」

特に不機嫌そうでもなく、奥に手招きする。ついていってみると、もう、あらかた荷造りができていた。北陽は柳行李《やなぎごうり》をひとつ開けると、中から数枚の写真を取り出した。

「この辺なら、使えるんじゃないかな」

熊八が受け取ってみると、どれも美しい風景写真だった。こんな写真家には、やはり別府にいて欲しかった。

「なあ、ほんまに行くんか」

するとと北陽は、ようやく笑顔を見せた。

「別に熊八さんのことでヘソを曲げてるわけじゃないんです。本当に商売にならなくて」

「大阪で何するつもりや」

「写真なら何でも撮ります。これしか僕の取り柄はないんで」

熊八は引き止められないことを知った。

「わかった。おまえにも何か考えはあるやろけど、薬師寺《やくしじ》さんに相談してみたらええ。長く新聞社にいた人やから、何か写真の仕事を紹介してくれるかもしれん。わしからも連絡しとく」

北陽は素直にうなずいた。

「よろしく、お願いします」

こんな時節だけに、新しく仕事を探す厳しさは、充分に心得ている様子だった。

出発の日は熊八と宇都宮だけでなく、大勢が桟橋まで見送りに集まった。北陽は、ひとりひとりと握手《あくしゅ》し、熊八と宇都宮には目を伏せて言った。

「また殴られると困るけど、正直なところ、やっぱり凡平がいなくなったのが大きいんです。もし今も、あいつが居てくれてたら、僕は、まだ別府で頑張れたかもしれない」

そして口の両端が下がって泣きそうになるのをこらえて、無理やり笑顔を作った。

「四人で宣伝協会、楽しかったな。四人だから楽しかった」

「そうやな。ほんまに楽しく宣伝ができた」

熊八も宇都宮も洟《はな》をすすった。

「楽しかった。できれば、ずっと続けたかったけど」

北陽は全員と握手を交わすと、軽く片手を上げて、高速船のタラップを駆け上がっていった。

そして色とりどりの紙テープを、甲板《かんぱん》から次々と投げた。見送り全員が受け取り、北陽は両手いっぱいテープの端をつかんでいる。

高速船が離岸し、テープは一本、また一本と、端まで巻きがほどけ、見送りの手から離れていく。最後の一本がほどけ切った瞬間、北陽は持っていたテープを一気に海に投げた。それは花びらのように宙を舞って、はらはらと海面へ落ちていった。


宇都宮の奔走《ほんそう》で、別府ゴルフ倶楽部《くらぶ》が完成したのが昭和五年（一九三〇）八月三日だった。

それから一年後の昭和六年十月には、亀《かめ》の井《い》旅館開業から数えて二十周年を迎える。その記念会を、熊八は八月二日に別府市公会堂で執《と》り行った。

もはや油屋熊八は別府の名士であり、地元はもちろん大阪や東京など、遠方からも祝いの人々が駆けつけた。公会堂の外壁際にも、中の廊下《ろうか》にも、花輪が隙間なく並んだ。

熊八はタキシード、ユキは黒留袖《くろとめそで》姿で、壇上に並んだ。そして祝辞を聞き、花束を受け取った。式典が終わって散会になっても、公会堂の前から人が立ち去らず、熊八は、ひとりずつと挨拶した。

その中で何度も言われた。

「油屋さん、今日の祝賀会もよかったけれど、不況を吹き飛ばすような派手な催《もよお》しを、もう一発、打ち上げてくださいよ」

握手をしながら、熊八の右手の大きさに驚く者も多かった。

「聞いてはいたけれど、本当に大きいんですね」

「これは、わしの自慢です。若い頃に片手で一升枡《ます》を扱って、自然に大きなったんですわ」

そう言いながら、ひらめいた。手のひらの大きさを競う大会を開いてはどうかと。

帰宅してから、ユキに話した。

「全国大掌大会、どうや？」

「手のひらの大きい人を集めるんですか」

「いや、集まってもらうのには旅費がかかる。われこそはと思う人に、紙に手形を押してもろて、それを郵送してもらうんや。相撲《すもう》取りがよく色紙に押す、あれや。審査は有名人を招いて、公会堂で観客を集めてやる。ええ考えやと思わんか」

ユキは両手を打った。

「いいですね。それなら、たいして費用もかからないし」

「そうやろ、そうやろ。大きい手は、働き者の証《あかし》やからな」

そういう奇抜《きばつ》な催しなら、全国紙で記事にしてもらえる。全国の人々が別府を思い出すきっかけに、できるはずだった。

すぐに公会堂に連絡すると、季節のいい十月初めに予約が取れた。それから薬師寺に電話して、審査員の人選を頼んだ。薬師寺はこころよく引き受けてくれた。

「審査員として、まずは高浜虚子《たかはまきよし》に声をかけてみよう。日本新八景で世話になったし、かなり別府が気に入ってたから、きっと来てくれるぞ。別府温泉の短歌も作ってもらおう。それが歌集に入れば、長く宣伝になるし」

結局、高浜虚子だけでなく、歌人の与謝野鉄幹《よさのてつかん》、晶子《あきこ》夫妻からも快諾《かいだく》を得た。

それから大阪毎日新聞と東京日日新聞で、手形を募集してもらった。この催しを見物がてら別府の温泉に入りに来てくださいと、宣伝協会として新聞広告も出した。

すると宣伝協会の事務所には、全国から続々と封書が届き始めた。熊八と宇都宮で、次々と封を開けて、中を確かめた。どれも大きいには大きいが、熊八の手に及ぶものは現れない。

「この調子やったら、わしが日本一やな」

ところが一枚、また一枚と巨大な手形が届き始めた。

ある朝、先に事務所に来ていた宇都宮が、興奮気味に熊八に封書を差し出した。

「これ、もしかしたら、熊八さんを超えるんじゃないですか」

熊八は受け取って、自分の手のひらを当ててみた。確かに大きい。特に横幅があった。

差出人の自己紹介を見ると、仕事は港の艀船《はしけぶね》で積荷を運んでいるという。熊八は、しみじみと言った。

「毎日、この手で重い荷を運んでるんやろな。ほんまに勤労の証や」

その後も甲乙つけがたい大きさが届いた。

「わしの日本一も危ういな」

熊八が腕組みをすると、宇都宮が言った。

「主催者が日本一じゃ、お手盛りみたいだし、三位か四位くらいがいいんじゃないですか」

「それもそうやな」

ふたりで声を揃えて笑った。

つい視線が凡平の半纏《はんてん》に向く。熊八は、あえて明るい声で言った。

「楽しいな。やっぱり前向きなことをやってると楽しい。凡平もニコニコしとるぞ」

「そうですね。半纏も嬉《うれ》しそうだ」

しばし半纏を見つめてから、また張り切って開封作業に戻った。


与謝野鉄幹、晶子夫妻は船で別府入りした。その日は亀の井ホテルに、ゆっくり泊まってもらい、翌日は杉原時雄の運転で久住に出かけた。

熊八はふたりを後部座席に乗せ、自分は助手席に座って案内した。秋の久住高原は、すすきの群生が風に揺れていた。

別府市公会堂での審査当日は、立ち見が出るほどの大盛況だった。おかげで旅館は、どこも客足が伸びた。

熊八は締切までに届いた手形を、すべて公会堂の廊下に並べて張り出した。入場してきた客たちは、自分の手を合わせては、その大きさに驚く。

応募の中から、特に大きなものを二十枚、すでに選び出してある。それを写真に撮り、同じ拡大率で大きく引き伸ばし、さらに裏から厚紙を貼った。舞台には板を立てかけ、そこに二十枚の巨大な手形を並べた。大型化することで、客席の後ろの方からも見えるようにしたのだ。

与謝野鉄幹夫妻と高浜虚子は、二十枚の中から、特に大きなものを選び出して、並べたり重ねたりしながら、入賞者上位十枚を決定した。

高浜虚子が手帳を見ながら、十位から順番に発表した。十位、九位、八位と続いて、七位の番になった。虚子が高らかに言う。

「七位、大分県別府市」

そこで、ざわめきが起きたが、虚子は声を張った。

「七位、大分県別府市、油屋熊八さん」

さらに大きなどよめきが起きて、落胆の声も飛ぶ。

「七位かァ」

「まだ上に六人もいるのか」

熊八自身、もう少し上位かと期待していたが、反面、お手盛りと見なされなくて安心もした。

さらに発表が続き、あと一、二位のみになった。

「二位、福岡県大牟田《おおむた》市、浜口さん」

例の港で積荷を運んでいる男だった。

「一位、宮城県、小野寺くん、学生さんです」

公会堂に拍手《はくしゅ》と歓声が満ちて、散会となった。

帰りがけに、誰もが廊下の手形に手を当てていく。

「すごいねえ、大きいねえ」

熊八は東京や大阪の新聞記者も招いており、亀の井ホテルに泊まってもらった。そして最高の料理と温泉で歓待《かんたい》したのだった。

全国大掌大会の結果は、記事になって全国に伝えられた。すでに満州《まんしゅう》事変が起きており、新聞紙上は軍関係の勇ましい記事が並ぶ。そんな中で大掌大会は、どことなくユーモラスで、それでいて大きな手は力強さにも通じ、時代的にも受け入れられやすかった。

それに募集の告知と、締切と応募総数の発表、さらに結果発表と、三回も全国記事になったのだ。特に入賞者が出た地域では、地方版にも載るし、いっそう評判になるに違いなかった。

熊八は入賞者には上位十人分の手形写真を、原寸大の紙焼きにして送った。自分の手と比べられるようにしたのだ。

公会堂の使用料は宇都宮が市にかけあって無料にしてもらい、入賞賞金と審査員の謝礼、それに新聞の広告代は、熊八がポケットマネーを出した。

「また凡平に嫌がられるやろか」

小声で聞くと、宇都宮が笑い飛ばした。

「嫌がられたって、いいじゃないですか。これだけの宣伝効果があったんですから」

全国大掌大会は好評で、別府の客足は伸びたものの、亀の井ホテルの経営は昭和六年（一九三一）の年末に、今までになく悪化した。世界的な不況が長引いており、あちこちから借金の返済を迫られたのだ。

高崎山の土地は、すでに手放しており、とうとう給料日に従業員に支払えなくなった。熊八は、ひとりひとりに頭を下げた。

「悪いが、少しだけ待ってくれ」

しかし腹を立てる者はいなかった。

「うちだけじゃなくて、どこも苦しい時ですから」

そう言って、かえって熊八をねぎらってくれた。熊八は彼らの気づかいと、みずからの不甲斐《ふがい》なさに涙した。

翌日、杉原時雄が困り顔で言った。

「実は気になることがありまして」

「なんだ？」

「青山陽《あおやまよう》のところに、たちの悪そうな男たちが来るんです。親のこしらえた借金があるらしくて、その取り立てで、かなり脅《おど》されてるらしいんです」

青山陽は美形ぞろいの少女車掌《しやしよう》の中でも、はかなげな印象のある美人だ。南《みなみ》一正という大阪の阪急百貨店の重役が、時々、由布院に保養にくるのだが、その紹介で去年から入社していた。

熊八は眉根《まゆね》を寄せた。

「給料が遅れたせいで、月々の返済が滞ったんやな」

雇い入れる時に南一正から聞いた話によると、実家は福井の資産家だが、この不況で家業が傾いて、娘が出稼ぎにきたという。だが筋の悪い借金まで背負っていようとは思わなかった。

「わかった。陽の給料だけは、すぐ渡そう」

ユキに話すと、なんとかひとり分の給料袋を用意してくれた。それを手渡そうと陽を呼ぶと、驚いたことに辞表を持って現れた。熊八は慌《あわ》てて詫びた。

「給料が遅れてすまんかった。あんたの分は用意したから、これで思い留まってくれ」

するとと陽は首を横に振った。

「いいえ、私だけ特別扱いして頂くわけには、いきません」

「けど、ないと困るんやろ。借金のことは聞いた」

それでも陽は首を横に振る。熊八は辞表を押し戻した。

「とにかく、これは受け取れん。あんたが、ここを辞めたら、その後が心配や」

陽は今にも泣きそうになりながらも、女子社員寮に帰っていった。

だが翌朝、またもや時雄が、血相を変えて走ってきた。

「たいへんです。昨日の男たちが、車庫の前に立ちはだかって、バスが出せないんです」

熊八は驚いて車庫に駆けつけた。すると時雄の言う通り、その筋らしき男たちが陽を取り囲んでいた。陽は泣き出していたが、村上アヤメが必死にかばっており、ほかの車掌たちは怖《こわ》そうに遠巻きにしている。

男のひとりが陽に顔を近づけてすごんだ。

「こげな、はした金じゃ、どげえもこげえもならん。親ん作った借金は、娘が体で返すしかなかろうがッ」

腕をつかんで連れて行こうとする。

「待てッ」

熊八は急いで陽と男の間に割って入った。

「うちの社員に、勝手な真似《まね》をしてもろたら困る」

すると男は、今度は熊八の目と鼻の先に、わざと顔を突きつけた。

「あんたが社長さんかい。そんなら、あんたに借金の肩代わりをしちもらおうかのお」

熊八は後先考えずに答えた。

「わかった。なんとかしよう。けど今すぐは無理や。とにかく少し待ってくれ」

男は片頬で笑った。

「そうかい。天下の亀の井自動車の社長さんが、そう約束しちくるるんなら、何よりじゃ」

そう言って帰っていったが、翌日からも女子寮の周囲には、怪しげな男が入れ代わり立ち代わり現れて、様子を見ている。車掌たちは怯《おび》え、陽は泣きながら熊八に訴えた。

「やっぱり退社させてください。これ以上、みんなに迷惑かけるわけにはいきません。社長にも面倒をおかけするわけには」

会社の経営が苦しいのは、陽も百も承知だ。しかし熊八は断固、突っぱねた。

「いや、ここで辞めさせるわけにはいかん」

辞めたが最後、遊郭《ゆうかく》に売られるのは明らかだ。そこで女子寮を引き払わせて、密かに由布院の亀の井別荘に連れて行った。

「ほとぼりが冷めるまで、ここで隠れとったらええ。遠慮は要らん」

別荘番にくれぐれもと頼み、その後も男たちが押しかけはしまいかと、時折、様子を見に行った。すると、また陽が涙ぐむ。

「こんなに贅沢《ぜいたく》させてもらうわけにはいきません。仕事もしないで、心苦しくて」

「かまへん、かまへん。気にするな」

熊八は鷹揚《おうよう》に答えた。

「苦しいのは、あんたひとりやない。今は世の中、みんな苦しいんや。人生、こんな時もあるけど、これを乗り越えれば、また、いい時も来る」

元気づけようと、そんな話をすると、わずかに微笑む。すると不思議なことに、熊八の方が元気づけられた。仕事が八方塞《はっぽうふさ》がりの中、しだいに由布院に出かけるのが楽しみになってきた。陽と会うと思うと、心が弾んでしかたなかった。

しかし何度めかに訪ねた時に、別荘番が青くなって言った。

「ついさっきからなんですけど、陽さんの姿が見当たらないんです」

熊八は総毛《そうけ》立った。借金取りに居場所を突き止められて、連れ去られたかと思った。

「誰か怪しいやつが来えへんかったか」

「いいえ、誰も」

ならば遠慮するあまり、自分の意志で出ていったのか。だとしても行き着く先は、苦界《くがい》以外にはない。

熊八は無我夢中で探した。息せき切って最寄りの北由布《きたゆふ》駅にたどり着き、駅員に聞いた。

「若い女が、ひとりで来えへんかったか」

すると駅員は、線路を隔てたプラットホームを指さした。

「あの人ですか」

そこに立っていたのは、まぎれもなく陽だった。ひとりで列車を待っている。

熊八は急いで線路を渡ろうとしたが、ちょうど列車が近づいてきて、遮断機《しゃだんき》が下りてしまった。もう先頭の蒸気機関車が、すぐそこまで迫っており、どうしても突破できない。

機関車と後続の客車が速度を落としながら、目の前を次々と通っていく。最後尾までが、ゆっくりと通り過ぎ、プラットホーム沿いに停車した。

わずかに上がり始めた遮断機の下を、熊八は身をかがめてくぐり抜け、プラットホームへの石段を駆け上がった。

停車時間はわずかで、すでに乗客の降車は終わり、入れ替わりに、待っていた客たちが乗り込み始めた。陽も客車のタラップに片足をかけた。

「待てッ。行くなッ」

熊八が大声で呼び止めると、陽は振り返って目を見張り、急いでタラップを昇ろうとした。扉のない昇降口に陽が乗り込んだ時に、ようやく熊八は追いつき、大きな右手で袖の端をつかんだ。

「行くな。思い留まれッ」

陽は哀しげな目で振り返った。

熊八の心が揺さぶられる。もはや助けたいという思いだけではない。愛《いと》おしくて、手放したくなかった。われを忘れて聞いた。

「なんで逃げる？　わしのそばにおるのが嫌か。わしのことが、それほど嫌いか」

陽は目に涙をためて、首を横に振る。

その時、発車を知らせる笛の音が、プラットホームに鳴り響いた。熊八は思わず陽の袖を離してしまった。

列車が、がたんと動き出した。がたん、がたんと音を立てながら、ゆっくり進み始める。

陽はデッキに立ち、潤んだ目で、こちらを見つめている。列車のかたわらを、熊八は追いかけるようにして歩いた。次第に速度が上がっていく。小走りになり、さらに駆け足になる。もうプラットホームの端が目の前に迫る。それ以上は追いかけられない。熊八は大声で叫んだ。

「陽、行くなッ」

次の瞬間、陽はデッキから、こちらに向かって身を躍らせた。熊八は強い衝撃を受け、よろけながらも、かろうじて抱きとめた。

陽の背後で、列車が轟音《ごうおん》とともに走り去っていく。熊八は陽を抱きしめた。

「どこにも行くな。何も心配すな。わしがなんとかしたる」

陽は熊八の腕の中でふるえながら、何度も何度もうなずいた。熊八は老いらくの恋というものを、初めて知った。


年が改まった昭和七年（一九三二）の二月、満州事変が終わった。そして翌三月には満州国が建国を宣言した。かつての清王朝の最後の皇帝、溥儀《ふぎ》を迎えての独立だった。

それまで満州は中国から租借《そしゃく》しており、いつかは返さなければならない土地だった。それが独立したことで返還の必要がなくなり、日本人移民の永住が可能になった。

そのために日本国内にも祝賀ムードが広がり、ようやく景気が好転した。亀の井ホテルも、なんとか持ちこたえることができた。

そんな頃、熊八は陽の姿を見て、おやっと思った。腰まわりが妙に肉づきがよかったのだ。

「おまえ、肥えたんと違うか」

すると陽は生真面目《きまじめ》な顔で、熊八の前に、ゆっくりと正座した。

「自分でも、信じられないんですけれど」

まさに信じがたい話が続いた。

「赤ん坊ができたみたいなんです」

熊八は絶句した。

ユキとの間には、どれほど望んでも子はできなかった。昔、さんざん女遊びをした頃でも、相手を妊娠させた憶えはない。だから自分には子が授《さず》からないと思い込んでいた。

まして来年は、もう七十になる。陽としても、そんな戸惑いは見抜いているようで、いっそう生真面目な顔になって言った。

「私、浮気はしていません」

熊八は慌てて答えた。

「わ、わかってる。そんなん当たり前や」

あれから親の借金は、なんとか清算してやり、ひそかに別府市内に家を借りて、陽の身柄を移した。何十年ぶりかの妾宅《しょうたく》であり、足繁《あししげ》く通うようになった。間男《まおとこ》が入り込む隙など、あろうはずがない。

まして陽が嘘をつく女でないことは、百も承知だ。それでも七十近くなって、急に子ができたという実感が湧かない。

なんと言ったらいいのかも、わからない。だいいち陽と男女の関係になって以来、ユキに対して後ろめたさもある。しどろもどろになって、ようやく、ひと言だけ口にした。

「そうか」

素《そ》っ気《け》なさ過ぎた気がして、つけ加えた。

「大事にしろよ」

その夜は気が高ぶって、なかなか寝つけなかった。何度も陽の腹に手を伸ばして、柔らかい肌に手を触れているうちに、ようやく実感が湧いてきた。あれほど欲しかった子供が、ここに宿っていると思うと、じわじわと喜びが心に満ちてくる。

「なあ、陽」

闇の中で呼びかけた。

「わしはな、この歳まで一生懸命、働いてきた。それも自分の欲得のためやなくて、人のためや町のために頑張ってきた」

聖書の「旅人をねんごろにせよ」の教えを、一心に実現してきたつもりだった。

「神さまは、それを見てくれはったんやな。それで、わしにご褒美《ほうび》をくれはったんや。ずっと欲しかった子供ゆうご褒美を」

「それじゃ」

陽は声を潤ませた。

「喜んでくれるんですか」

「もちろんや。元気な子を産んでくれ。男でも女でもええ」

そう言い切ったとたんに、自分が父親になるという喜びが、胸いっぱいに広がった。

「こんな爺《じい》さんやけど、お父ちゃんになれるんやな」

わくわくと胸が高なる。その反面、ユキに対する背信の思いにもさいなまれる。ずっと苦労をかけ通しだったのに、この歳になって外に子供まで作ってしまい、もはや顔向けができない。それに生まれてくる子に、何の遺産も残せないのも情けなかった。

今までは別府一の借金王と、何はばかることなく自称してきた。自分が死んでも、ホテルとバス会社は社員が引き継いでくれる。でも油屋家は、自分一代限りで終えるつもりだったのだ。今さら蓄財に励むこともできない。

「なあ、陽、わしは生まれてくる子に、金は残してやれん。残せるとすれば、油屋熊八の子いう誇りだけや。それだけは覚悟しといてくれ」

闇の中で、陽が、はっきりと答えた。

「わかってます。お金なんかいいんです。私は子供を産めるだけで嬉しいんです」

そうは言っても、生活費や養育費くらいは、なんとかしてやらなければならない。晩年の子だからこそ、幼くして残されることは確かなのだ。

その夜は、いろいろな思いが交差して、結局、一睡もできなかった。

昭和七年（一九三二）十月二十四日、陽は月満ちて元気な男の子を産んだ。小さな口も手も足も、何もかも可愛らしくてならない。名前は正一とした。正に油屋熊八の、たったひとりの子という思いを込めた。

すると早耳の宇都宮が現れて、半信半疑という顔で聞いた。

「間違いなく、熊八さんの、子、ですよね？」

熊八は苦笑した。

「間違いあるかい。この歳やけど、まだまだ、そっちは現役や」

宇都宮は遠慮がちに言った。

「でも認知する前に、ちゃんと興信所に頼んで、家のまわりだけでも聞き合わせた方がいいですよ。男の出入りがなかったか」

熊八は、むっとした。

「そんなん要るかい。陽はそんな女やない」

だが宇都宮は引き下がらなかった。

「いや、きちんと調べた方がいいと思います。疑うからじゃなくて、疑われないように」

今まで子をなさなかった熊八に、七十になって子ができたと言っても、実子かどうか疑う者は、かならずいると言う。

「そういう疑いに対して、ちゃんと実子だと証明するためにこそ、興信所の調査が要るんですよ」

「阿呆《あほう》。そんなことをしたら、わしが陽を疑ってるみたいやないか。うがった見方をするやつは、いくらでもおるわ」

「わかりました。それなら俺が勝手に調べます。これは正一くんのためでもあるんです。今、証明しておかなかったら、一生、疑われかねないし」

そこまで指摘《してき》されると、熊八には反論できない。でも万が一、嫌な結果が出たらと思うと、恐ろしくてたまらなかった。

結局、宇都宮は勝手に興信所に調査を依頼し、一週間後に満面《まんめん》の笑みで現れた。

「男の出入りは、丸眼鏡《まるめがね》で頭の毛のない、年配の旦那《だんな》だけだって、近所じゃ、みんな口を揃えているそうですよ」

それなら熊八のことに間違いない。近所で口裏を合わせている感じもないという。熊八は胸をなでおろした。いよいよ喜びが増し、調べてもらってよかったと思った。

熊八は興信所の結果を、正直にユキに見せた。

「ようやく授かった子やし、認知したい」

正一誕生の噂は、もう耳に入っており、ユキは取り乱すことなく言った。

「その子、うちで引き取らせてください。油屋家の子として、きちんと私が育てます」

妾腹《しょうふく》の子を、正妻が引き取って育てるのは珍しいことではない。むしろ、その方が婚外子という印象が薄まる。だが陽が手放すかどうかが問題だった。

話を持ちかけると、案の定、陽は拒《こば》んだ。

「女将《おかみ》さんの申し出は、ありがたいけれど、どうか私に育てさせてください。手放すくらいなら、認知して頂かなくて、けっこうです」

熊八が途方に暮れていると、今度は村上アヤメが現れて言い放った。

「陽が正直者だってことは、私が誰より知ってます。バスの仕事も、ちゃんとこなしていたし。でも世間は、そうは思いません」

今やアヤメは若い車掌たちの束ね役だ。

「町の噂になってるんですよ。社長は若い女に騙《だま》されてるって。これじゃ女将さんがかわいそうだって。それを否定するためにも、女将さんは子供を引き取るって言うんです」

ユキは面倒見がよくて、従業員からの信頼もあついし、町での評判も上々だ。その分、陽が悪者にされていた。熊八は不愉快だった。

「騙されてなんかおらん。それは、うーさんが証明してくれた」

なおもアヤメは折れない。

「でも世間は信じません。いちいち興信所の調査書を、見せて歩くわけにはいかないし」

熊八はユキを説き伏せて、とにかく認知した。しかし噂は陽本人の耳にも入ってしまい、生まれたての正一を抱いて泣く。

何より嬉しい実子の誕生なのに、熊八は深い溜息をついた。かつてアヤメが車掌の中で孤立した時も、お手上げだったが、女がらみのごたごたは、どうにも苦手だった。

南一正が久しぶりに大阪から由布院へとやってきた。まだ四十代ながらも、阪急百貨店の重役を務めており、陽が亀の井バスに入社した時に口を利いた人物だ。

熊八が事情を打ち明けると、南は腕組みをして考え込んだ。

「外に子供ができるなんて、珍しいことやないですけど、油屋さんも女将さんも別府で愛されてる人やから、どうしても陽が割を食うんでしょうね」

そして思いがけないことを言った。

「母子とも別府に置いておかんほうが、ええかもしれません」

別府で暮らしている限り、色眼鏡で見られ続け、正一のためにならないという。

「いっそ福井の実家に帰したら、どうですか」

熊八が借金を肩代わりしてやったことで、実家は持ち直したという。

「それとも里子に出しますか。私が後見人になって、きちんと責任を持てる里親を探しますよ」

熊八は即答できなかった。福井に帰すのであれば、熊八が母子と別れなければならず、里子に出すのであれば、陽が正一と別れなければならない。いずれにせよ熊八は、せっかく授かった息子とは離れ離れになる。

「おつらいでしょうけれど、これは正一くんの人生がかかってることですし」

確かに、誰も事情を知らない土地で、のびのび育つ方が幸せかもしれなかった。

「もし油屋さんの口から言いにくかったら、陽には私から伝えますよ。こういうことは第三者が入った方がええでしょう」

もしも熊八が直接、話すとなれば、陽は熊八と別れて実家に帰りたいとは言い出せず、里子を選択するしかなくなる。それはそれで不憫《ふびん》だった。

自分の年齢を考えると、正一が成人するまで、生きていられそうにない。いずれ別れは来るのだ。それに何の遺産も残せないのだから、自分が身を引くことで、かけがえのない息子が幸せになれるのなら、そうすべきに違いなかった。

南が大阪に帰る日まで悩み続けたが、結局は頼むしかなかった。

「お任せしますので、どうか、お願いします」

そして南が説得した結果、陽は実家に帰る道を選んだ。陽は泣いて熊八に謝った。

「ごめんなさい、ごめんなさい。どうしても、この子とは別れられないんです」

熊八は、すでに覚悟を決めていた。

「謝らんでもええ。正一が元気に育ってくれることが、何よりや。けど、ひとつだけ頼みがある。一年にいちどでええから、正一の写真を送ってくれ」

「わかりました。かならず送ります」

「それと」

熊八は思い切って言った。

「おまえは、まだ若い。もしも、ええ縁談があったら、正一を里子に出して嫁にいけ。あとは阪急の南さんが面倒を見てくれはる」

陽にも幸せになって欲しかった。

「ただし、わしが死んだ後にしてくれ」

陽は激しく首を横に振った。

「いいえ、お嫁になんか行きません。まして里子になんか出しません」

昭和八年（一九三三）が明け、陽は首がすわるようになった正一を抱いて福井の実家に帰っていった。身を切られるほどの別れのつらさは、熊八が妻を裏切ったことへの天罰として受け止めた。

その年の盆休みが終わって、忙しさが一段落ついた頃のことだった。早朝から杉原時雄が、熊八とユキを自宅まで呼びに来た。

「朝早くからすみませんが、女将さんといっしょに、ちょっとホテルのホールに来て頂けませんか。みんなから、お願いがあるんです」

また悪いことが起きたかと覚悟して、ユキといっしょにホテルに急いだ。

まだ宿泊客たちが起きてこない時間帯だが、ほとんどの従業員が集まっていた。車掌の束ね役の村上アヤメもいれば、ホテル専属看護師の安武ノブの顔もある。

ただ、険しい雰囲気はない。むしろ誰もが笑顔で夫婦を待っていた。ふたりでホールに立つと、時雄が背筋を伸ばして言った。

「まもなく七十歳の、お誕生日ですね」

後ろに並んだ従業員たちが声を揃えた。

「古希《こき》、おめでとうございます」

そういえば八月二十九日で、熊八は満七十歳の誕生日を迎える。

時雄は背広の内ポケットから、白い封筒を取り出した。

「実は、これを使って、女将さんとふたりで宣伝に行って欲しいんです」

熊八は何のことか呑み込めないまま、封を開いて中身を取り出した。それは満州の大連《だいれん》港までの乗船券だった。それも二枚ある。

「どういうことや」

狐につままれたようで、時雄に聞いた。すると思いがけない答えが返ってきた。

「この夏はボーナスを頂いたので、みんなで少しずつ、お金を出し合って買ったんです。ご夫婦で満州まで、別府温泉の宣伝に行ってきてください」

熊八は従業員たちの気配りに気づいた。陽の一件以来、ユキとの関係は、ぎくしゃくしている。それを修復させたいに違いなかった。

熊八は二枚の乗船券をユキに見せた。ユキも戸惑い顔だ。するとアヤメが言った。

「古希は数え年でお祝いするものなので、本当は去年だったんですけれど」

しかし去年はボーナスを支給できなかったし、一昨年はボーナスどころか、給料の遅配まで起こしてしまった。今年は景気が持ち直し、久しぶりのボーナスが出せたのだ。それでも、けっして多額を支給できたわけではない。熊八は遠慮した。

「気を使ってくれんでもええ。みんな、まだまだ苦しいんやから」

アヤメが力強く言う。

「いいえ、みんな、旦那さんと女将さんには、本当に感謝しているんです。その気持ちを伝えたくて」

言葉尻が潤んでいる。熊八の喉元にも熱いものが込み上げる。これは素直に受け取るべきだと判断し、白い封筒を額の上まで押し戴いた。

「そんなら、ありがたくもろとく。ユキとふたりで宣伝に行かしてもらう」

熊八は二度の渡米のほかに、上海や朝鮮半島にも出かけたことがある。でも、いつも単身で、ユキと旅行はしたことがない。ユキが留守をすると、ホテルの仕事がまわらないからだ。

またアヤメが言った。

「女将さんには及ばないけれど、みんなで頑張って、留守を守ります。だから、ご夫婦で楽しんできてください」

確かに夫婦には、仲直りのきっかけが必要に違いなかった。ようやくユキもうなずいた。

大連港は巨大な貨客船が、ひっきりなしに出入りし、荷揚げや荷降ろしには大型クレーンを使って、大阪港にも負けないほどの活気があった。

大連駅からは満鉄こと南満州鉄道に乗って北上した。満鉄は日本の国策会社であり、広大な麦畑のただ中を蒸気機関車がひた走った。

熊八は満鉄の車窓から外を眺めてつぶやいた。

「平らなとこやなァ。これは温泉はないわな。別府を宣伝すれば、日本に里帰りした時に、寄ってもらえそうや」

大連、奉天《ほうてん》、新京《しんきょう》と都市ごとに下車した。夫妻の訪問は、あらかじめ別府市から伝えられており、どこでも案内役が待っていて、丁寧《ていねい》に迎えてくれた。

どの街も計画的に造られており、道路も建物も植栽《しょくさい》も美しく整っている。日本の裏町のような雰囲気は見当たらない。各都市にヤマト・ホテルという一流ホテルがあり、そこに泊まった。どこもアールデコ調の美しいしつらえだった。

どの街にも別府のポスターを張ってもらい、熊八は講演会を引き受けた。来場者に絵葉書を配って、別府の魅力を語った。満州の日本人は温泉に憧れを抱いており、反応は上々だった。特に奉天では満州日日新聞の取材を受け、ラジオ番組にも出演した。宣伝効果は絶大だった。

ハルビンまで北上すると、そこは別世界だった。玉ねぎ型の屋根を持つロシア正教会がそびえ、周囲の建物もロシア風で、看板にもロシア語が並ぶ。行き交う人もロシア人が多かった。

ハルビンで折り返し、また満鉄に乗って南下した。いつしか夫婦のわだかまりは、旅の楽しさに流されていった。

帰りの船内で、熊八は初めて詫びた。

「正一のこと、悪かった。おまえには嫌な思いをさせた。許してくれ」

するとユキは、きっぱりと言った。

「養育費が要りますよね。なんとか用意しますので、いずれは阪急の南さんに、預かって頂きましょう」

正式に正一の後見人を頼もうという。熊八は目を伏せた。

「何もかも、おまえにはお見通しやな。ほんまに、わしには過ぎた女房や」

すぐさまユキは首を横に振った。

「それほどの女房じゃありません。私だって腹が立ったし、別れようと思ったことだって、本当は一度や二度じゃないんです」

衝撃だった。離婚など、熊八は考えたこともない。

「そうやったんか」

男の迂闊《うかつ》さを思い知る。

「でもね」

ユキは何度もまばたきをしてから、言葉を続けた。

「あなたは大勢のために働いてきた人だから。あなたが大阪にいた時みたいに、お金儲けが何より大事だったら、きっと私は別れていたと思います」

もはや熊八は何も言えず、ただただ頭を下げた。


満州から帰国して二年後、昭和十年（一九三五）二月二十四日のことだった。その日は朝から、別府に小雪がちらついていた。

自宅の冷え切った便所で用を足し、外に出ようとした時に、ふいに足がもつれた。木戸を開けようとしても、桟に手がかからない。変だなと思いつつ、かろうじて桟を引いて扉を開けた。

次の瞬間、目の前が暗くなって、体から力が抜けた。開いていく木戸に寄りかかるようにして、自分の体が倒れていく。

体の側面が廊下の床板にたたきつけられて、大きな音がした。痛みも感じるし、起き上がりたいのに、まったく力が入らない。声も出ない。このまま死ぬのかと覚悟した。

まっさきに正一のことが頭をよぎった。つい最近、ユキとふたりで大阪に行き、南に正式に後見人を頼んできたところだった。間に合ってよかったと思う。

少し離れた場所で、ユキが叫ぶのが聞こえた。

「あなたッ」

倒れた音に気づいたらしい。駆け寄ってくる足音も聞こえる。

「あなたッ、しっかりしてくださいッ」

すぐ近くで声がする。ユキが、かたわらに膝をついたのもわかった。

「誰かッ、誰か、来てッ」

甲高《かんだか》い声で呼ぶと、手伝いの娘が現れたらしい。

「急いでホテルに走って、安武さんを呼んできてッ。旦那さまが倒れたからって」

ホテル専属看護師の安武ノブのことだ。

それからユキは立ち上がり、しばらくして、うつ伏せの背中に何かがかけられた。どうやら布団《ふとん》らしい。また間近から妻の声がした。

「ごめんなさい。こんな冷たい床で寒いでしょう。でも倒れるようなことがあったら、動かしてはいけないと、安武さんに前から言われてて。今すぐ来てくれるから、待っててください」

その時、玄関の方から大きな音がして、急に慌ただしくなった。何人もの足音が近づく中、安武ノブの声が聞こえる。

「雨戸を一枚、外してくださいッ」

ノブは熊八のかたわらに膝をつくと、手首に指を当てて脈を診た。

「医者を呼びますか」

時雄の声だ。

「いいえ、このまま病院に運びましょう。自動車を玄関にまわしてください」

時雄が駆け出していく。

「雨戸に、その布団を敷いてください」

背中にかけられた布団がはぎ取られる。

「できるだけ頭を動かさないで、雨戸の上に移してください。体の下まで手を差し入れて」

何人もの手で抱き上げられ、体が引きずられる感覚があった。

「ゆっくり、そのまま雨戸に」

布団の上に寝かせられた。

「雨戸の四隅を持って、玄関まで運んでください」

雨戸ごと宙に浮く。ゆらゆらと揺れながら運ばれていく。坂上にある九州帝大医学部の病院まで、時雄の運転で行くに違いなかった。

東京や大阪では救急車というものが走っていると聞く。どうせなら死ぬ前に、そういう新しい車に乗ってみたかったものだと、熊八は、ぼんやりした意識の中で考えていた。


気がつくと、白い天井《てんじょう》が見えた。すぐにユキの声が聞こえる。

「あ、目を開けましたッ」

目の前に、ユキの心配顔が現れる。

「あなた、わかりますか。家で倒れて、今は病院にいるんですよ」

頭ははっきりしているのに、相変わらず動けないし、声も出せない。

ふいにユキの顔が視界から消えて、少し離れた場所から声が聞こえた。

「先生ッ、主人が目を覚ましましたッ」

すぐに白衣の医者が駆けつけた。

「油屋さん、わかりますか。わかったら、まばたきをしてください」

医者に呼びかけられ、熊八は全神経を目に集中して、ゆっくりとまぶたを閉じて、また開けた。するとと医者がユキに言った。

「ご主人は、わかってます。耳も聞こえているし、意識もはっきりしています」

だが、またすぐに気《け》だるさが襲い来る。それからは夢かうつつか知れない世界が、目の前で繰り返された。

自分は明るい河原に立っている。周囲は花が咲き乱れ、対岸に梅田凡平の姿が見えた。いつもの楽しそうな笑顔だ。

「凡平、迎えに来てくれたんか。またいっしょに別府の宣伝をしよう」

そう大声をかけて、川を渡ろうとした。その時、背後から宇都宮に呼び止められた。

「熊八さん、熊八さん」

振り返ったつもりだが、相変わらず天井を向いていた。目の前に宇都宮の顔がある。

「福井から、陽さんと正一くんが来ました」

宇都宮が場所をゆずると、陽が現れた。三歳くらいの男の子を抱き上げて見せる。

「正一です。よく顔を見てやってください」

約束通り、毎年、写真が送られてくる。赤ん坊の時にはわからなかったが、今年の正月に届いた写真を見て、熊八は思わず微笑んだ。自分の幼い頃に、そっくりだったのだ。

目の前の男児は、それよりもなお似ている。この子が大人になった暁《あかつき》には、もっと似てくるに違いない。そうすれば、けっして後ろ指などさされない。油屋熊八のたったひとりの息子だと、誰もが文句なしに認めるに違いなかった。

そして正一自身が油屋熊八の息子であることを、誇りに思ってくれれば、それ以上の望みはない。あとは南に任せておけばいい。

陽に何か声をかけてやりたいが、どうしても言葉が出ない。陽も何も言わず、正一をベッドの端《はし》に腰かけさせると、熊八の大きな右手を取って、息子の頭の上に載せた。柔らかな髪の毛が指に触れる。

「お父さんよ」

そう言い聞かせても、正一は不思議そうな目を向けるばかりだ。それでも熊八は満足だった。自分は死んでも、この子は幸せに生きる。それが嬉《うれ》しい。

わが子を産んでくれた陽に礼を言いたいのに、もどかしさが空まわりするばかりだ。そうしているうちに気だるさが襲いきて、また眠りについた。


次に目を覚ました時には、見知らぬ男がいた。

「おじさん、僕のこと、わかりますか」

熊八は気づいた。おじさんと呼ぶのは、あの男しかいない。飛行機乗りの御曹司《おんぞうし》だ。

「八年前に水上飛行艇に乗ってもらった丸山《まるやま》サトルですよ。わかりますか」

もう八年も前になるのかと思いつつ、ゆっくりとまばたきをした。サトルは目を輝かせた。

「わかるんですね。あの翌年、日本航空輸送って民間の会社ができて、僕、パイロットとして雇ってもらえたんです。今も空を飛んでいるし、若いパイロット候補の指導もしてるんですよ」

よく見れば、きちんとした背広姿で、あの軟弱者が別人のように立派になっていた。褒めてやりたくて、また、まばたきをした。

「おじさん、褒めてくれてるんですね」

ちゃんと意志は伝わった。

「あの時、飛行艇に乗ってもらえたのは、本当に嬉しかった。今、考えると、あんな危なっかしい操縦に、よくつきあってくれたと感心しますよ。でも、おじさんが乗ってくれたからこそ、僕は立ち直れたんです」

ちょっと洟《はな》をすすった。

「誰も僕のことなんか信用しなかったのに、おじさんだけは信じてくれた。あの信頼を裏切っちゃいけないって、僕は肝に銘じたんです」

あの時の熊八は、ほかに乗る飛行機がなかったから、しかたなくサトルに身を任せた記憶しかない。言葉では励ましたかもしれないが、それほどの結果を生もうとは思ってもいなかった。

「ずっと、お礼を言いに来たかったけど、きっかけがなくて。でも、おじさんが倒れたって聞いて、どうしても会いたくて。面会謝絶って言われたけど、女将さんに事情を話して、ここに入れてもらったんです」

面会謝絶になっていることを、熊八は初めて知った。自分で思うよりも状態は悪いらしい。

サトルとは逆側から、ユキが顔を出した。

「あなた、もうひとり、懐《なつ》かしい方が来てくださったんですよ」

見れば、もうひとり男が立っていた。身なりは整っているが、サトルよりも若く、まだ三十前後に見える。誰だろうと思っているうちに、男は穏やかな表情で名乗った。

「ご無沙汰《ぶさた》しています。三隅健太郎です」

聞いたことのある名前だが、誰なのか思い出せない。

「健坊ですよ。ピカピカのおっちゃん」

一瞬で理解した。あの時の少年の姿が、たちまち脳裏によみがえる。

大阪から船で着いた時には、怖がってタラップを降りられなかった。でも帰りがけには勇気を振り絞り、仲間の声援を受けて、タラップを昇りきったのだ。

「あれから僕は変わったんです。それまでは、いつもメソメソしてたけど、歯を食いしばって頑張ることを、ピカピカのおっちゃんに教わったから」

サトルに対しては、助けてやろうという意識はなかった。だが結果として助けたことになった。でも健坊は亀の井旅館で預かった子だから、なんとかしてやりたかったのだ。

「父も油屋さんには感謝しています。あの時、地元からの要請があったからこそ、桟橋を建設できたんだって、いつも言っています。別府港の桟橋こそが、商船マンとしての父の何よりの実績であり、誇りなんです」

熊八が倒れたことも大阪商船から聞いたという。

「実は僕、外交官になったんです。海外赴任《ふにん》が多いんで、なかなか別府に来られなかったんですが、今は、ちょうど東京の外務省勤務なので」

あの泣き虫の健坊が、それほど立派になってくれたのかと、心底から喜びが湧く。

「次はロンドンの大使館に赴任が決まってます。いろいろ国際情勢が厳しくなっていますが、なんとか外交努力で、戦争を食い止めたいと思っています。ピカピカのおっちゃんが教えてくれた通り、力いっぱい頑張るつもりです」

ユキと満州に出かけた時には、さほど戦争が切羽詰《せっぱつ》まっているという意識はなかった。だが、あれから急激に国際関係は悪化し、今やイギリスやアメリカとの戦争も現実味を帯びている。

「僕は外交で頑張りますから、ピカピカのおっちゃんも頑張って、どうか元気になってください。戦争を回避して、僕が胸を張って帰国するのを、きっと待っててください」

もはや元気になれる自信はない。でも観光は平和産業だ。今はただ戦争回避を祈って、ゆっくりとまばたきをした。

また深い眠りにつき、気配を感じて、うっすらと目を開けた。するとベッドの周囲に、大勢が集まっていた。

右側にはユキが椅子に腰かけ、熊八の右手を握っている。いよいよ別れの時だと悟った。

左側には時雄と宇都宮が並んで、その後ろに東洋軒の宮本四郎《みやもとしろう》と、市議会議長だった山田耕平《やまだこうへい》がいた。義兄の薬師寺と喜久《きく》夫妻の顔もある。さらに後ろにいるのは原《はら》北陽ではないか。北陽、来てくれたのかと声をかけたい。

足元には車掌の村上アヤメが立ち、その隣はホテル専任看護師の安武ノブだ。ふたりとも人目もはばからずに泣いている。

熊八は裸一貫で別府に来て以来、さまざまな人の力を借りて、ここまで来た。別府を日本一の温泉地にできたのは、自分だけの功績ではない。ここにいるみんなの助けがあったからこそだ。ひとりひとりに、ありがとうと言いたかった。

ふと見ると、ユキの後ろから、陽が遠慮がちに顔を出していた。正一を連れて、やはり目に涙をためている。もういちど福井から別れに来てくれたらしい。

熊八の視線に気づいたのか、ユキが振り返って、陽と正一に場所をゆずろうとした。とっさに熊八は引き留めようと、右手に力を込めた。不思議なことに指が動き、妻の手を握りしめていた。

ユキは一瞬、驚いたが、夫の意志を感じ取って、そっと椅子に座り直した。

熊八が宣伝協会をはじめ、好きなことができたのは、ほかならぬユキのおかげだ。女将が旅館やホテルを守ってくれたからこそ、熊八は町のため、人のために奔走《ほんそう》できた。妻が稼いでくれた金を、熊八が使い果たして、なお信用を失わなかったのは、ユキが亀の井の看板を支えてくれたからだ。

熊八の働きぶりを愛し、何度も離婚を考えながらも、結局は添い遂《と》げてくれた。それほど好き放題させてくれた女房に、大きな手のひらを通して、せいいっぱい感謝の思いを伝えた。

ユキは何もかも心得たかのように、口元をきゅっと閉じて小さくうなずく。頰に大粒の涙がこぼれた。

熊八は人生に悔《く》いはない。何もかもオーライだった。まぶたを閉じると、また明るい川辺が現れた。対岸で凡平が笑顔で手招きしている。

「おーい、凡平、待たせたな」

熊八は澄んだ水を蹴立てて川を渡った。

初出
本書は、二〇二〇年五月から二〇二一年五月にわたって『大分合同新聞』『陸奥新報』『愛媛新聞』に順次掲載された作品を加筆・修正したものです。

〈著者略歴〉

植松三十里（うえまつ　みどり）

静岡市出身。東京女子大学史学科卒業。出版社勤務、7年間の在米生活、建築都市デザイン事務所勤務などを経て、作家に。2003年に『桑港にて』で歴史文学賞、09年に『群青 日本海軍の礎を築いた男』で新田次郎文学賞、『彫残二人』（文庫化時に『命の版木』と改題）で中山義秀文学賞を受賞。

著書に、『梅と水仙』『帝国ホテル建築物語』『大正の后』『調印の階段』『かちがらす』『ひとり白虎』『大和維新』『繭と絆』『空と湖水』『徳川最後の将軍　慶喜の本心』などがある。

万事オーライ

別府温泉を日本一にした男

2021年9月2日　第1版第1刷発行

著　者	植松三十里
発行者	後藤淳一
発行所	株式会社PHP研究所

東京本部　〒135-8137　江東区豊洲5-6-52

第三制作部　☎03-3520-9620（編集）

普及部　☎03-3520-9630（販売）

京都本部　〒601-8411　京都市南区西九条北ノ内町11

PHP INTERFACE　https://www.php.co.jp/

組　版	朝日メディアインターナショナル株式会社
印刷所	株式会社精興社
製本所	東京美術紙工協業組合

ISBN978-4-569-84984-3

PHPの本

帝国ホテル建築物語

植松三十里 著

日本を代表するホテルを！ 世界的建築家フランク・ロイド・ライトによる帝国ホテル本館建設を巡る、男たちの闘いを描いた長編小説。

定価 本体1,800円（税別）

梅と水仙

植松三十里 著

父との葛藤、帰国子女ゆえの周囲との軋轢を乗り越え、女子教育の先駆けとなった津田梅子の知られざる生涯を描いた感動の長編小説。

定価 本体1,800円（税別）